U0894919

超禁忌秘密

SUPER TABOO SECRET

宁航一　著

四川文艺出版社

图书在版编目（CIP）数据

超禁忌秘密. 2 / 宁航一著. — 成都：四川文艺出版社，2019.10
ISBN 978-7-5411-5424-9

Ⅰ.①超… Ⅱ.①宁… Ⅲ.①长篇小说－中国－当代 Ⅳ.①I247.5

中国版本图书馆CIP数据核字（2019）第089784号

CHAO JIN JI MI MI

超禁忌秘密 2

宁航一　著

出版统筹　一　航
选题策划　航一文化
编辑统筹　康天毅
责任编辑　程　川　苟婉莹
特约编辑　袁旭姣
封面设计　xiao.p
插画绘制　苍狼野兽
版式设计　林晓青

出版发行　四川文艺出版社（成都市槐树街2号）
网　　址　www. scwys. com
电　　话　028－86259287（发行部）　028－86259303（编辑部）
传　　真　028－86259306

邮购地址　成都市槐树街2号四川文艺出版社邮购部　610031
印　　刷　湖南天闻新华印务有限公司
成品尺寸　166mm × 235mm　开　本　16开
印　　张　16　字　数　220千
版　　次　2019年10月第一版　印　次　2019年10月第一次印刷
书　　号　ISBN 978-7-5411-5424-9
定　　价　42.00元

目录

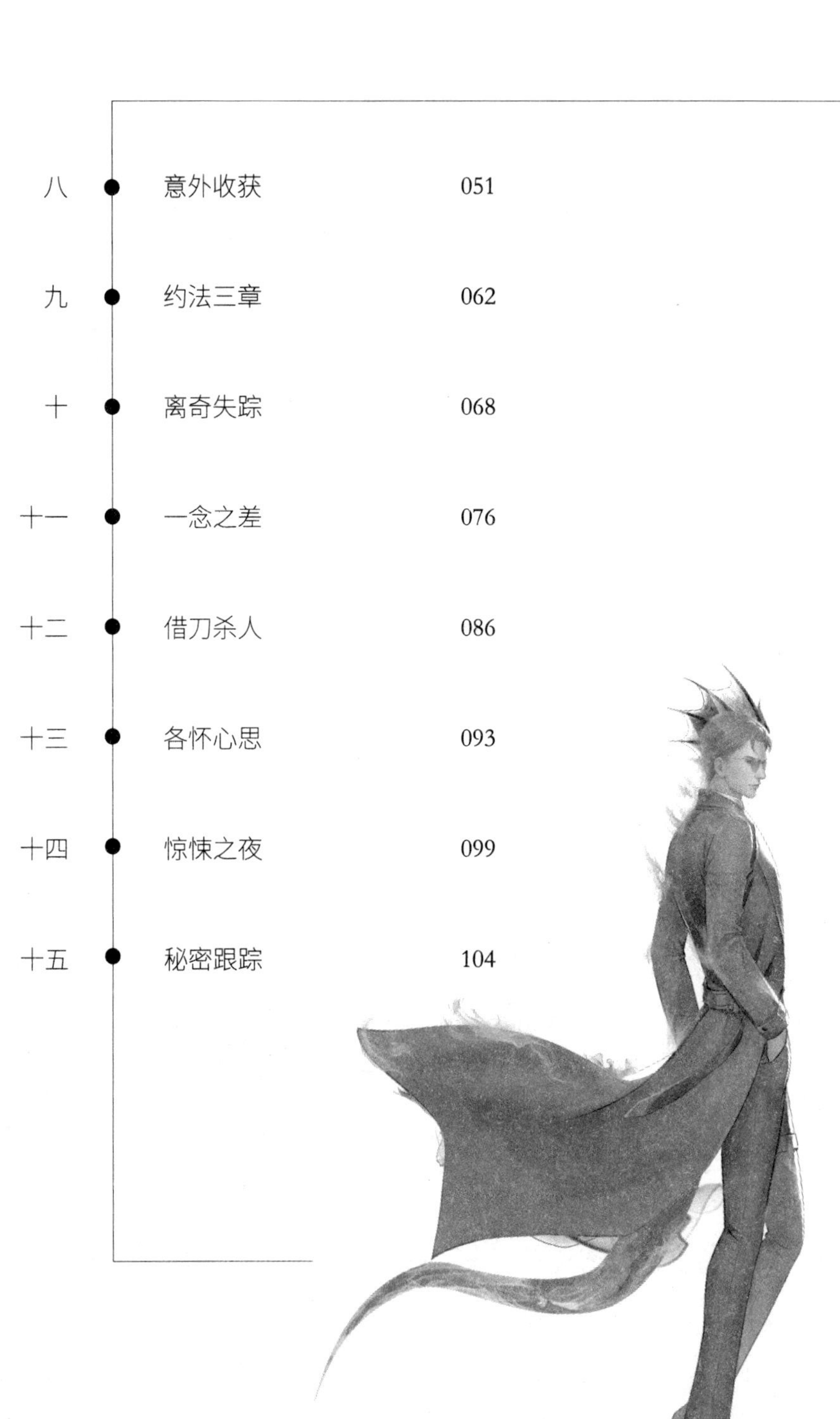

木偶父亲

中国，南都市。

傍晚时分，华灯初上。热闹繁华的商业步行街上，一个卖唱的小女孩引起了行人的注意。人们纷纷驻足，聆听小女孩的演唱。

小女孩看上去只有五六岁，皮肤白净、五官清秀，扎着两个小辫子，显得俏皮可爱。她手里拿着麦克风，字正腔圆地唱着 Karen Mok 的《寂寞的恋人啊》，旁边的便捷式音箱发出清亮纯净的童声，有如天籁之音。

这条街人流量极大，经常会出现卖唱的艺人，其中不乏这样的小孩子。但见惯不惊的人们还是被小女孩纯美空灵的歌声吸引了——他们很少见到年龄这么小，但音准和音色都如此出色的歌者。一曲完毕，围观的人集体鼓掌，然后纷纷把钱放到小女孩面前的帽子里——5 元、10 元、20 元，甚至有 50 元的大额钞票。小女孩不断地说着“谢谢”，一张小脸红扑扑的，煞是可爱。

接着小女孩又开始演唱下一首《电台情歌》——曲目都不是她这个年纪该

唱的儿童歌曲，但是她对情感的把握和技巧的运用却令人啧啧称奇。在场的很多人都赞叹道，这小女孩简直是个天才歌手。

但是，也有人注意到了不协调的一幕，那就是守在音箱旁的小女孩的“父亲”——一个四十多岁的农村中年男人。他皮肤黝黑、面容憔悴、形象猥琐，无论怎样看，都很难让人相信他跟这个俏丽的小女孩有血缘关系。

一些人小声议论着，“**拐卖**”这样的字眼在人群中似有若无地迸散。然而，多数人并没有采取什么实际行动，毕竟事不关己，他们不想招惹麻烦。

终于有一个年轻的母亲按捺不住了，她悄悄转身，用手机拨打了报警电话。

几分钟后，几个穿着制服的警察赶到了。他们打断了小女孩的演唱，询问那个中年男人：“你跟这个小女孩是什么关系？”

中年男人快步走向警察，似乎迫切地想要解释什么：“我跟她……”

没等他说完，小女孩抢先说道——而且是拿着麦克风说的：“警察叔叔，他是我爸爸。”

中年男人回过头，望着小女孩，眼神中流露出某种让人读不懂的意味。他咽下唾沫，连同本来要说的话一起吞咽了下去。

警察打量着这对父女，自然也看出这一大一小长得一点都不像。但他们毕竟没见过小女孩的母亲，谁知道她长相是不是随妈妈呢？

一个男警察蹲下来，望着小女孩说：“小妹妹，我们是警察，如果你有什么需要帮助的，尽管跟我们说，不要害怕。”

小女孩摇着头说：“警察叔叔，我没有什么需要帮忙的呀，我只是在这里唱歌而已。这里……不能唱歌吗？”

警察一时语塞——他们所在的区域是步行街的酒吧区，并非主干道，这里是允许卖艺和表演的。警察问道：“小妹妹，你不上学吗，怎么在这里卖唱呢？”

小女孩奶声奶气地说道：“现在是晚上呀，我喜欢唱歌，也喜欢大家听我唱歌，因此才到这里来表演的。”

警察点了下头，站起来对小女孩的父亲说道：“麻烦你把身份证给我看一下。”

中年男人听话地配合了。警察看了一眼，不是本地人，是里县人。不过身份证是真的，加上小女孩亲口承认这人是自己的爸爸，也就没什么值得怀疑的了。

警察说了声“不好意思，打扰了”，便离开了现场。刚才报案的那个年轻母亲，脸上露出尴尬的神色。

警察走后，小女孩又接连唱了近十首歌，每首歌都引来阵阵掌声。人民币像雪片一样飞到小女孩面前的帽子里。保守估计，一首歌起码能换来200元左右的收入。

八点多的时候，小女孩唱累了。父亲收起麦克风和地上的帽子，把钱装进背包里，一只手牵着女儿，一只手拖着便捷式音箱，离开了。

走在路上，小女孩抬头说道：“爸爸，我想吃东西。”

“好的，好的，想吃什么？”父亲忙不迭地说。

小女孩想了想：“吃大龙虾。”

“行，咱们去吃大龙虾。”

两人走进一家高档的中餐厅，选了一个位子坐下来。服务员递上菜单，男人没有看菜单，直接问道：“有龙虾吗？”

“有的，”服务员答道，“有澳洲龙虾刺身、清蒸龙虾和蒜蓉龙虾。”

“要清蒸龙虾。”小女孩说。

服务员望向男人，征求他的意见。男人说：“就要清蒸龙虾。”

“好的，”服务员善意地提醒道，“清蒸龙虾是1288元一份。”

“行。”

服务员点了下头，离开了。

不一会儿，一盘香气四溢的清蒸大龙虾被端上了桌。小女孩“哇”地叫了一声：“好香！”

然后，她熟练地把柠檬汁滴入橄榄油，用筷子夹起龙虾肉，蘸着调料吃。而坐在她对面的男人，筷子都没动，只是默默地看着小女孩用餐。

餐厅里的其他客人纷纷侧目。他们大概都觉得奇怪——这个男人的衣着和长相，一看就是典型的农村人，但他们却吃着 1288 元一份的清蒸大龙虾。而且从小女孩的熟练程度来看，她显然是经常吃这道菜。这种反差让人摸不着头脑。

小女孩注意到了周围的人异样的眼光，她似乎有着跟年龄不相符的聪慧和敏感。她顿了一下，对坐在对面的父亲说："爸爸，你也吃呀。"

中年男人摇着头说："我不吃，我……吃不惯这东西，你吃吧。"

小女孩压低声音，用近乎命令的口吻说道：**"我叫你吃，你就吃。"**

中年男人惊了一下，立即拿起筷子，说道："好的，好的……"

他夹起龙虾肉，机械地塞进嘴里，味同嚼蜡地吃起来，看起来不像是在享用美食，倒像是在完成某个指令。

男人吃了一块，又把筷子放下了。小女孩说道："爸爸，你继续吃啊。"

男人迟疑了一下，说道："你不要叫我爸爸了，**我不是你爸爸……本来就不是。"**

小女孩的脸沉了下来，说道："我就想叫你爸爸，不行吗？"

男人脸上的肌肉抽搐了一下，嗫嚅道："行，行……"

他们的对话很小声，旁边的客人和服务员都不可能听到。

吃完了龙虾，男人结了账。他们走路回家。

住所是租的两室一厅的公寓。到家之后，男人对小女孩说："你先去洗澡吧。"

小女孩进入卫生间，洗完澡后，她穿着睡裙出来，对男人说："你也去洗吧，洗干净点，今天晚上你陪我睡。"

男人脸色大变，语无伦次地说道："啊……不，不！你……自己睡吧，我挨着你……不方便……"

小女孩漠然道："有什么不方便的，你是害怕吧？不用怕，**只要你不欺负我，就不会死的。"**

男人浑身哆嗦了一下，仍然恐惧地摇着头。小女孩露出不耐烦的神情，说道："我都跟你说好多遍了，妈妈是因为那天晚上对我凶，才会死掉的。你只要对我好，就不会有事的。"

男人还是不敢应允。小女孩的脸色愈发难看了："我让你陪着我睡，你就这么不愿意吗？那我换一个爸爸好了！"

男人"啊"地惊叫了一声，赶紧说道："不，不……我挨着你睡就是……"

小女孩展露出笑颜："这就对了嘛。"转身朝"爸爸"的卧室走去。

洗澡的过程中，男人全身都在颤抖。温热的水冲刷在他的身上，他却仍然感觉浑身冰冷。

冲洗完后，他把衣服裤子都穿戴整齐，不敢有一丝一毫的冒犯。走进卧室，小女孩似乎已经侧着身子睡着了。

男人蹑手蹑脚地走到床边，小心翼翼地躺下，身体不敢跟小女孩有一丁点儿的接触。

然而，小女孩并未睡着，她说："我要睡手臂上。"

"啊……好的。"男人不敢不从，战战兢兢地把手臂伸了过去。小女孩闭着眼睛，把手臂拉了过来，很自然地把头枕在了上面。

男人一动不敢动，甚至连大气都不敢喘一口，一直保持着这个姿势。他知道，今天晚上他别想睡着了。

天哪，这种噩梦般的生活，到底什么时候才是个头呢？

他后悔极了，悔得肠子都青了。当初要是没动那个歪念头就好了，也就不会发生后面这些事了。穷就穷点吧，一辈子在山村生活又有什么关系呢？至少不会像现在这样，每天都活在胆战心惊之中。

一个多月前的往事又浮现在他眼前。那天早晨，他和妻子照常下地干活，却惊奇地发现，一个看上去五六岁的小女孩出现在他们的田地里，就像是昨天晚上从土里长出来的一样。小女孩看上去很虚弱，又困又饿，他们立刻把她带回了家，提供给她水和食物。

他们询问小女孩，为什么会出现在这荒郊野地里。小女孩闭口不答。他们一度怀疑这女孩会不会是哑巴，直到她开口说出了第一句话。

这句话只有四个字，却令他们震惊。

"爸爸、妈妈。"

他们惊呆了，随即喜出望外。他们有一个儿子，在外地打工，已经到了谈婚论嫁的年龄，却因为拿不出钱在城里买房子，耽搁了娶媳妇。这件事让他们在村里抬不起头来。

所以，当小女孩出现在他们面前的时候，他们首先想到的不是收养一个孩子的乐趣，而是如何把她培养成赚钱的工具。

贫穷是一种病，它会改变人性。

村里之前就有人干过拐卖儿童的勾当，但他们胆子小，不敢做这种事。现在，一个健康、乖巧的小女孩出现在他们的田地里，并主动叫他们爸妈，简直像地里长出了一棵摇钱树。

他们不想把小女孩卖掉，因为这样只能赚一笔钱。以往收集的信息告诉他们，让小孩子到大城市去乞讨或卖艺，更能确保长期收益。

接下来的事只能用天意来形容了。小女孩会唱很多歌曲（估计跟她以前生活的环境有关系），而且唱得很好——连他们这种毫无音乐素养的人都听得出来。更难能可贵的是，她非常乐意当众展示自己的才艺，为“爸爸妈妈”带来可观的收入。他们欣喜若狂，带着小女孩来到了距离他们最近的一座大城市——南都。

于是，每天晚上的街头表演开始了。小女孩非但不排斥这件事，反而很享受。但她毕竟是小孩子，每晚唱一小时左右，就疲倦了。

一开始，他们没有强迫她延长表演时间。但是有一天晚上，观众的反响异常热烈，给的钱也多。于是，妻子对小女孩说：“再多唱几首吧。”

小女孩一脸倦容地说：“妈妈，我累了。”

“你没看到还有这么多人围在这里吗，而且他们都舍得出钱。”

小女孩不再搭腔，就是闭口不唱。人们等待许久，最终失望地散去了。

最失望的，当然是“妈妈”，她眼睁睁地看着观众离去，就像看着几十上百张钞票被风吹走。

那天晚上，妻子的脸色很难看。她虽然没有当众责骂小女孩，但眼神中透露出“回去给你点颜色看看”的意味。

其实他也不知道妻子回去之后到底做了什么。因为那天晚上他很疲倦，倒在床上就睡着了。而妻子是挨着小女孩睡的，因为小女孩说她怕黑，要大人陪着睡。

就是那天晚上，出事了。

睡到半夜的时候，他被小女孩摇醒了。半梦半醒之间，他听到一句话。

“爸爸，妈妈死了。”

他一开始没有当真，他甚至都怀疑这么小的孩子，知不知道什么叫“死”。也许只是妻子睡得太沉罢了。但不管怎么说，他还是走到隔壁房间去看了一下。

然后，他发现一个恐怖的事实——妻子真的死了。她躺在床上，双目圆睁，大张着口，呼吸停止，全身冰凉。她的身上没有任何伤口和血迹，完全看不出来是怎么死的。

他吓坏了。更令他感到恐惧的是，站在身旁的这个小女孩，怎么能如此平静地面对一具尸体呢？她看起来一点都不害怕，仿佛只是一个布娃娃被弄坏了而已。这正常吗？别说是人了，就算一只小猫小狗在半夜突然死去，一般人也无法保持如此冷静吧？况且她只是一个 5 岁的小女孩。

他不由自主地问道：“她……是怎么死的？”

小女孩波澜不惊地说道：**“可能是她想欺负我吧。”**

他张着嘴，足足有一分钟没说出话来。他不知道该如何理解，只觉得心中好冷。

他随即报了警，但是警察和法医赶到后，无法判断妻子的死因，只能怀疑是心源性猝死。警察只是做了简单的询问和笔录，就将尸体送到了殡仪馆。所幸的是，警察并没有怀疑小女孩跟他们的关系。

这件事之后，他不想再利用这个小女孩来赚钱了。他只想活命。

虽然没有直接的证据指向小女孩是杀死妻子的凶手（正常逻辑下也是不可能办到的），但直觉告诉他，这件事不对劲。这个小女孩可能不是天使，而是恶魔。

他试过逃走。一天夜里，他收拾好行李准备悄悄溜走，回到山村。然而当他拖着行李走到门口的时候，却看到小女孩站在门前，一双眼睛直视着他。他吓得浑身一个激灵，手上的包差点掉在地上。

她冷冷地说："爸爸，你要离开我吗？"

他不知道该怎么说。而小女孩说的下一句话，令他心悸胆寒。

"爸爸，如果你离开我，我会不高兴的。你不希望我不高兴，对吗？你知道我会找到你的，对吗？"

他明白自己逃不掉了，战栗着说道："我不走……哪儿都不去。"

接下来的日子，他们继续以父女的身份在街头卖艺。但只有他知道，这样的每一天都是煎熬。居然会有人把他当成人贩子，真是讽刺，他倒希望他真的是。**遗憾的是，他才是被操控的提线木偶**。

此刻，小女孩就睡在他身边，头枕在他胳膊上，发出轻微的鼾声。他已经一个小时没有翻身或者动一下了，由于全身僵硬发酸，难受到了极点。他知道自己快要撑不下去了，毕竟终究是死路一条。

既然如此，何不拼一把？

罪恶的念头在他心头滋生。他想，即便这小女孩是个妖怪，在睡着的情况下，应该也没有抵抗能力吧？其实杀死她的念头并不是现在才萌生的，只是他之前一直没有实施的勇气。但如今，他真的过不下去了，只有下手。

他轻轻抬起小女孩的头，缓慢地把手臂抽了出来。他并没有急着下手，而是观察了几分钟，直到确定小女孩仍然在睡梦之中。

他直起身子，双手抓住枕头，打算猛地压下去，捂死小女孩。

然而，他并不知道，他已经触碰到了死亡的开关。

即将下手的一瞬间，他突然感觉到一些**丝状物**进入了他的鼻子、耳朵和口腔。还没反应过来这是怎么回事，这些细丝便游窜到他的心脏，仿佛在他心脏的主动脉和上腔静脉上打了一个死结。

仅一瞬间他就无法呼吸了，心搏骤停，张着口抽搐了几下，倒在了床上，跟他妻子的死法一模一样。

待他死后，那些丝状物开始撤离他的身体。它们悄无声息地往回缩，最后回到小女孩的十个指缝之间。发生这些事，小女孩似乎并不知晓，她仍然在沉睡之中。

不久后，小女孩揉着眼睛醒来了。她看到了斜躺在自己身旁的“爸爸”的尸体，观察了一刻，意识到这个男人已经死去了。

她轻轻地叫了一声“爸爸”，脸上露出悲伤的神色，一滴眼泪从眼眶中滑落下来。

但是，仅仅过了几秒钟，她脸上的表情便舒展开了，悲哀的神情一扫而空，无奈地叹息道：**“真是麻烦，又要换人了**。”

古怪的小女孩

南都市儿童福利院内，一对三十多岁的夫妻趴在窗户前窥视着儿童活动室的情况。

女人问旁边的院长：“哪一个？”

院长说：“站在书柜前看书的那个。她刚到几天，跟别的小朋友还没有混熟。”

“我看看，我看看。”男人把脸往前凑，“哦，是她呀。看起来挺可爱的一个小女孩。”

“嗯，”妻子赞同道，“的确是一个漂亮的小姑娘。”

院长说：“入院的时候，我们已经给她做过体检了，身体很健康，没有任何残障，智力也正常。”

“那真是太好了！”女人差点说出“我们就要她了”这句话，又觉得有点不妥，像是在菜市场挑南瓜。

院长说：“人你们已经看到了，如果觉得合适的话，到我办公室来详谈吧。”

三个人在院长办公室坐下。男人说道："靳院长，您知道我们的情况，一直要不上孩子，又很喜欢孩子，所以才想领养一个。"

院长点头道："我知道，所以这小姑娘才送来不久，我不就跟你们打电话了嘛。"

"太谢谢您了。"

"不用谢我，你们符合领养的条件，之前也来过两次，但都没看到太合适的。这小女孩我觉得不错，性格也好，不吵不闹的。"

"是，是。"男人问道，"您说她父母，是什么情况？"

院长说："这女孩儿情况比较特殊。她之前的父母，其实也是养父母，相继得病死了。警察问她记不记得亲生父母是谁，她说记不起来了。警察对照了网上的失踪儿童资料，她也不在其中。所以只能认为是从小被父母抛弃的孩子。"

"唉，真是可怜啊。"女人感叹道。

"是挺可怜的。她之前的养父母是农民，也没什么本事，居然利用这小女孩的特长在大街上卖唱赚钱。说不定你们以前走在大街上，都看到过她。"

夫妻俩对视了一眼，看来并不知道此事。

院长说："现在的问题就只有一个，看她是否接受你们。如果她愿意跟你们走的话，你们马上就可以办领养手续。"

"院长，我们保证会对她好。我们的家庭条件您也是知道的，绝对不会让她受什么委屈……"

院长伸手示意男人别说了，笑道："你们跟我说没用，跟这小姑娘说吧，我这就把她带到办公室来。"

院长说着就起身离开了，不一会儿，他把小女孩牵了进来。

院长拉着小女孩的手，温和地说道："小彤（院方暂时取的名字），叔叔阿姨想让你到他们家去生活，让你当他们的女儿。你呢，愿意吗？"

小女孩望向旁边的中年夫妇。夫妻俩一齐露出和蔼可亲的眼神，生怕她说出拒绝的话来。女人甚至想立刻抛出一系列诱人的条件：新衣服、洋娃娃、漂亮的房间等等。

然而，出乎他们意料的是，小女孩几乎一秒钟都没有犹豫，就说道："我愿意。"

然后，她走到夫妻俩面前，乖巧懂事地喊道："爸爸、妈妈。"

"啊……"女人生平第一次被人叫"妈妈"，她捂住了嘴，眼眶里溢出幸福而喜悦的泪水。男人也激动得不能自已，一把拉住小女孩的手，说道："乖，小彤真乖！"

小女孩露出甜美的笑容。

没什么好说的了，立刻办理领养手续。随后，夫妻俩高高兴兴地开着车，把小女孩接走了。

今天对这个家庭来说显然是一个节日。坐在车上，妈妈问道："小彤，咱们找一家高档餐厅好好庆祝一下，庆祝你成为我们的女儿，好吗？你喜欢吃什么？"

小女孩想了想，说："我喜欢吃**大龙虾**。"

这个回答多少让夫妻俩有些意外。一般这个年龄的小孩，不是都会回答必胜客、麦当劳之类的吗？不过以他们的经济条件，吃龙虾也是毫无压力的。妈妈欣然同意："好的，咱们就去吃大龙虾！"

车子开到市区的繁华地段，夫妻俩选了一家高档的海鲜餐厅。落座后，爸爸点了好些美食，主菜当然是清蒸澳洲大龙虾。

小女孩对其他菜肴的兴趣都一般，只有清蒸大龙虾端上来的时候，她露出了兴奋的神色。她把柠檬汁挤到橄榄油里，再加了点儿新鲜山葵酱，然后夹起一片龙虾肉，蘸一下，美滋滋地吃起来。

这一系列娴熟的动作让夫妻俩看得有点蒙。他俩默默交换了一个眼色，继续进餐。

吃完饭，夫妻俩又带着小女孩逛商场，给她买了漂亮的新衣服、玩偶和一大堆零食。小彤很开心，也很有礼貌，不断地道谢。妈妈笑道："我们从今天起就是你的爸爸妈妈了，不用这么客气。"

因为考虑到今天可能会领一个小孩回家，所以家里这套两百多平方米的大房子上午精心打扫和布置了一下。现在，妈妈想给小彤一个惊喜，她没有直接把小彤带进屋，而是让她在门口稍等一会儿。待全部的灯都打开之后，才牵着小彤的手进门。

展现在小女孩眼前的，是偌大的客厅。装修极富品位，华美而不艳俗，在绿色植物和花卉的点缀下，显得生机盎然。

夫妻俩观察着小彤的神情，期待着她说出“哇，好漂亮的房子”之类的赞语。但小女孩只是平静地观察着自己的新家，并未发出如此感叹。

妈妈忍不住问道：“小彤，咱们家漂亮吗？”

小彤点头道：“漂亮。”

如此平淡的回答，显然没有达到他们的预期。夫妻俩略有些失望，不过并没有表露在脸上。爸爸说：“走，小彤，去看看你自己的房间。”

两口子带着小女孩推开次卧的门。说是次卧，实际上面积也没比主卧小，大概有 30 平方米。除了床之外，还有儿童休闲区和书桌座椅，功能齐全。房间布置得也很温馨，只是风格比较中性，不太像小女孩的房间。

妈妈轻轻按着小女孩的肩膀说道：“小彤，因为爸爸妈妈不知道会领养一个男孩还是女孩，所以房间布置得比较中规中矩。不过你现在来了，妈妈答应你，会按照你喜欢的方式来布置房间。”

小彤回过头微笑着说：“好的，谢谢妈妈。”

“都说了别客气了。”妈妈笑道。

接着，夫妻俩教小彤如何使用家里的一些电器，以及卫生间的马桶、淋浴等。小彤洗完澡后，跟爸爸妈妈道了晚安，回自己房间去睡觉了。

夫妻俩进入主卧，关上门。男人躺在床上，双手反枕在脑后，显得若有所思。

妻子坐到丈夫旁边，问道：“你在想什么？”

男人说：“院长告诉我们，小彤之前的养父母都是农民，对吧？”

“嗯。”

男人坐了起来，望着妻子：“刚才我们去那家餐厅，小彤并没有看菜单，直接就报出了‘清蒸大龙虾’这道菜名。这道菜的价格是 1300 元，我倒不是嫌贵，只是看她的吃法，显然不是第一次吃这道菜——这就有点奇怪了，我不相信她之前的养父母会带她到这种高级餐厅，吃这么贵的菜。”

妻子说：“你别小看人家农民，现在农民也有很多有钱的。”

“不是有没有钱的问题，是品位和消费观的问题。”男人说，“那家餐厅我们去过很多次了，你见过有像农民的人在那里消费吗？”

妻子缄口不语了。片刻后，她说道：“也许人家在别的饭店吃过。”

“这道菜在任何一家餐厅，都价格不菲。小饭馆根本不可能有这道菜。”男人说，“好了，不说龙虾的事了，再说回家之后吧。咱们的这个家，平心而论，在整个南都乃至全国都算奢华大气的吧？但是你看小彤的表情，根本没有惊讶、赞叹之类的反应，仿佛习以为常。你不觉得奇怪吗？难道她之前养父母的家，也有这么漂亮？”

“这不可能，院长说了，他们之前在南都是租房子住。”妻子说。她想了想，“也许她内心是很惊叹的，只是脸上没有表现出来罢了。”

“是吗？我觉得不像。”

“那你觉得是怎么回事呢？”

丈夫说：“从她进入这个家，到我们带她参观每一个房间，我都一直在暗中观察她脸上的表情。相信我，没有任何一个小孩能如此完美地掩饰自己内心的想法。她脸上那种见惯不惊的表情，不可能是装出来的，唯一的解释是……”

他停了下来。妻子问道：“是什么？”

他望着妻子的眼睛，说：**“在那对农村夫妇收养她之前，她过的就是类似这样优越的生活。”**

妻子露出怀疑的神情：“会吗？但是院长说，她已经记不清之前的事了。而且有一点也是矛盾的，如果她真的出身于这样的富裕家庭，又怎么会被父母抛弃？”

“对，的确说不过去。所以我想……**她会不会没有说实话**？”

妻子“啊”地低呼了一声，说道：“不会吧，这么小的孩子，就会撒谎了？”

丈夫叹了口气，摇头道："关键是我们不了解她的背景，不知道她是在什么环境下长大的。"

他们沉默了一会儿。男人说道："对了，院长说她之前的养父母相继得病死了。当时我没有细问，现在想起来才觉得有点可疑——他们是得什么病死的？"

妻子说："不管他们得的什么病，反正跟小彤没关系。他们之间是没有血缘关系的。只要小彤是健康的就行了。"

丈夫捏着下巴，若有所思。

妻子说："好了，咱们别胡乱猜测了。不管小彤的过去是怎样的，现在她是我们的女儿了。我们会提供给她最好的家庭条件和成长环境。毕竟她现在只有5岁，我相信经过我们长期的教育和熏陶，是能把她培养成大家闺秀的。"

丈夫略略点头，问道："那我们现在要给她联系幼儿园吗？"

妻子说："暂时不忙吧。等她在这个家住一阵，先熟悉再适应下环境再说。"

丈夫颔首，说道："好吧，睡了。"

听完这句话，小女孩把耳朵从门上移开，回到自己的房间。

之后的半个月，夫妻俩每天都花大量的时间在家里陪伴小彤。他们极富爱心和耐心，给小姑娘讲故事，陪她看电影和玩耍，教她算术、写字、唱歌、画画……

在这个过程中，夫妻俩发现小彤非常聪明。很多东西一教就会——当然也可能是她之前就学过。但不管怎么样，他们都认为小彤是一个天资很高的孩子。

特别是**音乐方面的天赋**。小彤的嗓音条件非常好，音准和情感的把握也超出同年龄的孩子。这让夫妻俩感到欣喜。他们毫不怀疑能将小彤培养成一个音乐方面的人才。

但是，有一天晚上，小彤对他们提出了一个要求："爸爸妈妈，我想到大街上去表演唱歌。"

在她说出这句话之前，夫妻俩差点忘记她之前跟着养父母在大街上卖唱的经历了。但是很显然，他们这样的家庭，是不可能允许女儿在街上卖唱的。妈妈说道："小彤，爸爸妈妈带你去 KTV 唱歌，好吗？"

小彤摇着头说："我喜欢在大街上唱歌。"

妈妈问："为什么呢？"

小彤说："我喜欢很多人围着我，听我唱歌，还会往我面前的帽子里扔钱的感觉。"

夫妻俩对望了一眼。爸爸说："小彤，你是希望有观众听你的歌，对吧？这个好办，我们帮你报音乐辅导班，老师会定期组织同学们表演，有时还会上电视呢，好吗？"

小彤摇着头说："不好，我就想在广场和大街上唱歌。"

爸爸皱起眉头："为什么？"

小彤说："因为观众很多，而且他们会给我钱。"

爸爸轻轻揽着她的肩膀说："你不需要挣钱，小彤。你要什么我们都可以买给你。"

到这个家后，小彤第一次表现得如此任性："不，我喜欢这种感觉。他们往我的帽子里扔钱，我就会很开心。"

夫妻俩明白了，她需要的不是钱，而是在这个过程中收获的成就感。不可否认，得到很多人的认可和赞扬，确实是拿钱也买不到的东西。他们明白这个道理，却无法认同这种做法——他们是有身份有地位的人，他们的女儿也应该如此。只是他们不知道该如何向小彤阐述这一观点。

酝酿了许久，爸爸说道："小彤，是这样，我们这个家庭，你也看到了，是一个比较富裕的家庭。爸爸和妈妈都有体面的工作，我们也希望你能像个小公主一样……"

没等他说完，小彤就打断他的话："你觉得我在街上唱歌，是在丢你们的脸吗？"

"……"爸爸一时语塞，不知道该如何回答。

妈妈赶紧俯下身说道："不，小彤，不是这样的。我们的意思是，你要表演的话，应该在一个正规的、大型的舞台上表演。在大街上……确实不太好。以后你的同学、老师，还有我们的熟人朋友看到，会怎么想呢？说不定会以为我们是在利用你来赚钱。”

小彤说：“你们可以跟他们解释呀。再说我也不觉得这有什么丢人的。以前看我唱歌的叔叔阿姨、哥哥姐姐们，都说我唱得好，他们全都夸我呢。”

妈妈叹了口气，发现很难说通这番道理了——无论如何，小彤就是坚持要去卖唱。她只好向丈夫投去求助的目光。

看来这段时间我们对她太好了，才让她如此任性。男人在心里反思道。不能这样由着她的性子发展下去，否则以后怎么管得住?

他不打算继续讲道理了，态度强硬地说道：“好了，小彤，这件事不用再说了。总之，我和妈妈是不会同意你去街上卖唱的。正如你说的那样，这会让我们觉得很没面子。”

妻子在一旁悄悄拉丈夫的衣袖，但男人并没有改口——他认为在适当的时候，还是要显露父亲的威严的。

小彤凝视了父母一刻，没有再说什么，一言不发地回到了自己的房间。

夫妻俩望着小彤的背影，在心中叹息。他们开始感受到，养育孩子不是只有乐趣，还有烦恼了。

两口子回到卧室，轻轻关上房门。他们坐在床边，相对无言。过了好一会儿，男人才说：“看来养一个孩子真不简单。之前我们太迁就她了，才会让她如此任性。”

妻子也在反思这一点，她略略点头，说道：“是啊，怪不得大家都说不能太宠着孩子了，我们真是缺乏经验。”

“都说女孩要富养，形体、气质、修养一样都不能少。这几天我们都在引领她看各种格调高雅的东西，你说她怎么还是对卖唱这件事念念不忘呢？”

“才十多天嘛，品位、格调这种东西哪有这么容易培养的，慢慢来嘛。”

男人叹了口气，说：“我看难。毕竟是四处流浪的野孩子，要是我们自己生的女儿，从小接触高雅的事物，怎么会对卖唱这种事情感兴趣？”

妻子垂下头：“你这是在责怪我吗……很抱歉，我没法给你生一个孩子。”

男人意识到自己说错话了，赶紧安慰道：“不，你知道我不是这个意思，我只是……”

突然，房间的门被推开了，小彤站在门口，表情阴冷地望着他们。

夫妻俩为之一惊。妈妈结结巴巴地说道：“小彤，你怎么……还没睡呀？”

小彤走到他们面前，望着男人说道：“爸爸，你说谁是四处流浪的野孩子呀？”

说这句话的时候，她的眼神冷漠如冰。让接触到她目光的男人感到心悸胆寒，同时也窘迫到了极点。他欲盖弥彰地解释道：“我……我说的是电视里面的人，不……不是说你。”

小彤盯着爸爸的眼睛，了然地一笑。这抹笑意令夫妻俩心里发寒。

两口子正寻思如何把这事给圆过去，小彤却已经岔开话题了，她说道：**“爸爸，妈妈，今天晚上我挨着你们睡好吗？”**

两口子愣了片刻，一起说道：“好啊。”反正他们的床够大，睡三个人也没有问题，况且这样也可以增进与小彤的感情。

小彤脱掉拖鞋，爬上床来，睡在爸爸妈妈中间。她乖乖地盖上被子，说了声：“爸爸妈妈晚安。”然后闭上了眼睛。

“晚安，小彤。”夫妻俩也说道。爸爸的手伸向开关，啪的一声，顶灯熄灭了，屋子陷入黑暗和静谧。

不久后，小女孩的眼睛睁开了。

监视计划

关山市开往茶庄市的火车上，乘务员推着餐车售卖快餐。现在是晚饭时间，这趟列车晚上十点半才会到达茶庄市，乘客们有些掏出钱买盒饭，有些从背包里拿出方便面、火腿肠、饼干之类的东西吃起来。

盒饭的售价是 20 元，还能接受。韩敏从裤包里摸出钱，准备购买盒饭。

坐在她旁边的年轻女孩迟疑了一下，说道："你确定吗？"

韩敏愣了一下："什么？"

女孩说："火车上的快餐是世界上最难吃的食物之一。不如吃方便面吧，才 6 元一盒，既便宜，还比盒饭好吃。"

韩敏现在身上还有 3500 元左右。前往一个陌生的城市，衣食住行都要花钱，前途渺茫，能省点自然是好事。她说道："好呀。"

两人各买了一盒方便面，女孩多加了一根火腿肠。她们一起去两节车厢中间的热水供应处，泡好面，然后端回座位。

一盒泡面似乎把陌生的关系拉近了一些。一边吃面，女孩一边问韩敏："你一个人去茶庄市呀？"

韩敏"嗯"了一声，继续吃面。

女孩又问："去干什么呢？"

这个问题就没法回答了。我是一个特异人，才加入了一个叫"联合会"的组织，现在，我要去茶庄市寻找另一个代号是"蒹葭"的同伴——能这样说吗？

韩敏含糊其词地说道："没什么，就是……有点事。"

女孩——实际上是具有变身能力的特异人"琉璃"（性别：男）——他意识到，仅仅通过普通的攀谈，很难打开韩敏的心扉。他并不是真的要问出什么，因为韩敏要去茶庄市做什么他一清二楚。他思考的另一个问题是：怎样才能骗取到韩敏的信任，以便和她长久地混在一起。只有这样，才能完成罗曼教授安排的任务——**密切监视韩敏的一举一动，并借由她找出联合会的其他特异人**。

对了，可以利用她之前的那段**感情经历**。"琉璃"想到办法了。他趁韩敏不注意，悄悄摸出手机，进入铃声设置，自己按响了一个手机铃声，然后假装接起电话。

"你还打过来干什么？解释？你觉得还有这个必要吗？你想告诉我什么，之前我在你卧室看到的都是幻觉，不是真实的？或者你跟那个女的只是躺在床上讲故事，什么都没干？"

韩敏偷瞄了女孩一眼，不便流露过于关心的表情。

"琉璃"把这出莫须有的戏演得十分逼真："够了，我们没什么好说的了。以后我不会再接你的电话，也不会再跟你联系了……我身上还有多少钱关你什么事……不需要！你听好了，我以后是死是活都跟你没有丝毫关系！"

说完这句话，他烦躁地挂断了电话，然后假装将刚才那个电话拉进黑名单。之后，他把手机塞进包里，脸侧向一边，望着窗外，假模假式地擦拭着眼里溢出的泪花。

从电话内容中，韩敏大概猜到了女孩的遭遇。此刻，看到女孩梨花带雨的模样，她实在是做不到视若无睹，那未免太过冷漠了。犹豫了一下，她递给女孩一张纸巾，说道："别难过了。"

女孩接过纸巾，说了声"谢谢"，擦干脸上的眼泪，深吸一口气，说道："不好意思啊，让你见笑了。"

韩敏摇了摇头："没什么。"顿了一下，忍不住说道，"这种事情，不是只有你一个人遇到。"

女孩露出诧异的表情："不会吧，难道你也跟我一样，遇到渣男劈腿这种事了？"

韩敏眼神黯淡："不，不是劈腿……"她不知道该怎么说，"反正，也是背叛吧。"

女孩愤然道："男人都不是好东西，没一个值得信任的！"

韩敏附和地点了点头。女孩说道："当初是他让我背井离乡到关山市来的，还说会一辈子对我好。哼，我也就信了。结果呢，这才半年不到，他就把别的女人带回家了。那天要不是我折返回去拿东西，撞见他们的'好事'，可能现在还傻乎乎地以为他是我的真命天子呢。"

韩敏问道："你们结婚了吗？"

"没有，"女孩说，"还好没有。所以我捉奸在床之后，一分钟都没有多待，直接打车到了火车站，毫不犹豫地离开了这个浑蛋。"

"为什么要去茶庄市呢？"

女孩苦笑道："我也不知道。当时就是一秒钟都不想再待在那个地方了。所以随机买了一张火车票，只要是立刻出发的就行。"

韩敏佩服这个女孩的爽快、果敢。她说："我还以为茶庄市是你老家呢。"

"不是，我老家在武汉。"

"那你为什么不回武汉呢？"

女孩黯然道："当初我父母就不同意我到关山市来，跟着这个浑蛋。我没有听他们的，现在也没脸回去了……"

说着，她的脸上带着泫然欲泣的表情。韩敏也不知道该说什么好，只有问道："那你去茶庄市，有什么打算吗？"

女孩茫然地摇着头："我一时冲动就跑出来了，没有什么打算。我知道茶庄市区有一个叫'翠湖'的地方，我想在那儿租套便宜点儿的房子，散散心。"

住宿问题也是韩敏关心的，她问道："租房子贵吗？多少钱一个月？"

女孩说："我在网上了解了一下，翠湖旁边的小型公寓，大概 2000 元一个月吧，合租的话要便宜点儿。怎么，你也要租房子？"

韩敏点了下头，随即问道："合租？"

"对呀，就是两个人或者几个人合租一套房子，每个人一个房间——这样分摊下来，房租不就便宜了吗？"

韩敏若有所思地点点头，然后试探性地问道："那咱们……一起合租好吗？我身上的钱不多，单独租的话，肯定不够。"

简直是正中下怀。女孩说道："好呀，我也是一气之下就跑出来的，只带了点儿换洗衣物和几千块钱。单独租一套房子，我也负担不起。"

这当然是假话。"琉璃"的背后有资本雄厚的"集团"撑腰，况且他正在执行的，是"集团"最重要的任务之一，钱根本不是问题。但是，为了营造出与韩敏同病相怜的假象，他只能委曲求全，把自己塑造成囊中羞涩的迷途羔羊，以此博得韩敏的好感。

果然，两颗心之间的距离迅速拉近了。韩敏只身一人前往陌生的异地，正感到孤立无援，在火车上"有缘碰到"这样一个跟自己年龄、经历和状况都十分接近的女孩，她以为是上天的眷顾，竟暗自庆幸，并立刻说道："那我们下了火车之后一起走吧。我叫韩敏，你呢？"

"我叫**安然**。"这是"琉璃"若干个假身份中的一个，"咱们能在火车上认识，也是缘分。那到了茶庄市，就结伴同行吧，彼此之间也有个照应。"

"是啊。"

安然淡淡笑了一下。实际上，他内心的喜悦都快要冲上云霄了。一切进展得太顺利了，他简直佩服自己的智慧和演技。

晚上十点半，火车准时到达了茶庄市东站。下车的时候，安然装模作样地问韩敏怎么没有行李，韩敏含糊其词地应付过去了。安然了然于心，没有多问。

两人一起走出火车站。今天晚上只能住旅馆了。但是韩敏没有身份证，她告诉安然，自己的身份证遗失了。安然假装为难，然后答应帮忙。火车站旁边的旅店对身份证的检查不严，所以两人只出示了一张身份证，便开了一个标间，住了下来。

韩敏先去卫生间洗澡。趁这个空当，安然赶紧向罗曼教授汇报情况，问了一个非常关键的问题。

琉璃：教授，我跟她住在一个房间，不会有什么问题吧？

白银：没关系，只要你不做出任何试图侵犯她的举动，她的能力就不会发动。

琉璃：好的。

白银：还有一点，别让她发现你的真实身份。我清楚你的能力，应该不可能把身体每个部位都变成女人吧，特别是最重要的部位。

琉璃：是的。我会注意的。

白银：那就好。把我们的聊天记录删除。

琉璃：我知道，教授。

正好韩敏冲完澡，裹着浴巾出来了，说道："安然，你去洗吧。"

"好的。"安然删除了刚才的聊天记录，然后把手机关机了，放在床头柜上，走进浴室。

这一天发生了很多事，韩敏早就疲惫不堪了。她躺上床，盖上被子，很快就进入了梦乡。她并不担心自己的特殊能力会引发麻烦，因为经验告诉她，只要屋里还有其他的人，"触手"便不会启动清洁模式。

当然，她更不用担心安全问题。这个叫安然的女孩，她并非完全信任，更谈不上知根知底。但韩敏无须顾虑——如果对方意图不轨，结果是什么，她非常清楚。她在心里祈祷，希望安然是个好女孩——她不希望再次出现"神秘死亡"事件了。

当然，她做梦都想不到，一切都在对手的掌握之中。一张巨大的蛛网已经布下。而她，是黏在网上的飞蛾。

四

暗藏玄机

第二天早上起床之后，韩敏和安然退了房，在旅馆旁边的早餐店吃了早点，然后打车来到位于茶庄市中心的翠湖。这里有“小西湖”的美誉，湖畔绿树成荫、杨柳低垂，湖水清澈碧绿，让人心旷神怡。

面对如此美景，两人都感到心情舒畅，之前的万般愁绪，仿佛都被拂过湖面的阵阵微风吹散了。他们沿着湖边漫步了一阵，与晨跑、锻炼的人擦肩而过。翠湖虽然没有西湖那么大，却也不小，完整走上一圈，估计要半天时间。他们住所都没确定，不敢耽搁太多时间，从步行道走到了湖边的公路上。

正好路边就有一家租房公司，门口立了一块牌子，写着各种租房信息。韩敏和安然走了过去。

店里一个穿西装的小伙子立马迎了上来：“两位美女租房吗？”

安然说：“对，有套二的公寓吗？”

“有啊，就在翠湖旁边。”

“房租多少？”

“3600元一个月。”

韩敏吃了一惊：“这么贵……3600？”

中介说：“这可是翠湖边呀，茶庄市最好的地段。您要是嫌贵，可以租别处的房子，我们这儿也有，价格就便宜得多。”

安然说：“不，我们就租翠湖旁边的。除了这套，还有便宜点儿的吗？”

“便宜点儿的也有，但就不是套二的了，是群租房。”

“什么叫群租房？”韩敏问。

“就是一套大房子，被隔成了若干个单间，每个单间的面积呢，大概就10平方米，厨房和卫生间公用。住起来自然是没那么方便的，但优点是价格便宜。租这种房子的，一般都是在附近上班的年轻人。”小伙子解释道。

韩敏倒是无所谓，她连火锅店的集体宿舍都住过，这种群租房又有什么关系呢？对她而言，只要能在这座城市有一个落脚点，就足够了。

关键是“琉璃”。作为“集团”的核心成员，他根本不在乎钱的问题。但之前已经给出“困顿女青年”的人设了，现在要是突然大方起来，未免令人生疑。但是要住到群租房这种地方，是他之前没想过的。他隐约觉得，跟好几个人同住一个屋檐下，也许会发生一些意想不到的事情。他的任务是密切监视韩敏，绝对不能节外生枝。

韩敏见安然缄口不语，说道：“安然，中介说如果是群租房的话，一个单间只要500元，我觉得不错，你呢？”

安然不太情愿地说道：“群租房呀……住的人太杂了，男男女女都有，会不会不太方便？”

中介笑道：“美女，又想舒适、方便，又希望价格便宜，哪有这种好事呢？”

韩敏见安然有些为难，说道：“安然，我身上就只有三千多块钱了，如果租那种一个月一两千的，我连一个季度的钱都付不起。所以我只能租便宜的群租房。你如果实在不愿意，那要不……”

安然听出她话里的意思了，赶紧说道：“没事，那就群租房吧。说不定人多点儿，还热闹点儿呢。”

中介立即说道：“可不是嘛。那我现在带你们去看看房子？”

“行。”

小伙子到店里拿了钥匙，领着韩敏和安然朝翠湖西面走去。十分钟后来到一个半新不旧的小区门口，小区的名字就叫“翠湖苑”。

乘坐电梯上到第十二楼，中介先敲了敲门，然后掏出钥匙开门。出现在韩敏眼前的，是一条狭长的通道，根本没有什么客厅、餐厅之类的划分。通道两旁是被分隔出来的六个房间。其实这套房子总面积估计也就 100 平方米不到，硬生生被隔出这么多房间，显然就是为了多收房租。

中介招呼韩敏两人进来看。他们发现，整套房子除了六个单间之外，还有一个厨房、一个卫生间和一个阳台供租客们共用。装修、家具什么的都十分简陋。韩敏清楚自己没有挑选的余地和挑剔的资格。安然心中则暗暗叫苦，却又无可奈何。为了完成罗曼教授交代的任务，他只能隐忍了。

中介打开两个单间的门让他们看。房间只有 10 平方米不到的样子，摆放了一张单人床、一张小桌子和一个衣柜，除此之外什么都没有，只能让疲惫一天的打工族回来睡个觉罢了。

“六个人住一套房子，只有一个卫生间？”安然表示难以接受。

中介挠着脑袋说：“没办法，这套房子确实只有一个卫生间。不过楼下不远的地方就有一个公共厕所，实在不行的话，可以去公厕‘方便’。”

安然烦闷地皱起眉头。中介怕他不愿意租，说道：“这附近的房子很紧俏的，这都是最后的两个单间了。如果你们一起租下来的话，两个房间我一共给你们算 900 块钱吧，押一付三，怎么样？”

韩敏一听一个月才 450 块钱，立马就点头答应了。安然虽不情愿，也只有同意。

“那就请两位到店里去签租房合同……”

话没说完，不知哪个房间里突然响起一个男人粗鲁的声音：“又有人搬进来了？”

三个人都被吓了一跳。他们本以为现在是上班时间，出租房里不会有人，没想到居然还有一个待在屋里的。随着一阵趿拉拖鞋的声音，一个身材瘦高、穿着背心和裤衩、头发乱糟糟的年轻男人出现在门口：“才把上次那两个土鳖赶走……”

他的目光接触到两个美女的同时，立时收住声音，眼睛里流露出难以掩饰的欣喜的光芒，说话的声音马上变得温和多了：“哟，原来是两位美女呀，失礼失礼！欢迎二位入住！”

对于这种举止轻佻、油嘴滑舌的 loser，韩敏本能地感到厌恶。安然就更不必说了。他俩一起侧过脸去，没有搭腔。中介不冷不热地对这个年轻男人说道：“上次那两个农村小伙就被你弄得住不下去了，这次换成两位美女，你可得关照点儿了。”

“那还用说，美女嘛，当然得怜香惜玉了。”

安然起了一身的鸡皮疙瘩，他对中介说：“我们去店里吧。”韩敏也赶紧跟着出去了。

乘电梯到楼下，韩敏问道：“刚才那人是谁呀，房东吗？”

中介说：“不是，房东怎么会住这儿？他也是租客，在这儿住了一年多了。”

“你刚才提到的两个农村小伙……是怎么回事？”韩敏又问。

中介有些尴尬地说：“没什么，可能就是大家生活习惯不一样吧，产生了一些矛盾……后来那俩小伙子就自己提出不住了。”他明显不太想聊这个话题，“不过你们不用担心这个问题，反正每个房间都是独立的，大家互不打扰就行了。”

韩敏和安然相视无言。除开他们的四个租客里，其中一个已经不是善茬了。不知道另外三个，又是什么角色呢？

不过这都不是韩敏最关心的问题，她能不能租到房子还不一定呢，又是那个该死的问题——身份证。

“什么，你没有身份证？”中介倏然停下脚步，“这怎么行呢？没有身份证是租不了房子的，你怎么不早说呀？”

韩敏窘迫地低下头。安然在一旁说道：“这样好吗，我们俩是朋友，我当她的担保人，可以吗？”

“担保人？万一她在租住的这段时间发生了什么事——当然我说的是万一啊——你能负责吗？”

安然假装犹豫了一下，说道：“我可以负责。”

韩敏感激地望着安然。

中介想了想，说：“那好吧，但是你得签一份补充协议，把刚才咱们说的写进去。”

“没问题。”

到了租房公司，两人办好一切手续，分别交了三个月的房租和押金。中介把房屋钥匙和单间钥匙交给了他们，房子就算是租下来了。

落实了住的问题，韩敏心头的一块大石头落了地。接下来该做什么，她也没个主张。安然说道：“走，咱们找个地方吃午饭去。下午在翠湖游玩一下，晚上再回去吧。”

韩敏点了点头，由衷地说道：“安然，真是谢谢你了。”

“嗨，别客气，在家靠父母、出门靠朋友嘛。”安然说，“其实我也挺感谢你的，有你陪着我，我没有那么伤心难过了。”

韩敏说：“咱俩都别言谢了。总之接下来的这段时间，咱们互相关照吧。”

“好的，请多多关照！”安然爽朗地一笑，拉着韩敏的手朝前面走去。

下午，他们绕着翠湖散步，在湖边的一个茶舍点了一壶清茶，一边观景，一边品茶，十分惬意。

湖边有一大片芦苇，韩敏盯着芦苇出神，她知道，“蒹葭”就是跟芦苇类似的植物。**不知道这个代号是否有什么寓意呢？她想到，自己能从中揣摩出什么线索吗**？

安然注意到，韩敏在盯着这片芦苇发呆。这让他遽然想到，**隐藏在茶庄市的联合会成员，很有可能就是代号为“蒹葭”的特异人**。只不过，此人是谁，连罗曼教授都不清楚。而找出此人，正是他的任务所在。

安然故意试探道："韩敏，你望着那片芦苇发什么呆呢？"

韩敏微微一怔，说道："没什么，我就是觉得，这片芦苇好美。"

韩敏脸上瞬间流露的不自然的神色，已经让安然了然于心。他假装毫不知情地说道："是啊，翠湖的风景，真是不比西湖差呢。"

他们就这样有一搭没一搭地聊着，很快到了傍晚，安然提出请韩敏吃当地的特色美食。一瞬间，韩敏又想起了夏嬴。不过，只是一晃而过罢了。

吃完了晚饭，两人去附近的超市买了一些基本的生活用品，韩敏还买了两件便宜的衣服和内衣，之后回到出租房。

打开门，他们看到共用的厨房里，有一个看起来接近 40 岁的中年男人在煮面条。这多少让他们感到有些意外，原本以为住在这种群租房里的，都是毕业不久的大学生或者处于过渡期的年轻人，没想到中年人也会住在条件这么差的地方。想必是被现实生活蹂躏和践踏过的失败者吧。

心里虽这样想，嘴上还是得打招呼，毕竟同住一屋檐下，低头不见抬头见。

"你好。"两人一起说道。

中年男人一边挑着锅里的面条，一边面无表情地瞄了他们一眼，说道："新搬来的？"

"是啊，今天才住进来的。"韩敏说。

中年大叔"嗯"了一声，只顾挑他的面条，没多说了。韩敏和安然正要进入各自的房间，卫生间的门打开了。一个身着黑色毛料套装的女人从里面走出来，看见两个新租客后，淡淡笑了一下。韩敏和安然也报以礼节性的微笑。

这女人化着精致的妆容，一时看不出年龄有多大，或许二十七八，也可能三十多点儿。她的长相并不出众，气质倒是不俗。韩敏心中感叹，这群租房里还真是什么人都有，并非如所她想，全是今天早上那样的小混混。

黑衣女人说了声"借过"，从韩敏和安然身边擦肩而过，进入自己的房间，把门关上了。

韩敏本来也想回屋了，却突然发现，安然怔怔地望着刚才那个女人的背影，似乎看呆了。她问道："怎么了？"

安然恍惚了一下，说道：“没……没什么，我回屋去了。”

说着转身走进了自己的房间。韩敏有些纳闷，也想不出个所以然，只有回屋。

安然进入房间之后，把门锁好。他坐在床上，眉头紧蹙，竭力思索。

刚才那个女人，看起来有几分眼熟，似乎之前在哪儿见过……

他坐在床边，搜索枯肠，想要抓住一鳞半爪的记忆，却怎么也想不起来了。

是错觉吗，还是真的曾经见过这个女人？这件事，该向罗曼教授汇报吗？

不，先稳一下吧，观察一阵再说。也许只是记忆出了差错，提供这种不知所谓的信息，会被教授责怪的。

安然双手食指按揉着太阳穴，躺在床上闭目养神起来。

厨房里煮好面的中年男人，端着一碗热腾腾的汤面回到了自己的房间。他把面碗放在桌子上，回身将门关拢。

锁好门后，他突然做出一个惊人的举动：双手握紧拳头，在空中猛烈地挥舞着，一张脸因兴奋而涨得通红，嘴里虽然没有发出声音，却不断做出“耶！耶！”的口型，内心的雀跃程度难以言表。和刚才厨房里目光呆板、死气沉沉的样子比较起来，简直判若两人。

他是一个偷窥狂，也是最早住进这套房子的人。刚搬来的时候，这套群租房里还只有他一个人，也就是在当天，他便在唯一的卫生间的瓷砖缝隙里，安装了**针孔摄像头**。

这是他住进年轻人聚居的群租房里的唯一原因。偷窥那些年轻而诱人的胴体，几乎是他人生最大的乐趣，也是让他获得满足的唯一方式。

然而，接下来的事情令他大为失望。另外五个房间会迎来怎样的租客，是他无法控制的事情。按先后顺序：先是那个小混混；然后是两个农村青年；接着搬来的，还是一个年轻小伙子。

全是男的。这残酷的事实几乎将他击溃。他对男人的身体不感兴趣。他要看的是美女，是年轻漂亮的女性的胴体。

还好，终于有一个女性入住了。就是那个经常穿一身黑色衣服的气质美女，天无绝人之路——他在心中感谢上帝。这个女人的入住，为他即将坠入黑暗深渊的人生注入了一丝光明。

从此，通过针孔摄像头偷窥气质美女沐浴，便成了他每晚雷打不动的娱乐项目。然而，他不满足于只偷看一个女性，他需要更多能让他血脉偾张、为之癫狂的香艳画面。

正巧，一个星期前，小混混跟两个农村青年因为使用卫生间的问题大吵了一架，差点儿动手。当时他去劝了架，让所有人都以为他是一个老好人。但谁都想不到，他只是想到了如何利用这次机会，把两个农村青年赶走。

接下来的两个夜晚，他使用卑劣无耻的方法，让两个农村小伙子以为，是那个小混混在威胁和报复他们，终于成功地把两个农村小伙子逼走了。这件事，就连租房公司的人和那个小混混都以为是那晚的冲突造成的，没有人会想到是他暗地里做了手脚。

他的目的当然是希望能换成女性租客入住。而出乎他意料的是，这次住进来的不但是女性，而且是两个貌美如花的年轻姑娘，这怎能不令他内心欢呼雀跃呢？天知道刚才这两个美女跟他打招呼的时候，他是怎样控制住自己的情绪和表情，才能装出那副丝毫不在意的样子。实际上，他从接触到这两个美女的第一眼，脑子里就已经浮现出她们裸体的样子了。

而这一幕，一会儿就会成为现实。

那碗面，他已经完全顾不上吃了。此刻，他双手颤抖着打开了笔记本电脑，调出监控画面。卫生间目前没有人在使用，但是这两个漂亮的年轻女孩儿，应该很快就会进去洗澡了。

或者如厕。

这画面对他而言，同样具有致命的吸引力。

他期待着，等候着，今晚势必一刻不停地守在电脑面前。

然而，他不可能想到，一会儿将看到怎样的惊人画面。

神秘之城

中国，北京。

罗曼教授的宅邸内，新来的英语老师 Miss Kaylee 正在给陈忡和黎芳上课。这同样是一个年轻漂亮的女老师，讲课的水平也绝不比 Miss Ella 差。甚至，陈忡觉得她有点刻意模仿 Miss Ella——这自然是罗曼教授事先交代的——但陈忡的心里仍然怀念着 Miss Ella，她的一颦一笑、一举一动至今仍历历在目。在他心中，Miss Ella 是无可取代的。

新老师并没有什么不好的地方，只是，那种“感觉”不一样了。

Miss Kaylee 发现陈忡走神了，她轻声叫道：“陈忡？”

一旁的黎芳用手肘碰了陈忡一下，他才回过神来：“啊，老师……”

Miss Kaylee 叹了口气：“你要是开小差的话，那等于一半的学生都走神了。”

陈忡不好意思地挠了挠头，说道：“好的老师，对不起，我会认真听课的。”

英语课上完之后，是午餐时间。Miss Kaylee 回去了，陈忡和黎芳从学习室走到餐厅。

餐桌旁已经坐了三个人了，罗曼教授、齐薇，还有——莫雷。

陈忡的目光接触到莫雷的一刹那，身体便不由自主地颤抖了一下，脸色也随之变得苍白。自从 Miss Ella 的事件之后，莫雷还是第一次出现在陈忡面前，此刻的他穿着干净的白衬衣，梳着整齐的发型，看起来十分平常的样子。但陈忡对他感到恐惧和憎恶。无论如何，他都做不到跟莫雷坐在一张桌子上，装作什么都没发生一样吃饭聊天。

“陈忡、黎芳，过来吃饭了。”罗曼招呼他俩，“今天老王做了你们最爱吃的川菜，麻婆豆腐、回锅肉、水煮鱼，味道很棒。”

“教授，我不饿，你们吃吧。我先上楼去休息了。”陈忡抛下这句话，头也不回地朝二楼的卧室走去。

黎芳尴尬地站在原地，不知道该跟着陈忡一起上楼，还是留下来跟罗曼教授他们一起吃饭。

罗曼望了一会儿陈忡的背影，对黎芳说道：“让他先休息吧，我一会儿让 Mary 把饭给他送到楼上去，你坐下来吃。”

“哎，好……”黎芳局促地坐了下来，埋头夹菜、吃饭，完全不敢望向莫雷那边。

这顿饭吃得沉闷而压抑，气氛堪比葬礼。

饭后，罗曼让菲佣 Mary 把饭菜盛在盘子里，吩咐她把午餐送到陈忡的房间。Mary 刚刚走到楼梯口，罗曼叫住了她：“等等，我把饭给他送去吧。”

陈忡躺在卧室的床上，情绪低落。门外传来敲门的声音，他说了一声：“请进。”

扭头一看，居然是罗曼教授亲自把饭菜给他送来了。陈忡立即从床上翻身下来，说道：“啊，教授，您怎么亲自给我送饭呀……”

罗曼说：“你要是再像今天这样闹情绪，恐怕我得亲自给你做饭了。”

陈忡脸红了：“那怎么可能……”

罗曼把餐盘放在桌子上："快吃吧，饭菜都要凉了。"

"嗯。"陈忡走到桌子前，大口地吃起来。罗曼坐在一旁看着他。

饭菜三下五除二就吃完了，陈忡用纸巾擦了擦嘴，说道："谢谢您，教授。"

罗曼摆了摆手，说道："你不愿意坐下来一起吃饭，是害怕莫雷吗，还是始终无法原谅他的那次过失？"

陈忡把罗曼当成父亲一样，在他面前用不着隐藏心中的想法："可能两种原因都有吧。总之我很难面对他。"

罗曼微微皱起眉头，说道："那就有点不好办了。"

陈忡说："以后吃饭，我能跟他分开吃吗？比如你们先吃，然后我再吃。除了吃饭，其他场合我也不想跟他在一起。"

罗曼叹道："看来这个心结你一时半会儿是解不开了。我可以尊重你的做法，但是有一件事情，我也必须要让你知道。"

"什么事？"

罗曼说："从后天开始，我会暂时离开北京，到另一个地方去办点事。这也就意味着，在我离开的这段时间，要由齐薇和莫雷来照顾你们。"

"什么？"陈忡一下站了起来，脸色大变，"您要我单独跟莫雷在一起？"

"怎么会是'单独'呢？这栋房子里又不是只有你们两个人，不是还有齐薇、黎芳吗？还有 Mary、老王他们。"

陈忡的头摇得像拨浪鼓："不，教授，如果您不在这个家里的话，我绝对不想跟莫雷待在一栋房子里，更不需要他来照顾我！"

"我说的'照顾'，其实就是保障你们安全的意思。"罗曼说，"在我离开的这段时间，我必须让一个值得信任的人来确保你们的安全。"

陈忡说："也许您是信任莫雷的，但我不信任他。何止不信任，事实是我很怕他。对我而言，他才是最危险的人。您要是真的希望我安全，就让莫雷搬出去住吧，或者我和黎芳搬出去也行。"

罗曼说："那怎么可能？仅靠齐薇一个人，是无法让我安心的。也许你现在还意识不到，到了关键时刻，你就会明白莫雷的重要性了。"

“这些我都不管，”陈忡几乎是哀求道，“教授，别把我留在这栋房子里跟莫雷朝夕相处，求您了。”

罗曼看出来了，陈忡对莫雷的畏惧，简直到了深入骨髓的地步。他甚至想，干脆直接把**莫雷的特异之处**告诉陈忡算了，但他又担心这样做，陈忡会更加害怕。一时之间，他也想不出什么好的解决办法，为难地说道：“那你希望我怎么做呢？”

陈忡说：“**把我和黎芳带上一起**，行吗？我们跟您一起走。”

罗曼怔了一下，说道：“但我是去办事的，把你们带上，不太方便。”

“您要去哪儿？”陈忡问。

“**石头城**。”罗曼回答。

陈忡并不知道石头城在哪个省、哪个城市，他甚至都没听说过这个地方。但对他来说，这些都不重要，只要能避开莫雷，哪怕月球都行。

“教授，我们只跟随您到那个地方就行了，不会影响您工作的。”

罗曼沉吟片刻，说道：“我考虑一个小时，然后回复你吧。”

“好的，教授。”陈忡望着罗曼，满眼的恳求。

罗曼离开陈忡的房间，来到一楼书房，静坐片刻后，他分别跟莫雷和齐薇打电话，让他们到书房来一趟。

几分钟后，莫雷和齐薇一起来到了书房。齐薇问道：“教授，有什么事吗？”

罗曼说：“把门关上。”

齐薇关好房门，和莫雷一起走到罗曼对面的皮椅上坐下。他们看得出来，罗曼教授有重要的事要跟他们商量。

“我刚才找陈忡谈了话，”罗曼说，“看来 Miss Ella 的事对他造成的心理阴影，比我想象中还要严重。我告诉他，我后天要离开北京，他死活都不愿意待在这栋房子里。原因当然是……”

“因为我。”莫雷无奈地叹息道，“我看出来了，他现在对我十分抵触。”

“不只是抵触，他很怕你，莫雷。不管我如何让他宽心，恐怕短时间内，也很难改变他对你的恐惧心理。”

“那他希望怎样呢？”齐薇问。

“他想让我带他一起走，还有黎芳。”罗曼说。

“去石头城？”齐薇愕然道，“这怎么可能？他才刚刚加入我们不久。不可能现在就让他知道**石头城的秘密**吧？”

“当然不行，现在为时过早。”罗曼说，“但我无法劝说他安心留在这里。我担心执意如此的话，他会离家出走，那就麻烦了。别忘了，他现在正处于叛逆期。”

齐薇烦躁地说：“真是麻烦，那怎么办呢？”

罗曼说：“我考虑了一下，只有采取折中的办法。那就是，我带他们俩去石头城，但是跟他们约法三章：不能过问我在石头城做什么，或者要求我回答任何满足他们好奇心的问题。为了离开北京，陈忡肯定会答应的。”

齐薇说：“好像也只能如此了。”

“但是这样一来，就产生了一个问题。”

“什么问题？”莫雷问。

“如果我一个人去石头城，倒没什么。但是带上他们俩，特别是陈忡，就不得不对安全问题格外重视。万一**联合会**那边的人盯上了陈忡，要从我手里抢走他……”

“有这种可能吗？”齐薇说，“您做事一向谨慎低调，联合会应该不知道‘苔藓人’已经在我们手里了吧？”

“那可未必。”罗曼摇头道，“联合会那边也是卧虎藏龙，不可小觑。说不定他们已经掌握了情报，只是在等待出手的时机罢了。”

莫雷想都没想，脱口而出：“那我跟你们一路吧，可以保护你们的安全。”

罗曼苦笑道：“陈忡想跟我一起走，就是为了避开你。”

莫雷这才想起原委：“那怎么办？”

罗曼说：“我刚才思考了一下，实在不行，就让‘**琥珀**’跟我们同行吧。”

听到“琥珀”这两个字，齐薇和莫雷同时露出惊诧的表情。莫雷难以置信地说道：“他惧怕我，却不害怕‘琥珀’？老实说，我对‘琥珀’都畏惧三分。”

“对，我也是。”齐薇一边点头，一边揉搓着手臂，“‘琥珀’是‘集团’里唯一让我只要一想起来，就会全身起鸡皮疙瘩的人。”

罗曼说：“无知者无畏嘛。他又不知道‘琥珀’是什么人，具有什么样的特殊能力。不到万不得已，‘琥珀’是不会**变身**的。”

莫雷说：“教授，您考虑好了吗，真的要让‘琥珀’跟你们同行？”

“是的。在我离开的这一个月里，我需要你们俩留在大本营，时刻注意联合会的动向，跟我保持密切联系。陈忡我就带走了，有‘琥珀’保驾护航，你们也不必担心。”

“好的教授，我们明白了。”

罗曼点了点头，示意他们可以离开了。

齐薇和莫雷走出房间后，罗曼摸出手机，拨通了一个号码。

“教授，您有什么吩咐吗？”听筒里传出一个低沉的声音。

“‘琥珀’，我需要你跟我去一趟石头城。”罗曼说，“情况是这样的……”

几分钟后，电话那端的人弄清了目前的状况，说道：“我知道了，那我明天就前往北京，跟您会合。”

“好的，辛苦你了。”

罗曼挂了电话，离开书房，朝陈忡的房间走去。

“教授，”陈忡迎上前来，迫切地问道，“您考虑得怎么样了？”

罗曼说：“你把黎芳叫过来一下吧。”

陈忡一听就觉得有戏，应了一声，到隔壁房间把黎芳拉了过来，坐在教授的面前。

罗曼对他俩说：“我后天要去一趟云南的石头城，你们俩就跟我一起去吧。”

“嗯，好的！”陈忡立即答道。黎芳当然也没有意见。

罗曼说：“但是你们要答应我一个条件。”

“您说。”

“我这次到石头城，是去办一件**重要的事情**。我希望你们不要过问和打听这件事是什么，我现在暂时不想告诉你们，等到了合适的时机，我自然会让你们知道的。就这一个要求，能办到吗？”

陈忡和黎芳对视了一眼，齐声说道：“没问题。”

罗曼露出笑容：“那就好。总之到了那边呢，我去办事的时候，你们可以在酒店看书学习、休闲娱乐，或者在古城里走走逛逛，我会给你们足够的零用钱——就当作是去旅游一下，散散心吧。”

“好的。”

“需要注意的是安全问题。陈忡，你的特殊身份不用我再强调了。此次出行，为了避免发生意外，我会带一个保镖，跟我们同行。”

“保镖？”

“对，他负责保障我们的安全。你们可以完全信赖他。”

陈忡和黎芳一齐点头。

“那就这样吧，”罗曼站起来，“我会让齐薇帮你们订机票，后天早上九点出发，你们收拾一下行李，做好准备。”

“知道了，教授。”

走出这个房间之前，罗曼突然想起一件重要的事情，回过头说道：“对了，后天出发的时候，**你们不要穿蓝色的衣服，也不要背蓝色的背包，行李里面尽量不要出现蓝色的东西**。到了石头城，也是如此。”

陈忡和黎芳同时一愣，问道：“为什么？”

“记得吗，我刚和你们说过的，不要过问你们不该知道的事情，照我说的做就行了。”

陈忡张了张嘴，忍住了，微微颔首。

“好了，准备上下午的课吧。”罗曼离开了陈忡的房间。

陈忡和黎芳默默地交换着目光，在心里猜想——**这个神秘的石头城，到底隐藏着怎样的秘密**？

真实身份

“琉璃”没有想到的是，执行此次任务最大的困难，竟然是“无聊”。

他所在的房间只有七八平方米，没有电脑、电视等娱乐设施，手机是唯一的精神食粮。但对他来说，这是远远不够的。

他的真实身份，其实是一个二十多岁的年轻男人，正处于体力充沛、精力旺盛的阶段。之前也并不是宅男，现在要他待在这间饼干盒一样的小屋子里，无所事事地度过整个晚上，简直是种折磨。

其实，韩敏完全在他的掌控中。而且他很清楚，自己没有露出任何破绽，不用时刻紧盯，她也绝不会悄悄溜走。想到这里，“琉璃”就想要出去找点乐子了。虽然茶庄市他一点儿都不熟悉，但任何城市都有灯红酒绿的地方。在异地的夜店勾搭一两个辣妹，开个房间跟她们“玩玩儿”，想想都让人心生荡漾。

但问题是，为此他必须恢复男儿身。“变身”对他来说并非困难的事，但也绝不像孙悟空吹口气那么简单，关键是麻烦。变成男人之后，发型、衣着什么的都得随之改变，而鬼混完之后，还得再变身一次，全部换回来。烦琐不说，他不可能大晚上的提着一包男人的衣服出去。万一被韩敏发现了，起了疑心，可就得不偿失了。

想到这里，“琉璃”放弃了出去消遣的念头，烦闷地叹了口气，双手枕在脑后，躺在床上出神。

其实，身边不就有一个美女不是吗……仔细想想，韩敏的身材样貌都挺不错的，恰好是他喜欢的类型……

可惜的是，他是不可能对韩敏下手的。且不说他现在扮演的是一个叫“安然”的女孩，就算是男生形态，他也不敢对罗曼教授的首要目标人物产生欲念和感情。况且韩敏的能力，也让他忌惮三分。

情色幻想破灭了。不过，出去吃个消夜，喝点小酒，总是可以的吧?

“琉璃”揣上一张八位数的储蓄卡，走出了房间。

韩敏的房门是关着的。不知道她在做什么。这不重要，只要她乖乖待在里面就行了。

来到大街上，安然通过手机 APP 找到了附近评分不错的一家经营海鲜烧烤和精酿啤酒的店。很近，步行就能到。他按照地图的提示走了过去。

这家店就在翠湖边上，占据了绝佳的地理位置。室内装修得颇具小资情调，播放着让人迷醉的 Björk 的音乐，酒架上摆满各类进口啤酒。最大的亮点是可以坐在室外，在柳树下一边欣赏翠湖的夜景，一边品美食、美酒，十分惬意。

安然在湖边的一个座位坐下。服务员立刻递上菜单。这两天跟韩敏在一起，必须装成穷姑娘的样子，住廉价的房子、吃街头小吃，就连买瓶矿泉水，都不敢选 3 元钱以上的——憋屈得让人血气不畅。其实对他来说，钱是最不必担心和考虑的问题。自从加入集合会，“琉璃”就知道自己将拥有花不完的金钱。“集团”富可敌国，罗曼教授也从来不会亏待他们这些核心成员。

特别是，他现在正在执行“集团”最重要的任务。所有的花销都是可以报销的。这张 1000 万的储蓄卡，只是罗曼教授给他的第一笔资金。理论上，想要多少，“集团”就会再给他多少——只要能完成任务。

此刻没有跟韩敏在一起，安然不必节约，更不必亏待自己。他翻看菜单，点了最贵的几道菜，和几种口味的进口啤酒。服务员善意地提醒道：“您一个人，可能吃不了这么多。”

安然白了他一眼：“我不能每种都尝尝吗？”

“可以可以。”服务员忙不迭地点头记录，匆匆去了。

不一会儿，摆盘华丽的海胆刺身、烤帝王蟹、法国生蚝和铁板金枪鱼依次端到了安然面前。他挨着品尝，再啜饮精酿啤酒，全身的毛孔都舒展开来了。

最后一道菜是葱油东星斑，男店员端上来的时候，说了一声“请慢用”。安然突然觉得这个声音有几分耳熟，抬头一看，双方都愣住了。

这个上菜的小伙，正是早上那个举止轻佻、油嘴滑舌的瘦高男生——没想到他竟然是这家店的店员。夜宵店主要是上夜班，安然一下明白了，为什么上午他们去看房子的时候，这人还在屋里睡觉。

瘦高男生也一下认出了安然，他“哎”地叫了一声，指着安然：“你不是……”

真他妈见鬼了。安然在心里咒骂道。出来吃个东西，都能碰到同一个出租屋里的租客，还能再凑巧点儿吗？

上午的时候，这男生穿着背心裤衩、头发乱糟糟的，现在是上班时间，自然捯饬得人模人样一点儿。不过他那股痞子味却始终没变，望着安然，嬉皮笑脸地说道：“是你呀美女，这么巧，到我们店来吃东西？”

安然不咸不淡地“嗯”了一声，继续吃菜喝酒，没搭理他了。瘦高男生还想说什么，里面的人招呼他上菜，他应了一声，过去了。

忙完后，店里同事悄悄问瘦高男生：“你认识那个美女？”

“对呀，跟我租同一套房子的美女。怎么样，哥们儿有艳福吧？”

“她跟你住在一起？”同事明显不信，“吹吧你！你知道她点这桌菜值多少钱吗？两千多！这种富家千金，会住在房租500元的群租房里？”

这么一说，瘦高男生也觉得奇怪了。这事是有点不合逻辑。他纳闷地说：“她今天才租的房子，看起来不像是有钱人呀，穿得也很普通嘛。”

同事觉得他不像是在开玩笑了："她真是群租房里的租客？"

"骗你死全家，可以了吧！"

同事信了，想了想，说道："她不会是来'吃白食'的吧？"

以前店里就遇到过这样的事，有客人点了一大桌菜，吃完之后趁店员不注意，偷偷溜了。大晚上的，眨眼就没人了，上哪儿追去？

为了保险起见，瘦高男生把这事告诉了老板。老板引起了警觉，像这种一个人出来吃饭，又点这么多菜，本就有点可疑。加上坐在室外，跑起来就更容易了。老板叮嘱瘦高男生，把这女孩儿盯紧点儿。她点这一桌菜价格不菲，要是溜了，他们损失严重。

瘦高男生正愁没机会搭讪，听到老板吩咐，屁颠儿就过去了。他走到安然旁边，拉了张椅子坐下，嬉笑道："美女，我叫王铮，你呢，正式认识一下吧？"

安然内心本来就是个男的，对同性一点儿兴趣都没有。但想到毕竟是同一套房子的租客，又不好表现得过于冷淡，只好说道："我叫安然。"

"真好听的名字，安然，名字跟人一样美……"

安然有点恶心，赶紧岔开话题："我说你不是在工作吗？怎么坐这儿陪客人聊起天来了。"

王铮说："现在不是没多少客人嘛，反正不忙，我就过来陪你喝两杯呗。"

"哟，现在不光有酒托女，还有酒托男了呀？"

王铮昂起头："你这话说哪儿去了，我能让你请吗？随便喝，我请客！"

安然突然觉得有点儿好玩起来了。他本来就是出于无聊，出来找乐子的，没承想遇到这么一个活宝。他是在男人堆里长大的，对这种油腔滑调、打肿脸充胖子的男生实在是太了解了。一个住在群租房里的打工族，一月能赚多少钱？居然敢夸下海口。一时之间，他有点想戏耍一下这家伙。一方面寻开心，一方面也让他知道，坐在面前的这个"小妞"不是好惹的。

"此话当真？你请我喝酒？"安然确认道。

话已出口，王铮只有硬着头皮应承下来："对呀。但是，菜得你自己付钱……”

“那是当然，你请我喝酒就行了。”安然说。

王铮一副放心下来的样子，心想一个女孩，就算再能喝，三五瓶啤酒顶天了。回头找老板商量一下，算个成本价，他勉强还能接受。

“好嘞！”安然粲然一笑，喊道，“服务员，给我们拿一打 Sapporo’s Space Barley 啤酒过来。”

王铮一听肝都颤了，这款酒是他们店里最贵的啤酒，150 元一瓶。可是海口已经夸下了，表面上就只能装出无所谓的样子。安然吩咐服务员把酒全部打开。王铮制止道：“别……一瓶一瓶地开吧。12 瓶……我们喝得了吗？”

安然没有说话，一仰脖子，直接干了一瓶。抹了抹嘴，冲王铮一笑。

王铮咽了口唾沫，有种不祥的预感。安然又拿起一瓶酒，跟他碰了一下，说：“你也喝呀，你不是要陪我喝吗？”

王铮的月薪是 3000 块钱。喝这种 150 元一瓶的啤酒，真不敢有多豪爽，他轻轻呷了一口，抬眼一看，安然已经干完了第二瓶酒。他额头开始冒汗了。

他不可能知道，坐在面前的，其实是一个男人。而这个男人的酒量极佳。

但酒量再好，也不能喝得太急。毕竟这种啤酒的度数比一般啤酒高一些。刚才那两瓶是下马威，接下来，安然一边吃菜一边喝酒，放慢了速度。

半个小时后，12 瓶啤酒全喝完了。王铮只喝了 1 瓶，另外 11 瓶全是安然喝的。望着桌子上的一排空酒瓶，王铮两眼发直。

其实喝了这么多酒，安然也有些微醺了。但他稳着没表现出来，故意逗王铮：“没酒了，再拿一打？”

王铮做出求饶的样子：“我错了，美女，求你别喝了。再喝我就破产了。”

“那有什么关系，反正你在这儿工作，打工慢慢还呗。”

王铮双手合十求饶。安然心中暗笑，你哪里是我的对手。他哼了一声，说道：“算了，酒钱我出。但是，你得答应我一个条件。”

王铮：“你尽管说，什么条件？”

安然：**“今天晚上我到你们这儿来消费的事，你不能告诉任何人。”**

王铮眼珠骨碌一转，猜想这里面也许有什么隐情，问道："为什么？"

"别问这么多。你要是不答应，那酒钱你付。"

"别别别，我答应就是。"

安然斜睨他一眼，喊道："老板，埋单。"

老板走过来说道："您好，您一共消费了 4600 块钱。"

安然掏出储蓄卡，说道："刷卡。"

"好，我把 POS 机给您拿来。"面对这种豪气的大客户，老板态度奇好。

安然刷了卡，在小票上签了名，便站起来准备要走。刚走两步，王铮突然在身后说道："咦，你不是叫安然吗？怎么签的名是**祈振宇**？"

安然身体一震，心中暗叫：**糟了**。

他一时大意，加上有几分醉意，竟然暴露了自己的本名。本来，在没有任何人认识他的情况下，就算签上本名也无妨。但刚才他下意识地签下名字，居然忘了王铮的存在。

更糟糕的是，王铮指出了这个名字最大的疑点："祈振宇……这个名字听起来像个男生呀。"

一瞬间，安然的酒全醒了，他非常后悔今天晚上出来，更后悔用喝酒的方式来戏耍王铮。**小不忍则乱大谋**。他甚至产生了一种非常不妙的感觉——这次任务，说不定会坏在这一件小事上面。

当然，他有多种方式来解释和开脱。比如这张卡不是他自己的；又或者，"安然"并不是他的真名，只是网名。"祈振宇"这个名字听上去是有些男性化，但中国人的名字，并没有像英文名那样有严格的性别区分，谁也没规定女生就不能取一个男性化的名字，不是吗？

但他知道，不管怎样解释，都难免令人生疑。事实是，他绝不能让韩敏对自己产生任何怀疑。他知道，韩敏非常聪明，也很敏感，她经历过欺骗和背叛，也知道一个叫"集合会"的组织已经盯上了她。在这种情况下，身边出现的任何一丝令人生疑的微小细节，都有可能让她对"安然"已经建立起来的信任土崩瓦解。她也许会表面上不露声色，却选择在某个深夜悄然离去。到时候，想要再找到她，恐怕就比登天都难了。

如果罗曼教授知道自己把到手的猎物弄丢了……仅仅只是想到这种可能性，他的身体就开始微微颤抖起来，脸色也随之变得煞白。

而事情还在朝更糟糕的方向发展。刚才安然的瞬间驻足，以及难以掩饰的紧张和不安，让本来只有些许怀疑的王铮，开始觉得此事大有蹊跷。他甚至本能地觉得，自己似乎无意间抓住了这个女孩的某个重要把柄。以至于当安然回过头来瞪着自己时，他说出了这样一句话：**“你肯定有什么秘密，对吧？”**

当然，就算他想象力再丰富，也不可能猜到安然的秘密是什么。但他却从安然微妙的表情变化中判断出，自己猜对了。

安然走到王铮面前，望着他，假装平淡地说道：“哼，少在那里自作聪明了。我用的是我男朋友的卡，你管得着吗？”

“我当然管不着。但我知道，**你说的不是实话**。”

安然心脏再次被重击了一下，他突然发现自己小瞧这个人了。此刻，他努力控制着自己的情绪和表情，问道：“何以见得？”

“就凭你现在正在跟我解释这件事。”王铮狡黠地说道，“不然就如同你自己说的，你用谁的卡跟我有什么关系？你用得着跟我解释吗？”

这一瞬间，“琉璃”起了杀心。

七 秘密泄露

不，冷静下来。如果刚刚住进来，就发生了命案，会让韩敏意识到，她的身边危机四伏。就算她不怀疑到自己头上来，悄然逃离此地，也是极有可能的。

“琉璃”忽然发现，自己陷入了一种无比被动和尴尬的局面。几分钟前，这个叫王铮的 loser，还在他的耍弄之中，现在却莫名其妙地掌握了主动权。而他居然变得不知所措起来。再继续解释下去，只会越描越黑。而他也无法假装对此事毫不在意。因为这个该死的王铮跟他住在一个屋檐下，而且这家伙吊儿郎当、口无遮拦，要是他回去之后当着韩敏的面提起此事……不，绝不能让这种事情发生！

“我果然没有猜错，”王铮捕捉到了安然脸上的表情细节，歪着嘴笑道，“**你身上肯定藏着什么秘密**。一个单身女孩来到异地，住在廉价的群租房里，晚上却偷偷溜出来一掷千金。如此看来，你住在那种便宜的地方，只是一种掩饰，对吧？最关键的是，你使用的还不是自己的卡——哎呀，我怎么闻到一丝犯罪的气息呢？”

“编，你再接着编，比小说还精彩了。”安然假装讽刺挖苦，但实际上，已经心虚了。

王铮这个人脸皮极厚，根本不会因为几句冷嘲热讽而退却。他真的继续编了下去：“我正好这几天在追一个悬疑推理的剧，也想过一把侦探的瘾。让我来猜猜看啊：你盗窃或者盗用了某人的卡，逃到异地。然后呢，为了不引人注目，便躲在不起眼的群租房里。只有晚上才能出来‘嗨’一把。从你吃个夜宵都能花掉四千多块钱来看，那张卡里的金额，恐怕是个天文数字。拥有这么大一笔钱，想必可以做很多事吧。你这么美——无意冒犯——但说不定这张美丽的脸，也是花钱精心打造的也说不定呢。”

停顿片刻，他补充了一句更让安然胆战心惊的话：“对了，从你一个人出来享受这点来看，**你那个漂亮的女友，显然不知道你的秘密。难不成，她是被你利用了**？”

该死的！我要杀了这家伙！他几乎都要猜准了，简直是……无限接近真相！“琉璃”再也控制不住自己的情绪，气得咬牙切齿、浑身发抖。事情正在朝他最不愿出现的方向发展，而他一时之间，竟然想不出该如何反驳和应对。该死！我是集合会的成员，是强大的、令人生畏的特异人！却眼睁睁地，被这样一个 loser 逼到了绝境！

然而，“琉璃”非常清楚，他的特殊能力并不体现在攻击力和体能上，要是跟一个普通人硬拼，他几乎没有任何优势可言。所以理智告诉他，这事还是得冷静处理才行。事到如今，解释已经失去了意义。他必须用另外的方法——更加直接有效的方法——来解决此事，封住这家伙的嘴。对了，像他这样的 loser，钱对他来说，应该具有无限的吸引力吧。

安然把王铮拉到一边，说道：“我不想再跟你废话了。虽然你刚才那通推理只是一派胡言，但我也承认，我确实有一些不想让别人知道的秘密。多少钱才能让你不张口瞎说——开个价吧。”

王铮阴险地笑了，他回头望了一眼，今晚店里的生意不太好，给他制造了这样的财运和机会。他想了一会儿，左手张开，比出五根手指头。

“我不知道这是多少，你直说！”安然烦躁道。

“50 万。”

安然心里悄然松了口气，他本来还以为他会说 500 万。看来这家伙胃口还不算特别大——当然，也许对他来说，50 万已经是笔巨款了。不过，内心的想法，可不能让他察觉到。安然紧咬嘴唇，做出极度为难的样子，过了好一会儿，才勉为其难地说道：“好吧。”

王铮压抑住心中的狂喜，同时猜想自己会不会要少了。即便安然已经表现出了为难的样子，但是在他看来，这个回答还是太爽快了一点。为了弥补缺憾，他脑子一转，冒出了一个邪恶大胆的念头：“除了 50 万，我还有一个小小的要求。”

安然瞪大了眼睛：“你不要得寸进尺！”

“不会不会，只是一个小要求罢了。”

把柄在人手中，安然只有忍气吞声：“说！”

“让我‘上’一次。”

安然抬头望着他，用了好一会儿时间，才弄懂了这个“上”字的含义。作为一个男人，他人生中第一次听到这样的要求，随之而来的心理反应，居然不是愤怒，而是好笑。**他心里突然萌生了一个计划**，假装羞涩地低下头，说道：“这个……我要考虑一下。”

王铮被这种态度挑逗得欲火焚身，他说：“我就当你答应了。”

安然知道又重新夺回了主动权。他对王铮说：“改天再说吧。”转身离开了。

走了两步，又回头叮嘱了一句：“但是，你在出租屋里，绝对不能提起这件事，要假装今天晚上的事根本没发生过。否则的话，你就什么都别想得到了。”

在这家夜宵店耽搁了大概一个半小时，回到出租屋，已经是晚上十点多了。

安然本想悄悄地回到自己的房间，假装他根本没有出来过。凑巧的是，他刚进门，洗完澡的韩敏正好从卫生间出来。

“安然，你出去了？”韩敏问道，然后闻到了他身上的酒味，“你喝酒了？”

“嗯，”安然立刻进入表演状态，塑造出一个心灵受伤之后借酒消愁的怨女形象。她摇摇晃晃、醉眼迷蒙地笑道，“酒精让我快乐，让我忘掉所有不开心的事。”

“你是在麻醉自己。”韩敏叹息道，“这不是办法，安然。忘了你的前男友吧，你应该尽快振作起来。”

“我没有想他呀，谁在乎那个浑蛋？我很好，真的，我现在很开心啊，呵呵……”

韩敏走过来扶住安然：“你喝醉了。”

“没事，我洗个澡就清醒了。你快休息吧，韩敏。”

“行，”韩敏说，“那我回房间了，有什么需要我帮忙的，你就说一声。”

“好的，谢谢。”

韩敏看着安然进了房间，自己也准备回房了。转身的时候，她看到隔壁房间的门开了一条缝，**那个穿着黑色衣服的女人似乎透过门缝在观察她们**。此时见韩敏回头看到了自己，便不声不响地把门带拢了。

韩敏站在过道上沉吟片刻，回到自己房间。

安然的酒其实早就醒了，此刻他盘算的是该怎么对付王铮。不过这事得从长计议，要做得天衣无缝才行，绝对不能让韩敏产生怀疑。

今晚他有些疲倦了，拿起换洗衣服，朝卫生间走去，打算冲个澡睡觉。

来了，来了！隔壁房间的猥琐中年大叔，通过针孔摄像头看到安然走进卫生间，立即亢奋起来。一直守候在电脑面前的他，终于迎来了今天晚上的第二场重头戏。

刚才，韩敏沐浴的画面，已经令他大饱眼福，获得了如同天堂般的享受。年轻女孩的肉体，是这个世界上最美妙的事物，百看不厌。对同为美女的安然，期待度也是百分之百。他呼吸急促，睁大双眼，脑袋靠近屏幕，鼻子几乎贴在了显示器上。

开始脱衣服的安然，全然不知自己正处于猥琐大叔的偷窥之中。他先脱掉了上衣，露出光洁饱满的胸部。

隔壁的房间中，发出一声低吟，短裤褪到了膝盖的位置。

安然脱下所有衣物，打开了淋浴花洒。

中年大叔的手部运动倏然停止了，他看到了令他震惊万分的东西，这突如其来的画面差点造成他阳痿。

他使劲眨眼，然后揉搓眼睛，不敢相信自己看到了什么。但是，他再一次清楚地、毫无保留地看到了让他惊奇和厌恶的东西。他几乎失声尖叫了出来，这诡异的画面他一辈子都没见过，也完全无法接受——**这么漂亮的一个美女身上，怎么会出现男性的第一性征**？

中年大叔用手捂住了嘴，这画面真是太恶心了，他不愿再看下去，关闭了监视器，提起裤子，背靠在椅子上，长长地吐出一口气，许久都没能摆脱这打击形成的心理阴影。

人妖？这是他冒出的第一个念头，似乎也想不出别的可能性了。他的内心充满怀疑，心想，看来人妖已经不是泰国的特产了。真是世界之大，无奇不有。

可惜了，可惜了。好端端一个美女，居然是这样一个双性人。今后，他的乐趣将减少一半。

然而，惋惜的同时，他脑子里冒出了一个想法：

那个叫韩敏的女孩，知不知道这件事呢？

极有可能是不知道的，他暗忖。群租房的隔音效果很差，他听到了刚才过道上安然和韩敏的对话。那个安然似乎在扮演一个被男友抛弃的怨妇，但实际上，她不太可能有男友。她是在欺骗韩敏。

虽然猜不到安然的真实目的，但是毫无疑问，这里面充斥着隐瞒和欺诈。韩敏显然被蒙在鼓里，根本没意识到自己的“女友”是这样一个双性人。

事情开始变得有意思了，中年男人想，群租房真是个充满诱惑和秘密的地方。

他开始思考，自己掌握到的这个秘密，能不能产生一些价值呢？

比如，在一个适当的时机，勒索一下这个叫“安然”的双性人。

但是这样一来，就会暴露自己在卫生间安装了针孔摄像头的事。安然也许会报警，不过这样一来，他身为双性人的秘密，就别想守住了。

中年男人意识到，对他和安然而言，这都是一场博弈。要想赢，就得增加筹码，而且需要耐心和智慧。

他不想只做一个单纯的偷窥狂了，他想要玩局大的。

意外收获

从北京飞往昆明的飞机是上午十一点，然而刚过八点钟，陈忡和黎芳就收拾妥当了，坐在客厅里等待出发。

九点过，罗曼提着一个拉杆箱从楼上下来了，齐薇跟随其后。罗曼看到整装待发的陈忡和黎芳，笑道："你们俩很积极呀，这么早就做好准备了？"

陈忡说："坐飞机不是都要提前两个小时到机场吗？"

罗曼说："我们不用，提前一个小时就行了。"

陈忡问："为什么？"

罗曼说："因为我们是头等舱的乘客，办行李托运和过安检都不用排队，会节省很多时间。"

陈忡想起上次乘坐从成都到北京的飞机，亦是如此。他这才知道他们乘坐的是头等舱。

齐薇看了一下手表，说："'琥珀'还没来吗？"

罗曼扭头望着齐薇，用眼神示意她，别在陈忡和黎芳面前提到集合会成员的代号。齐薇立即意识到自己说错话了，她改口道："我是说，**战清**还没来吗？"

其实陈忡和黎芳刚才都没有听清齐薇说的那句话，他们以为"琥珀"是一个人的名字。不知为什么，齐薇又改口称这个人为"战清"了。

罗曼看了下腕表，说："战清说他九点二十五分到。他一向很准时，说多久到，一分钟误差都没有。"

齐薇有些不以为然地撇了下嘴，说道："怪咖。"

罗曼对齐薇说："你先去把车子开出来吧。"

齐薇应了一声，朝车库走去。罗曼对陈忡两人说："我们也走吧。"

"好的。"陈忡和黎芳一起答应。三个人走到门外，齐薇很快就把车子开到了他们面前。这时，别墅大门口传来一个浑厚的男声："教授！"

罗曼举手和他打了个招呼。陈忡和黎芳同时望过去，看到一个异常高大的男人。他的身高接近两米，体型强健，像一个篮球中锋，年龄看上去约 30 岁，面容硬朗。他穿着一身黑色风衣，配着笔直的西裤和黑色皮鞋，头发也梳得油光锃亮，戴着一副茶色眼镜，给人一种冷酷、不易接近的感觉。特别是对身材矮小的陈忡而言，更是备感压力。

黎芳悄悄看了一眼手腕上佩戴的 Patek Philippe 腕表，果然，九点二十五分，一分不差。

罗曼招呼着这个高大的男人过来，介绍道："战清，这是陈忡和黎芳。陈忡，这是和我们同行的战清。"

战清冲陈忡两人点了点头。陈忡和黎芳仰视着他，有些不自在地说道："你……你好。"

齐薇今天开的是一辆七座的 Benz 商务车，后备厢打开之后，战清把自己的行李箱以及罗曼、陈忡他们的箱子依次放进去。对他而言，这些沉重的箱子似乎像纸袋一样轻巧，提起来毫不费力，足见此人力气之大。

上车之后，战清跟齐薇打了个招呼："好久不见，齐薇。"

一向比较随意，在罗曼面前都大大咧咧的齐薇，在战清面前，却显得格外老实。她回头说了一句："你好，战清。"之后两人便再无多话了。

齐薇发动汽车，朝机场方向开去。车子行驶过程中，战清一句话都没说，罗曼也不找他说话，只是偶尔跟陈忡和齐薇闲聊两句。陈忡暗忖，这个战清真是表里如一地不好接近。

到了机场之后，齐薇跟罗曼他们道别，开车返回了。陈忡和黎芳跟着罗曼和战清办理行李托运，接受安检，然后登上飞机……

到达昆明长水国际机场后，战清拿出手机打了一个电话，对罗曼说："教授，我包了一辆车，十分钟后就到机场来接我们。"

罗曼赞许道："你办事，我最放心了。"

拿到行李箱后，他们走向机场停车场。一辆 SUV 已经等候在此。四个人上车之后，车子便朝石头城方向开去。

罗曼说："从昆明到石头城，大概有四个小时车程，你们睡一觉吧。"

"好的。"陈忡答道。

陈忡是第一次到昆明，一路上，他饱览车窗外的云南风光，颇有几分新鲜感。

同时，他也思考着，**罗曼教授到石头城来，是做什么的呢**？昨晚，他已经通过地图和网上的简介得知，石头城位于中越边境，有着原始的生态环境和独特的风景。但是很显然，罗曼教授不是来旅游的。

他想到了罗曼教授的职业——**生物学博士**。难道，石头城这里出现了什么**神秘的生物**？

陈忡心里十分好奇，但出于之前的约定，他不能询问任何问题。

汽车上了高速公路，车窗外的景致逐渐让人感到审美疲劳。陈忡合上眼睛，睡着了。

醒来的时候，已是傍晚时分。车子开进了一个镇子。陈忡问："到了吗？这就是石头城？"

罗曼说："这里是**里县**，距离石头城只有不到三十公里了。我们今天在这儿住一晚上，明天一早再去石头城。"

陈忡和黎芳一齐点头，奔波了一天，他们也有些饿了。

罗曼对司机说：“我们先去吃饭，再入住酒店。你是当地人吧，给我们推荐一下里县最有特色的餐馆。”

司机是一个四十多岁，一看就是老实巴交的人。他挠着头说：“我这人对吃没啥讲究，不像你们大城市的人。不过我知道里县有一条特色美食街，你们到了那条街，见哪家餐馆生意最好就去哪家，准没错。”

“行，那就去你说的美食街。”

县城很小，几分钟时间，车子就开到了美食街。这条街灯火通明，热闹非凡，从停在街边的汽车车牌号就可以看出，来这里消费的多数都是外地游客。街道两旁各类餐饮都有：家常菜、火锅、干锅、串串、烧烤……每家都打着特色菜的招牌，还有店员站在门口招揽生意，拉客人进店吃饭。如此火热景象，看来石头城及其周边的旅游业，是蒸蒸日上了。

“好热闹呀。”罗曼征询大家的意见，“你们想吃什么？”

战清说：“我无所谓。”陈忡和黎芳也表示随意。

罗曼说：“听说里县的火锅还挺有特色，有一些北京吃不到的菜品，要不咱们就吃火锅吧。”

确定了大方向，具体选哪家也让人有点犯难——这条街光火锅就有十多家。罗曼只有根据人气来进行判断，于是看到了前面有一家**“郑屠夫火锅”**，罗曼笑道：“这店名取得挺霸气啊，客人好像也不少，要不就这儿吧。”

一行人朝火锅店走去，还没走到店门口，被“郑屠夫火锅”隔壁一家火锅店的店员给截了下来，这女店员迎到他们面前，口齿伶俐地说道：“几位吃火锅吗？来我们家吧！味道是这条街最好的，保证你们吃了满意！”

可罗曼已经做出了决定，没搭理她，仍然朝旁边的店走去。不想这女店员十分执着，为了抢生意，出了狠招：“哎呀，你们可别去这家呀，**他们家出过事！**”

罗曼停下脚步，望着她：“出过什么事？”

女店员四顾张望了一下，做出一副神秘兮兮的样子，压低声音说：“你们是外地来的，所以不知道，**他们这家店不久前死过人**。”

罗曼蹙起眉头：“吃死过人？”

“不是吃东西死的……是他们的一个店员，被车撞死了。”

罗曼不解：“意外事故呀，那跟吃饭有什么关系？”

“**不是意外，听说是撞邪了，看到了不该看的东西**。总之吧，这家店不大‘干净’。”

罗曼露出怀疑的表情，不知道这女店员是出于商业竞争，恶意诋毁，还是真有此事。

女店员看穿了他的心思，说：“你可别以为我是为了抢生意，故意给人家下烂药啊。这事整条街的人都知道，你不相信的话，可以问别人呀。”

罗曼抬起头来，跟战清对视了一眼。陈忡和黎芳也露出疑惑的神情。

罗曼说：“那你们店没出过什么事吧？”

“我们店当然没有！”女店员信誓旦旦地说，“这种事哪能每家都遇到呀！各位里面请吧，我让老板给你们打九折，好吗？”

“那好吧，就在你们家吃。”

“好嘞，里面招呼着！四位！”女店员扯开喉咙喊道。

罗曼一行人选了一张方桌坐下。小伙计立刻端茶倒水，奉上菜单。罗曼的心思已经没在吃东西上面了，随便点了一些菜。小伙计跟他们推荐店里的特色自酿米酒。罗曼说：“行，先上一壶吧。然后，麻烦你叫老板过来一下。”

不一会儿，店里的老板走了过来，问道：“几位客人，有什么事吗？”

罗曼说：“门口迎客的那个姑娘挺能说的，能不能请她过来，跟我们聊聊天。”

老板有些为难地说：“呃……不好意思呀，咱们这家店的女服务员，都不陪酒……”

“谁要她陪酒了？就是让她过来聊几句。”

“可是，她要在门口招呼客人呀。”

罗曼摸出钱包，拿出十张100元放在桌上：“这些钱够弥补你的损失了吗？”

老板一愣，他大概很少见到这么阔绰的客人。于是满脸堆笑，把钱收起来，说道：“够了够了，我马上叫她过来啊。”

老板走到门口去跟女店员说了几句话，女店员进店来，走到罗曼他们这一桌面前，显得有点茫然。

罗曼问：“你吃饭了吗？”

女店员摇头：“我们员工一般都等客人走得差不多了再吃。”

罗曼说：“今天晚上你不用工作了，坐下来一起吃饭吧，跟我们聊聊天。”

“这……合适吗？我们老板……”

“你们老板不会有意见的。”罗曼说，“我都和他说好了。”

女店员回头望了老板一眼，只见老板笑嘻嘻地冲她点头。她迟疑了一下，坐了下来。

罗曼叫小伙计添了一副碗筷过来，这时锅底和配菜也上来了。罗曼招呼大家：“快吃，尝尝他们这家的火锅是不是这条街最好吃的。”

女店员有几分尴尬地说：“老板，我那是……招揽客人说的话，您可别较真儿呀。”

罗曼说：“别怕，我不会为难你的。放松点儿，吃火锅啦。”

女店员却没法放松。大概是作为店员，她还从来没有坐在自家店里当过客人，被熟悉的同事服务，多少有一点儿别扭。而且她也猜不透这桌客人的心思，为什么要叫她这样一个姿色平平的女孩儿陪吃饭呢？

陈忡和黎芳也猜不透罗曼教授在想什么，从战清的表情来看，似乎他也不明白罗教授意欲何为。

“嗯，火锅味道不错，菜品挺新鲜的，看来你也没瞎说啊。”罗曼一边吃，一边夸道。

听到这句话，女店员才如释重负地说道：“是吧？咱家的火锅，味道确实是不错的。”

“嗯，你也吃。”

吃到有六七分饱的时候，罗曼用纸巾擦了擦嘴，对女店员说："你刚才在门口说的那件事，再跟我们讲讲吧，说详细一点。"

女店员眼珠转了转："您说的是，隔壁出的那件事？"

"对。"

女店员有些不解地问道："您打听这事儿干吗？"

罗曼没接茬，从钱包里再次掏了1000块钱出来，放到女店员面前，说道："你只管把你知道的都告诉我们，别管我为什么要打听，行吗？"

女店员见到十张红灿灿的百元大钞，眼睛一亮，脸上立即露出欣喜的表情。她迅速把钱收起来揣好，说道："行，行！"

罗曼点头："说吧，具体怎么回事？"

女店员说："事情是这样的，那家店呢，一个多月前来了一个新员工，女的。长相嘛，说实话，确实挺标致的。老板就叫她在门口迎客，跟我的工作一样，在店门口招揽客人。"

罗曼颔首："她叫什么名字，你知道吗？"

女店员露出为难的表情："哎哟，这个我还真不知道。主要是出事之后，那家店老板让所有员工都不准再谈论这件事了。我毕竟是隔壁店的，更不方便去打听。"

"没事，你接着往下说吧。"

女店员继续道："她来了之后呢，生意比之前好了很多。一段时间，我们店的生意都被抢走不少……"

罗曼不想听太长的前缀："拣重点说，出事那天是什么情况？"

女店员皱着眉头说："具体怎么回事，还真没人说得上来。据说就连调查此事的警察，也是一头雾水。我听说，当时的情况是这样的：傍晚时分，客人们正在吃火锅，店里生意也正忙，突然，他们店一个叫**徐燕**的女员工失声惊叫了起来，对着那新女员工大叫'你别过来'。

"客人们都蒙了，不知道发生了什么事。只见徐燕脸色苍白，全身哆嗦，就像见了鬼一样。那新女员工快步朝她走了过去，更是把徐燕吓得发了疯。她嘴里说着一些听不懂的话，然后冲到了大街上。刚好有一辆汽车经过，把徐燕给撞死了。”

陈忡和黎芳几乎听呆了，这简直像一部惊悚电影中的剧情。罗曼问道：“徐燕临死前说了些什么听不懂的话？”

女店员说：“好像是什么手机呀、视频什么的。**感觉像是她用手机无意中拍到了什么惊人的事情，而且这件事，肯定跟那个新来的女员工有关。**”

罗曼又问：“事发之后，那个新来的女员工去哪儿了呢？”

女店员摇头道：“这我就不知道了，好像也没人知道。总之她离开了‘郑屠夫火锅’。而这件事之后，他家的生意一落千丈，有人传说，那女的是个披着人皮的鬼，没准儿徐燕就是发现了她的秘密，才被她害死的。”

陈忡发现这女店员越说越离谱，逻辑上也有问题，忍不住说道：“你不是说徐燕是冲出门被车子撞死的吗？怎么变成被这个女人害死的了？”

女店员说：“事情的起因是她呀，徐燕的手机里要是没拍到什么恐怖的东西，至于被吓成那样吗？她最后像疯了一样冲出去，说不定就是被那女的施了什么妖法呢。”

陈忡摇着头，不相信这种荒诞的说法。就算确有其事，恐怕以讹传讹的成分也占了多数。他望向罗曼，却发现教授若有所思，并未提出质疑。从教授的表情来看，他似乎对此事极感兴趣。陈忡心中未免生疑——**为什么教授这么关心这件事呢？难不成这事跟他有什么渊源**？

罗曼静默片刻，说道：“你说隔壁的生意一落千丈，可现在看上去还可以呀。”

女店员说：“他们为了挽回生意，不惜赔本搞了好多优惠活动。再加上好多外地人也不知道之前发生过这样的事。时间久了，这件事渐渐被冲淡，他们的生意才有所好转。”

听到这里，陈忡觉得这女店员的人品很有问题，挖苦道：“大家对这件事都渐渐淡忘了，你却不断地跟外地客人提起。为了抢生意，真是不厌其烦、煞费苦心呀。”

女店员的脸一下就红了，露出尴尬的神色。罗曼不知道是不是为了缓解一下气氛，对陈忡说："陈忡，对面有家小超市，你去买一盒木糖醇口香糖，吃了火锅，可以清新一下口气。"

"好的。"陈忡站了起来。

黎芳向来是和陈忡寸步不离的，于是也跟着说道："我也去吧。"

他们俩离开火锅店后，女店员不好意思地说："我以后不会这样了，毕竟都是做餐饮生意的，都不容易……我不会再跟别的客人提起这件事了。"

罗曼冲战清使了一个眼色，一时没反应过来的战清问道："什么，教授？"

罗曼只有明说："把包给我。"

"哦。"战清把随身携带的一个黑色牛皮单肩包递给罗曼。罗曼打开包，取出一沓钱——一万元现金——从桌下塞给了女店员。

女店员吓到了，不知道对方为什么要拿这么多钱给她，有些语无伦次地说道："啊，这……您这是……"

罗曼示意她不要多说，赶紧把钱收起来。然后，他望着女店员，说道："**听好，你刚才讲的那件事，不但不能保密，我反倒希望你尽可能多地告诉外地来的客人**——不要问为什么，你只管照我说的去做就行了。我以后还会到里县来，只要你做得好，我会给你更多的钱，听明白了吗？"

女店员木讷地点着头，眼神里充满了疑惑。但是像她这种人，只要有利可图，完全可以无视立场，为金主服务。所以，她没有再多问，把钱紧紧地揣好，一脸忠诚地说道："我明白了，老板。"

罗曼露出满意的笑容。而坐在他旁边的战清，也陷入了迷茫。他微微张着口，不知道教授此举有何意义。

这时陈忡和黎芳买了木糖醇口香糖回来了，罗曼岔开话题，没有再说此事。吃完饭后，他们埋单离开。

里县是位于边缘地区的小地方，这里最高级的一家酒店，也只有准五星的级别。罗曼一行人下榻酒店，入住四个豪华单间。

罗曼进入房间后，泡了一杯茉莉花茶，坐在沙发上休息。几分钟后，门外传来了轻轻的敲门声。

罗曼轻轻吹着茶杯中的茉莉花瓣，头也不抬地说道："我没有锁门，你进来吧，战清。"

战清推开门，走进罗曼的房间，说道："教授，您知道我会来找您？"

"嗯，因为我跟陈帅他们说好了，此行不能询问我任何问题。所以会来问我原因的，就只可能是你了。"

战清埋头一笑："教授真是料事如神。"

"我知道，你对我刚才为什么会那样做，感到十分费解。"罗曼说，"那我就直接告诉你原因吧。**女店员说的那个'怪物'——就是'触手人'**。"

战清露出惊讶的神情："原来那个女人，就是教授您一直在寻找的'触手人'！竟然这么巧，我们刚好来到了她曾经工作过的地方。这样一来，我们不就可以根据这个线索，追查'触手人'的下落了吗？"

罗曼对他说："战清，因为你不是一直待在我身边，所以有些事情你不太清楚。'触手人'的下落，我其实早就掌握了。现在我正派'琉璃'紧密监视着她，她的一举一动，都在我的掌控之中。"

战清愕然道："啊？您早就已经找到'触手人'了？"

"对，抱歉，这件事我现在才告诉你。"

战清问："那'触手人'曾经在'郑屠夫火锅'打工，这种过时的信息，对我们还有什么意义呢？"

罗曼从椅子上站了起来，露出高深莫测的笑容："这件事最有趣的部分，并不是我们恰好来到了'触手人'曾经待过的地方，而是另一个方面。这件事对我们来说，简直是一个意外的收获。"

战清望着罗曼，洗耳恭听。

罗曼说道："那就是——**'触手人'出于某种失误，让其他人发现了她可怕的能力。而后果是，这个人（徐燕）居然因此而死了。**"

战清的智慧和理解力，都不足以让他想到，这件事跟他们有什么关系。但他知道，罗曼会进行解释的，所以他并没有打岔。

罗曼说：“我知道你还没理解这件事对我们来说意味着什么，但我要告诉你，这实在是天助我也。”

战清说：“我确实……更糊涂了。”

罗曼说：“刚才那个女店员在讲述的时候，你没听出来吗？目前知晓这件事的人，都以为徐燕的死是那个‘披着人皮的女鬼’导致的，而把她当成了某种恐怖的生物。”

战清露出恍然大悟的表情，明白了。

罗曼狡黠地一笑：“你终于想到这件事对我们的有利之处是什么了。‘触手人’现在还处于失忆的状态，态度尚不明确。但是如果她选择跟我们作对的话，我就知道该怎么对付她了。”

九

约法三章

早上起床之后，罗曼四人在酒店的餐厅吃了早餐。然后，他们继续坐上昨天那辆商务车，朝目的地石头城进发。

石头城位于海拔两千多米的高原上。从里县到石头城，全程都是向上的盘山公路。一路上景致不错，但陈忡无暇欣赏，因为随着海拔的攀升，道路两旁的危险提示越来越多。好些地方都有“事故多发地段”的警示牌，车窗外也是云雾缭绕的悬崖陡壁，看得人心惊胆战。

好在路程不长，二十多分钟后，就来到了石头城景区。这是一个四面环山的古城，百分之六十以上的民居和建筑是石头堆砌而成的，保持着独具一格的原生态风貌，令人叹为观止。“石头城”这一名字，确实是名副其实。

石头城也并非只有石头。古色古香的街道上，具有当地特色的店铺卖着手工艺品和各类小吃、商品。街道两旁绿树成荫，与斑驳的石墙组合在一起，有种清新自然的美。这里不像大理、丽江那样商业化，但也不冷清；游客不算密密麻麻，也绝非稀稀拉拉——所有的一切都刚刚好，在国内众多开发过度的景区中，能保持这样一份不温不火、恰到好处，实属不易。

罗曼一行人下榻的酒店，是石头城最高档的一家准五星级酒店。办理入住之后，罗曼对陈忡和黎芳说：“我一会儿要去办点事，估计晚上才会回来。你们俩怎么安排？”

陈忡跟黎芳对视了一下，说：“我们就在古城里逛逛，可以吗？”

罗曼说：“可以，那战清跟你们一起吧。”

陈忡露出不情愿的神色，但是当着战清的面，又不好明确拒绝，只好咕哝道：“我们又不是小孩儿了，不用非得大人陪着吧……”

罗曼想了想，觉得他们俩去逛街，一直有个“保镖”跟在后面，确实有些别扭。考虑片刻后，他说道：“这样吧，我同意你们俩单独出去逛，但是你们要答应我三点。”

“嗯。”陈忡点头。

“第一，就在古城内玩，别跑到人烟稀少的地方去；第二，注意言行，别惹任何麻烦；第三，晚上七点钟之前，必须回到酒店。”

“行，没问题。”陈忡向罗曼保证。

“如果这三点你们违反了任意一条，我就不会同意你们单独出去了。接下来的十多天，你们就天天待在酒店里自学功课。”

“明白了。”陈忡和黎芳一起点头。

罗曼说：“把战清的手机号码记下来，万一发生什么意外状况，你们立刻与战清联系。”

“好的。”陈忡记下了战清的手机号。

罗曼又回头跟战清交代了几句，然后对陈忡他们说：“好了，你们去玩吧，注意安全。”

“好的，那我们出去了！”

走出酒店大门，陈忡和黎芳的心情都很愉悦。他们好久没有单独出来逛过街了。今天天气晴朗，云淡风轻，他们像放飞的鸟儿一样轻松自在。

“走，咱们去吃当地的小吃！”陈忡拉起黎芳的手，朝古城最热闹的步行街走去。

来云南之前，罗曼给了陈忡一张无限额度的信用卡，是教授自己的卡。他对陈忡说：“你们难得出来旅游一次，遇到什么好吃的好玩的，只管刷卡消费就是，不用在乎价格。”同时，考虑到石头城不比北京这样的大城市，并非任何场合都能刷卡，所以罗曼又给了陈忡和黎芳一人一万元的现金，当作零花钱。

如果是以前，陈忡定会觉得受之有愧，但如今，他已欣然接受。因为他知道自身的价值。**这段时间，他又长高了一些，每次生长痛带来的附属品，就是背后长出的绿色苔藓**。上个月刮过两次，分别装在两个小玻璃瓶里，这些藓价值好几十亿。

所以，他不用为花罗曼教授的钱而感到歉疚——这些钱比起他提供的价值，只是九牛一毛。世界上没有比这更让人心情愉悦的事情了——拥有无尽的金钱，且不用付出任何代价，使用起来也心安理得——这恐怕是所有人都羡慕和追求的状态吧。而他却轻易地获得了，只因为他是世界上唯一的“**苔藓人**”。

要说弊端，就是相对其他同龄人而言，他没有那么自由，以及不能跟自己的母亲生活在一起。但陈忡是个明事理的人，他知道这是自己的特殊身份决定的，并非教授想要予以限制。况且世界上没有十全十美之事，比较起他所得到和享有的，这个弊端几乎可以忽略不计了。

古城最繁华热闹的一条商业街呈现在他们眼前。石头城地处云南和越南交界之处，这里的特色餐饮和文化带有许多异国元素，在这儿甚至能品尝到正宗的越南小吃。黎芳被看上去十分诱人的甘蔗虾和越南春卷所吸引，于是他们买了一些，一边品尝各种美食，一边逛古城，快乐极了。

陈忡和黎芳毕竟是十几岁的孩子，对正餐没兴趣，中午饭吃的就是各种小吃，把肚子吃得饱饱的。走累了，他们路过一家颇有情调的咖啡店，这里经营着云南小粒咖啡。两人坐在靠窗的位置，喝着香醇的咖啡，欣赏着外面的美景，午后阳光晒在他们身上，舒服极了。

咖啡馆吧台的位置，坐着一男一女两个人，年纪约 30 岁。女人留着一头干净利落的中长发，穿着文艺风的长裙，胸前挂着一串装饰项链。她的目光不断游移，似乎在观察店内以及街道上路过的各色人等。最后，她的目光落在了陈忡和黎芳身上。

她默默注视了陈忡他们很久，然后用手肘碰了碰坐在旁边的男人。那男人顺着她的目光望过去，然后，两人交换了一个眼色。

他们一起离开座位，走到了陈忡和黎芳面前。女人露出甜美的笑容，挥着手说道："嗨，你们好，我们能坐这儿吗？"

陈忡和黎芳的对面，正好有一张空着的长椅。虽然店里并非只有这一个座位是空着的，但他们也没法要求别的客人不坐这里。

"请便吧。"陈忡说。

他们俩坐了下来，女人很大方，自我介绍道："我叫莫海燕，他是我男朋友，叫何凡。我们是今天才到石头城来旅游的，你们也是吗？"

陈忡点了点头。他有点不明白，这个漂亮姐姐干吗要找他们搭讪。

莫海燕看出了陈忡眼中的困惑，说道："我只是有点好奇。现在并不是寒暑假，也不是节假日，看你们俩的年纪，应该是初中生或者高中生吧，怎么没在学校上学呢？"

她这么一说，陈忡才发现，整个石头城景区，确实没有看到任何一个学龄阶段的人。正如莫海燕所说，别的学生此刻都在学校读书，是不可能在这个时间出来旅游的。但陈忡显然不可能把真实理由告诉他们，他下意识地挠挠头，没有作答。

仅仅这一个细节，莫海燕就判断出，坐在面前的是两个相对单纯的孩子。否则的话，只需回应一句"跟你有关系吗"，就可以让自己闭嘴。但他们没有这样做，表现出了良好的素养和礼貌。

这就好沟通多了。莫海燕选择了一个轻松的话题作为切入点："这儿真是一个特别的地方，对吧？"

陈忡的个性本来就不算内向，他愿意和人交流，特别是和一个漂亮的大姐姐。他说道："是啊，这儿很美。"

“对恋爱中的人来说，能在石头城住上一阵，真是太棒了。”莫海燕挽着男友的手臂说，“我们打算多住一阵子，你们呢？”

陈忡说：“大概会待十多天吧。”

“那我肯定猜错你们的年龄了。你们看着小，但实际上是大学生吧？”

老实的黎芳摇头道：“我们还没读高中呢。”

“初中生？”莫海燕惊诧地说，“那你们是跟谁一起来的呢？父母吗？”

“不是，是教……”陈忡把即将出口的“教授”两个字吞了回去。“老师带我们来的。”

“老师？带你们两个人来，还是全班？”

“就我们俩。”

“哇，你们读的什么学校呀？也太幸福了吧！”

“不是学校的老师……”

“那是哪儿的老师呢？”

陈忡突然意识到，莫海燕是在借闲聊套他们的话。他怕言多必失，说出一些不该说的事情来，于是缄口不语了。

这两个小孩遮遮掩掩，分明有所掩饰，莫海燕暗忖。这里面一定有什么故事。但是对方已有所戒备，她一时也找不到合适的切入点来再次引起话题了。

这时何凡问道：“既然是老师带你们来的，那肯定不仅仅是度假吧，难不成是来学习或研究什么的？”

陈忡忍不住说：“你们问这么详细干吗？”

“没什么，只是有点好奇而已。”何凡说。

这话引起了黎芳的警觉。她跟陈忡一样，清楚“苔藓人”的特殊身份和惊人身价。这两个人对他们的关切程度，已经超过了陌生人闲聊的范畴，他们显然是想套出什么话来。黎芳有些不安起来，怕遇到了居心叵测的坏人，她对陈忡说：“我们回酒店吧，罗曼教授说过的，让我们早点回去。”

陈忡也不想再和这两个身份不明的人聊下去了。他点了下头，准备起身离开了。

然而，莫海燕捕捉到了刚才黎芳话里的一个关键信息，问道：“等一下，你刚才说谁让你们早点回去？**罗曼教授**？”

黎芳怔怔地望着她：“怎么了？”

莫海燕说：“你说的罗曼教授，不会是著名的生物学教授罗曼吧？”

两人不自觉地对视了一下，心里暗暗吃惊。他们没想到罗曼教授的名气居然如此之大，在石头城这种偏远地区随便提一句，都能让人立即对上号。

莫海燕从他们的表情中判断出，她猜对了。仿佛挖掘到了什么宝藏似的，她的眼睛闪过一道光，赶紧追问道：“你们刚才说的老师，指的就是罗曼教授？”

对方道出了罗曼教授的身份，让陈忡倏然紧张起来。他不禁想道：他们不会也知道我的身份吧？教授千叮咛万嘱咐，千万不能让任何人知道自己是“苔藓人”的事实。这两个人到底什么来头，莫非早就盯上了自己？他们难不成就是教授提到过的，暗中觊觎自己的坏人？想到这里，陈忡脸色骤变。他站了起来，只想赶紧离开。而黎芳已经掏出了手机，准备打电话给战清了。

看到陈忡两人忽然变得紧张起来，莫海燕和何凡大为不解。直觉告诉他们，这两个少年与**他们正在调查的事**，一定有某种联系！迟疑了一秒钟，莫海燕从包里掏出证件给陈忡和黎芳看：“抱歉，这是我的工作证，请你们看一下，我们绝对不是什么坏人。”

何凡也赶紧掏出自己的证件。**展示在陈忡他们眼前的，是两张记者证。**

离奇失踪

“原来你们……是记者？”陈忡说。

“是的，很抱歉，之前没和你们说实话。因为我们原本是打算暗中采访和调查的。”莫海燕说，“何凡不是我的男朋友，是我的同事。我们也不是今天才来石头城的，我们已经在这儿待了十多天了。”

陈忡注意到了其中一个关键词：“**调查**？你们在调查什么？”

“如果你们愿意坐下来的话，我会详细地告诉你们。我敢保证，我接下来要说的内容，你们绝对感兴趣。而且，这件事实际上和你们也息息相关——因为你们现在就身处石头城。”

陈忡和黎芳对视了一下，坐回到位子上。不管这女记者是故弄玄虚，还是真的掌握了什么重要信息，总之她的话引起了陈忡的好奇。对方已经亮出了身份，现在又是光天化日，想必他们也不敢乱来。既然如此，不妨弄清楚他们到底在做什么。

“那你说吧，你们来这儿是调查什么的？”陈忡问。

莫海燕瞄了一眼周围，压低声音说道：“**失踪案**。”

陈忡蹙起眉头：“有人在石头城失踪了？”

莫海燕说：“对，而且不止一个。根据我们掌握的消息，**最近几个月内，起码有六个人在石头城失踪了**。”

陈忡问：“是本地人还是游客？”

“全是游客。”

陈忡想了想，说：“这种事情，应该是警方出面调查吧，怎么需要记者来调查？”

莫海燕叹了口气，说道：“原因有好几个。不过最重要的是，这些人不是同时失踪的，而且也没有直接证据显示他们是在石头城失踪的。因为实际情况是，等他们的家人、朋友联系不到他们的时候，往往已经过了一段时间了，因而无法得知他们究竟是在哪儿失踪的。”

黎芳忍不住问道：“那你们凭什么认为他们的失踪跟石头城有关？”

何凡说：“**因为这些失踪者有一个共同的特点，就是在失踪之前，都到石头城来旅游过**。你们也觉得这不可能是巧合，对吧？”

陈忡说：“可是短时间内失踪了这么多人，难道就没有引起当地警方的重视吗？”

莫海燕说：“我不能说这儿的警察完全没有作为，但事实是，他们并没有查出失踪的原因，也没能阻止失踪人数的进一步增加。刚有人失踪的时候，就肯定有人报案了，可接下来的几个月里，又陆陆续续失踪了四个人。”

陈忡望了一眼窗外的游客，说：“这里发生了这么多起失踪案，居然完全没有影响到旅游业？为什么还有这么多人到石头城来旅游？”

莫海燕说：“这里是景区呀。你大概也看出来了，整个石头城，包括里县，主要的经济收入就来源于旅游业。有关部门怎么会希望这种事情传出去呢，当然是能捂就捂了。况且就像我之前说的，也没有直接的证据表明这些人是在石头城失踪的——也许他们是在回程的路上出事的呢？地方上肯定会以这样的借口为自己开脱。但明眼人都知道，这绝对不是事实。石头城肯定有什么危险的事物存在。”

何凡补充道：“我们是记者——不过不是本地的记者，秉承记者的职责——发现真相，并忠实地去报道事实。我们希望通过暗访和调查，找出这件事的真相。否则的话，我们怀疑失踪人数还会增加。”

如果他们说的是实话，那这两个记者，还真有几分正义使者的意思。陈忡愿意配合他们调查，可他不明白的是：他们干吗找上自己和黎芳，并把实情全盘托出呢？

陈忡问道：“你们为什么认为我们俩能帮上忙？我们只是今天才到石头城来的游客，不可能提供任何线索呀。”

莫海燕说：“我刚开始过来跟你们搭讪的时候，并没有想这么多，只是觉得你们两个中学生，怎么会现在出来旅游。后来，听到你们提起罗曼教授，我才觉得，你们没准儿知道某些有用的信息。”

陈忡不明白这里面的逻辑关系，困惑地说：“我不明白……罗曼教授跟这件事有什么关系？他也是今天才来的，之前一直在北京。他怎么会知道失踪案的事情？”

莫海燕和何凡对望了一眼，迟疑了片刻，他们意识到，要想得到这两个少年的帮助，就必须把这段时间调查到的关键内容告诉他们。

莫海燕身体向前倾斜，说道：“好吧，我决定把我们调查到的情况毫无保留地告诉你们，希望你们也能提供给我们同样有用的信息。**听好了，这是这起事件最诡异也是最让人捉摸不透的部分**。”

陈忡和黎芳眼睛一眨不眨地望着莫海燕，等待她继续往下说。

“一开始，我们也完全摸不着头脑。因为失踪案比凶杀案更难调查。如果是凶杀案的话，好歹还会发现尸体。可失踪案显得更扑朔迷离，几个大活人就这样人间蒸发了？活不见人死不见尸，总得有个原因吧。**这些人究竟消失到哪儿去了呢**？

“我们暗访了好多当地人，他们对失踪案毫无头绪，甚至不知道有人失踪这件事。但是，有几个当地人，不约而同地提到了一件十分诡异的事。这件事，引起了我们的注意。”

莫海燕停了下来，凝视陈忡和黎芳的眼睛，小声说道：**“他们说，在石头城附近的山林里，出没着一种可怕的怪物**。”

陈忡和黎芳惊呆了，即便现在是大白天，外面阳光明媚，听到“怪物”这两个字，他们的后背也泛起了一股凉意。不知道为什么，陈忡的内心深处，隐约被击打了一下，一种说不清道不明的异常感觉在他心中油然而生。他努力按捺住这种不安的情绪，假装平静地问道：“怪物？什么怪物？”

“这几个提到怪物的人中，有人是亲眼看见的，有人是听说的。但遗憾的是，没有人看清楚过怪物的模样。因为所有目击者，都是晚上在山林之中不经意间看到的。他们吓得魂飞魄散，连滚带爬地跑回家中，裹着被子仍然瑟瑟发抖——这是他们告诉我的。”莫海燕说。

陈忡问：“会不会是某种野兽？”

莫海燕说：“我也是这么问的。但看到过的村民，无一例外地说，这绝不是一般的野兽和动物。首先，这种怪物体型很大，这片地区之前从来没有出现过这种大型动物；其次，虽然没有看清怪物的样貌，但他们可以肯定的一点是，**这种怪物可以直立行走**——这就更区别于一般的动物了。”

“直立行走的怪物……”黎芳不安地说，“这件事恐怕应该告诉当地政府吧，否则的话，万一这怪物跑到古城里面，这么多游客，不会发生危险吗？”

何凡说：“有关部门的人是知道这件事的，但他们禁止本地人谈论这件‘捕风捉影的事’，原因当然是不想影响本地的旅游业。”

黎芳有些着急地说：“难道非得出了事，才会引起他们的重视？”

莫海燕提醒道：“已经出事了——六个人失踪了。”

陈忡说：“你们认为，失踪案跟这个神秘的怪物有关系？难道是怪物袭击了这些人？”

莫海燕说：“我们是记者，不能凭主观臆断去瞎猜。目前并没有收集到这个怪物攻击人的证据，更没法证明失踪案一定是由它造成的。但搞清楚这件事的真相，就是我们来此的目的。说到这里，你们已经想到我为什么会拜托你们帮忙了吧？”

陈忡很聪明，当然想到了：**“罗曼教授是著名的生物学家，他前往石头城，也许就是冲着这种‘神秘生物’来的。”**

“完全正确。”莫海燕有些激动地说，“想想看，罗曼教授这样的著名生物学家，为什么会在这种时候来到石头城呢？你之前说了，你们可能要在这里待上十多天，那更说明了一点，罗曼教授不是来旅游的。因为石头城的游玩时间，最多两三天罢了。那他来这里的唯一理由，就是进行生物研究！”

陈忡和黎芳的目光对视在一起，他们不得不承认，莫海燕分析得很有道理。

何凡问道：“你们跟罗曼教授一起来，难道他没有告诉你们，此行的目的是什么吗？”

陈忡老实地说道：“没有。教授之前说了，让我们不要打听他来这里做什么。”

何凡想不通：“你们跟罗曼教授……到底是什么关系呀？既然他不是带你们来工作的，那……”

陈忡说：“对不起，关于这一点，无可奉告。这也跟你们想要调查的事没关系。”

莫海燕生怕陈忡会拒绝提供帮忙，赶紧说道：“对，跟这件事没关系的事，你们不用告诉我们。我们所做的一切都是为了查出真相。而直觉告诉我，**罗曼教授有可能知道这个真相，或者说，他无限接近真相。”**

陈忡说：“你就直说吧，你们是怎么想的？”

莫海燕说：“我的推测是，罗曼教授有可能是被县政府邀请来的。请他来做什么呢？试想一下，假如那个神秘的怪物还在山林里的话，请生物学家来也没有意义，对吧？”

黎芳“啊”地惊呼了出来：“你的意思是，那个怪物已经被抓到了，所以请罗曼教授来研究它？”

莫海燕把食指放在嘴边：“嘘，小声一点。”

陈忡想了想，说："不管事实是否如此，你希望我们提供何种帮助呢？我刚才已经告诉过你们了，罗曼教授不让我们打听他的行踪，以及他正在做的事。我不认为他会改变主意。"

莫海燕说："当然，罗曼教授是来进行秘密研究的，当地政府一定会叮嘱他保密，他不告诉你们很正常。"

她顿了一下，意有所指地说："但是，一个人要做一件事，总不可能一点儿痕迹都不留下。你们既然跟教授在一起，总会发现些什么，对吧？"

陈忡沉思良久，说道："我们……为什么非得帮你收集这些信息呢？既然罗曼教授叫我们不要打听，总有他的道理。如果他察觉到我们在暗中查探他……"

他说到这里停了下来，黎芳接着说："是啊，教授不会希望我们这么做的。罗曼教授对我们很好，我们如果这样做，多少有点背叛他的意思。"

莫海燕叹了口气，从包里拿出几张照片，平摊在桌子上，展示给陈忡和黎芳看："这是失踪的六个人，其中一对是情侣，还有四个是单独出来旅游的背包客。其中最年轻的，是一个还没满 18 岁的孩子，比你们大不了多少。他们失踪好几个月了，多半已经凶多吉少。我不知道你们能否想象他们家属的心情。至爱的亲人就这样下落不明了，难道不应该有人给他们一个交代吗？更重要的是，如果我们不弄清真相，这样的悲剧还会发生！"

陈忡想起了自己的母亲。他好久都没看到她了，但起码妈妈还在这个世界上，他还可以回去看望她。如果某一天，有人告诉他，妈妈莫名其妙地消失了，不知所终——可能真的比听到妈妈死去还要让他难以接受。活不见人，死不见尸，恐怕真的是世界上最大的折磨。这种痛苦不会随着时间的流逝而淡化，只会让人陷入长时间的迷茫、忧虑和悲伤之中。

陈忡深吸一口气，说道："我可以尽全力帮助你们找到一些有用的信息。但问题是，万一你们的调查方向出错了呢？我是说，也许罗曼教授此行，跟什么神秘怪物、失踪案一点关系都没有。"

莫海燕说："那我们也会继续调查下去，直到查出真相。但目前，我们不应该放弃任何一条线索，对吗？"

陈忡略略点头。莫海燕说："那我把手机号和微信号都留给你们，如果你们查探到了什么有用的信息，或者任何有价值的线索，请你们立即告诉我，好吗？我代那些失踪者的家属谢谢你们了。"

陈忡说："其实他们该感谢的，是你们。"

莫海燕说："这是我们记者的职责。"

陈忡和黎芳站起来，离开了咖啡店。莫海燕和何凡目送他们离开。

直到陈忡两人彻底走远之后，何凡才说道："这两个孩子单纯而善良，我们这样**利用**他们，好吗？"

莫海燕斜睨何凡一眼："什么叫利用？干吗说得这么难听！"

"你刚才那套义正词严的说辞，差点把我都感动了，让我以为我们真是为伸张正义而来的。"

莫海燕撇着嘴说："就算我们的目的不是那么单纯，但如果揭开了这件事的真相，也确实给了那些失踪者的家属一个交代呀，难道不是吗？"

何凡闭口不言了。莫海燕对他说："我厌倦在一家要死不活的报社当一个小记者了，你不也一样吗？如果我们这次真能揭穿石头城失踪案的真相，明年的普利策奖说不定就是我们的。"

"想多了吧。"

"人还是要有梦想的，万一实现了呢？"

何凡顿了片刻，说："但刚才那个男孩最后说的那句话也有道理，万一我们弄错了呢？也许罗曼教授只是来石头城度个假而已，压根儿就不知道失踪案和神秘生物的事。"

莫海燕摇着头，笃定地说："不，我敢打赌，沿着这个方向追查下去，绝对没错。罗曼教授不可能是来度假的。我采访过很多学者、教授，非常了解他们这类人。他们工作繁忙，生活刻板，兴趣爱好都集中在自己的研究课题上。即便是出来旅游一趟，也绝不会在一个地方待上这么久——除非退休了。如果这里没有什么极具吸引力的事物，他们是不会前来的。"

说到这里，莫海燕望着搭档，眼睛里闪烁着兴奋的光："而且，抛开失踪案不说，你没发现**另一件有意思的事**吗？”

“什么？”

“这两个孩子，手腕上都戴着价格不低于20万的Patek Philippe腕表。那个女孩背的包，是Hermès全球限量版，价格也在20万以上。”

何凡大吃一惊：“这么贵？”

莫海燕说：“你对奢侈品没研究，所以不知道。但我看到他们的第一眼，就注意到了。”

何凡讶异地说：“可是，看他们的样子……”

“对，他们的长相、气质、谈吐，都不像能用得起这种奢侈品的富二代。而他们俩单独交谈的时候，我听到他们说的是懋县一带的方言。想想看，两个来自小县城的孩子，怎么会这么有钱？

“然而，这还不是最奇怪的地方。他们俩是跟随罗曼教授来石头城的。但是据他们所说，罗曼教授单独去办事了，他们俩却无所事事地在这儿喝咖啡。你不觉得这根本不合逻辑吗？不管是年龄还是学识，他们都不可能担任罗曼教授的助手。那罗曼教授为什么要带他们到石头城来呢？”

何凡困惑地挠着脑袋：“你觉得这是怎么回事？”

莫海燕说：“我只能理解为——**这两个孩子，是对罗曼教授至关重要的人**。所以，他才会把他们随时带在身边。他们俩身上穿戴的奢侈品，也可能是罗曼教授买给他们的。”

“这可能吗？罗曼教授为什么要如此讨好两个小孩？”何凡想不通。

“这我就不得而知了。也许这两个小孩对他来说具有某种特殊的价值。总之，这里面一定有什么不寻常的原因。”莫海燕咬着一只手的大拇指，露出兴趣盎然的表情，“凭着当了多年记者的敏锐直觉，我猜这两个小孩身上，肯定隐藏着什么秘密。**说不定，我们这次来石头城，会有意想不到的收获呢**。”

一念之差

关山市。

韩敏已经失踪两天了，**夏赢**心急如焚，寝食难安。

家政公司的声誉和生意，受到了严重的影响。之前预约了**“新型清洁业务”**的客户，夏赢挨个打电话致歉，并取消预约。如果韩敏不回来，他的公司将遭遇信任危机，面临倒闭。

不过这都不是最重要的事，公司垮了无所谓，以后还可以再开。关键是韩敏到底去哪儿了，这才是他最担心的事。

这两天，夏赢完全处于坐立不安的状态，几乎无法静下心来做任何事。一开始他还处理了一些公司的事务，后来直接把手机关机了。没有什么比韩敏的安危更让他牵肠挂肚。

而这件事最大的难点在于，**他没法报警**。他怕警察一旦介入，会把之前火车站命案的事牵扯出来，这样反而是害了韩敏。

韩敏的手机，他已经打了不下一百次，听到的总是“您所拨打的电话暂时无法接通”。看来是不可能通过手机找到韩敏了。

夏赢强迫自己坐下来，冷静思考。韩敏是从那个富豪的别墅做完清洁后失踪的，那这件事，会不会跟那个富豪有关？

想到这里，夏赢立刻拨打富豪的手机。

另一边，在茶庄市。

一个人在房间的时候，韩敏开始思考，怎样才能找到“蒹葭”。

他（她）就是茶庄市的某一个人，但他（她）的性别、年龄、身高、长相、真实姓名，自己却一无所知。

唯一的线索，也许就是此刻握在手中的**手机**。

这个手机，是富豪（“木槿”）的，他是联合会的一员，而且可以肯定的是，他跟茶庄市的“蒹葭”，保持着联系。

那么，这个手机里储存的若干个电话号码中，其中一个号码就是“蒹葭”的——这种可能性很大。但问题是，这些陌生的名字，她一个都不认识，总不可能挨个打电话过去询问对方吧？即便接电话的就是“蒹葭”本人，但是作为秘密组织的一员，他（她）会向一个陌生人坦承身份吗？

除了通讯录，韩敏也试图从微信里找到一些蛛丝马迹。但她发现，富豪的微信好友不多，只有几十个人，根本没法从这些微信名中看出任何端倪，而且微信中几乎没有保留任何聊天记录。韩敏猜想，作为联合会的成员，保密工作自然是十分重要的。即便“木槿”之前跟“蒹葭”联系过，聊天记录显然也被删除了。

对了，**发微信文字或短信的话，对方是无法得知聊天对象是不是本人的**。韩敏想到了这一点。假如我编辑一条具有暗示性的文字信息，群发给这个手机里的所有联系人，会不会得到“蒹葭”的回应呢？

但是，这样做有很大的风险和弊端——那就是会让通讯录上的其他人感到莫名其妙——假如他们发信息过来询问这是什么意思，她该如何回复呢？况且这样一来，会不会引起一些人的怀疑？假如他们打电话过来询问，她更没法应付，说不定还会让人想到，使用这部手机的已经不是富豪本人了……罢了，这种打草惊蛇的做法，只会得不偿失。

如此看来，**除非是“蒹葭”主动联系“木槿”**，否则要想从这么多人当中甄别出他（她），恐怕很难办到了。

正思考的时候，手机突然响了起来，把韩敏吓了一跳。她看了一眼来电显示，号码来自关山市，再仔细一瞧，这是夏嬴的手机号。

韩敏迟疑了几秒，滑动屏幕，拒接了这个电话，然后把夏嬴的手机号拉入了黑名单。

这个把她的心伤透了的男人，她已经不想再跟他说一句话了，她要把他从自己的脑子里彻底抹掉。

后来，韩敏对于今天的这一行为追悔莫及。只是一个轻微的举动，却是她此生犯下的最严重的错误之一——**因为她不可能想到，自己拒接了夏嬴的电话之后，夏嬴接下来做了怎样的事**。

此刻，她再次陷入迷惘和惆怅之中：明明是想要忘记夏嬴，往事却重上心头；跟夏嬴在一起度过的快乐时光，像看过的电影片段一样在她脑海里循环播放。仿佛应景般的，从某个地方传来忧伤而动人的歌声。

推开世界的门
你是站在门外最孤单的人
捧着一颗不懂计较的认真
路过你的时候，时间多残忍
左手的泥呀，右手的泥呀
知己的花衣裳
世界本该是你诚实的模样
左眼的悲伤右眼的倔强
看起来都一样

原来你就是我走失的地方

左手的泥呀，右手的泥呀

知己的花衣裳

世界本该是你诚实的模样

年少的轻狂，迟暮的伤

都等着被她原谅

原来你就是我赎罪的渴望

……

这首歌唱得如此深情，几乎催人泪下。韩敏不自觉地被带入到忧伤的情绪之中，甚至跟着歌者一起唱了起来："推开世界的门，留给你的宠爱别走得太快……"

突然，她意识到一个问题——**我会唱这首歌**？以前，我是在什么地方听过这首歌的呢？

想要恢复记忆的她，对于跟以往有关的任何信息，都想要牢牢抓住，并顺藤摸瓜地探寻过去。正在她竭力思索的时候，外面传来一声大吼，破坏了意境和思绪。

"一大早的谁在那儿唱歌呀！还让不让人睡觉？"

韩敏哆嗦了一下，听出这是合租屋里那个瘦高男生的声音——他是上夜班的，每天上午都在房间里补觉。他这一声吼，才让韩敏反应过来——原来唱歌的这个人，是这里的一个租客？

果然，从另一个房间里传出一个斯文男生的道歉声："对不起，对不起，我不知道还有人在睡觉。我不唱了……"

韩敏想了一下，除了自己和安然，合租房里还有四个人。中年大叔、气质美女和这个瘦高男生都见过了，还有唯一没见面的，看来就是这个唱歌的男生了。不知为何，**音乐爱好者给她一种先入为主的好感**。也许是刚才那首歌打动了她吧。

韩敏不由自主地站了起来，打开门，走到斜对面的房间门口。她想要认识一下这个男生，也想询问一下与刚才唱的那首歌有关的问题。

韩敏轻轻叩门，里面的声音询问道："谁呀？"

"嗯……我是住在你旁边的，也是这儿的租客。"

片刻后，房门打开了。站在韩敏眼前的，是一个声音和外形都很斯文的男生，跟她之前想象的样子差不多——二十多岁，中等身材，皮肤白净，文质彬彬，戴着圆框眼镜，衣着是浅色衬衣搭配牛仔裤——整个人看上去干净清爽，有几分文艺青年的范儿。

"你是……"

"我叫韩敏。"

"你有什么事吗？"

"没什么，就是刚才听到你唱歌，觉得很好听，就忍不住想过来看看是谁在唱……"

男生腼腆地一笑，脸一下红了，有些不好意思地挠着头说："是吗？谢谢。可惜……打扰到人家休息了。"

韩敏真心地说道："如果是我，可不会觉得这么优美的歌声是种打扰。那些不懂欣赏的人，不用理他。"

男生流露出遇到知音时那种欣喜的眼神，说："我叫段文桀，不嫌弃的话，进来坐坐？"

"好呀。"韩敏愿意接触搞音乐的人。

她走进这个狭小的房间，段文桀赶紧把房间里仅有的一把宜家风格的椅子递了过来，自己坐在床边，说："不好意思呀，房间太小了。"

"大家都是这儿的租客，有什么不好意思的。"韩敏环顾这个房间，觉得屋子虽小，却收拾得干净整洁。衣物、鞋子、书籍什么的都摆放得井井有条，对于男生来说，实在是难能可贵。韩敏对段文桀的好感，便又增加了几分。

放在床上的一把木吉他，显然就是刚才段文桀弹奏的乐器。韩敏问道："你是学音乐的？"

“嗯。”

韩敏有些崇拜地说：“好厉害呀，那你在哪儿工作呢？”

段文桀惭愧地说：“我没有正式的工作……有时在酒吧驻唱，有时就在广场上唱歌卖艺……”

韩敏觉得段文桀是一个实诚的人，便用欣赏的口吻说道：“那也没什么不好呀。我觉得在广场上唱歌的男生都很酷。”

“真的吗？”

“真的。”

段文桀露出憨厚的笑容，他有两个小酒窝，笑起来很可爱。

韩敏问道：“你刚才唱的那首歌，叫什么名字？”

“你是说《推开世界的门》？”

“对，这首歌很好听。我刚才忍不住跟着唱了起来。”

“你也会唱这首歌？”段文桀再次感觉自己遇到知己了。

“对，但是……我忘了在哪儿听过这首歌了。”

段文桀自然不可能想到韩敏失忆了。他说：“这不奇怪，有时候我们并没有刻意地去听某首歌，但也会唱。可能是在某个不经意的时刻听过，就有印象了。”

说的是……韩敏心里叹了口气。看来想要以一首歌为线索寻回记忆，太不现实了。不过，她仍然认为自己对音乐的兴趣是一个切入点，便说道：“你今天晚上要在哪儿表演吗？我想再听你唱一次刚才那首歌。”

觅到知音的段文桀立即说：“不用等到晚上呀，我现在就可以唱给你听！”可突然又想起刚刚才被抗议过，便提议道，“这儿不行，那个谁……王铮还在睡觉呢，要不咱们去天台吧。”

韩敏由此得知瘦高男人的名字叫王铮。她说：“行啊。”

段文桀背上木吉他，两个音乐爱好者兴冲冲地就要出门了。这时安然推门出来，问道：“咦，韩敏，你要去哪儿呀？这是……”

韩敏说：“安然，这是隔壁房间的段文桀。你刚才听到他唱歌了吗？唱得可好了。”

“嗯，听到了。”安然说，“是挺好听的。”

“我们打算去天台上唱歌，那儿不会影响到谁。”韩敏说。

安然反正也没事，再说他的任务就是盯着韩敏：“那我也跟你们一起去吧。”

“走吧。”段文桀自然不介意多一个听众。

三个人乘电梯来到顶层。天台上空空荡荡的，一个人都没有，用来练歌正合适。

段文桀说：“我把刚才那首《推开世界的门》再唱一遍啊。”

他拨动琴弦，前奏过后，开始低声吟唱。这首歌原本是女生的key，男生演绎的话，自然要降调处理。唱到副歌部分的时候，韩敏情不自禁地跟着唱了起来。她唱的是高八度的原key，跟段文桀的低音部配合，正好形成二重唱。两人虽然是第一次合唱，却意外配合得有默契，让人耳目一新。

唱完一曲，段文桀结束弹奏，兴奋地夸赞道：“韩敏，你唱得太好了！”

韩敏红着脸说：“是吗？”

“真的！你比我唱得好，你以前学过唱歌？”

“没有啊……”

其实韩敏也不太确定她以前有没有学过唱歌，她记不起以前的事了。但直觉告诉她，她应该是没有受过专业训练的，否则的话，不会对乐理方面的知识完全没有印象。如此看来，她应该只是爱好音乐和唱歌而已，并非科班出身。

“你没有学过，都唱得这么好，那真是音乐天才啊！”段文桀发出由衷的赞叹，然后询问站在一旁的安然的意见，“你觉得呢，安然？她是不是唱得特别好？”

“嗯，很好听！”安然连连点头。

这倒是实话。刚才听段文桀唱前半部分的时候，安然只是觉得旋律和歌声都很优美，并无特别的感觉。但韩敏的歌声加进来的瞬间，他的鸡皮疙瘩一下就冒了起来。这是听到极富情绪感染力的歌声才会产生的特殊感受。

安然没有想到，韩敏竟然拥有非同一般的曼妙嗓音和唱歌天赋。这一信息是罗曼教授没有提到过的，也许罗曼教授自己都不知道。之前听韩敏说话的时候，安然并没有感觉到这一点，也许说话和唱歌是两码事吧。不管怎么说，他确实有点被刚才的歌声震撼到了。

音乐专业的段文桀，更是有种伯乐发现千里马的激动和欣喜。他说道："韩敏，你知道我为什么夸你唱得好吗？"

"为什么？"

"你的嗓音条件很好，即便是唱高音，也能保持声音的厚度和磁性，而不像有些女生唱歌，一到高音区，声音就会变得尖锐刺耳，十分单薄，你懂我的意思吗？"

"嗯，我明白。"韩敏发现，自己真的懂段文桀说的意思。在音乐方面，她似乎一点就通。

"对，这是你先天的优势，但我想告诉你，音准、音色固然重要，却不是判断一个歌者是否是顶级歌手的主要因素。最关键的，其实是乐感。"

"乐感？"

"是的，乐感就是对音乐的感知。简单地说吧，一首歌，即便你调子完全唱准了，技巧和气息也没有任何问题，也不代表一定就是完美的演绎。重要的是，你有没有把一首歌的'感觉'唱出来。嗯，怎么说呢，就是你对一首歌曲的领悟和理解……这个大概只能意会吧。"

"我懂你说的意思。"韩敏颔首道。

"对！"段文桀拳掌相击，说道，"我想说的就是这个，你的乐感非常好。举例来说，《阴天》这首歌，我在 KTV 听过很多女生演唱，可是几乎没有一个人能把这首歌的味道和气质唱出来。但你不同，你的超强乐感，让你可以驾驭杨乃文、莫文蔚或者 Alicia Keys 的歌。"

"是吗……"韩敏不太确定地说。

"试试不就知道了吗？《寂寞的恋人啊》，会唱吗？"

"嗯……你唱两句副歌我听听？"

段文桀清唱了两句，韩敏立刻点头道："我听过的，应该会唱，但我记不起歌词了。"

“这个好办。”段文桀拿出手机，在网上搜索到歌词，然后把手机递给韩敏，“你看着歌词唱。”

韩敏接过手机，点了点头。

段文桀开始弹奏《寂寞的恋人啊》这首歌的前奏，然后用眼神示意韩敏进入。歌声和吉他的伴奏融为一体，即便是在空旷的楼顶，且没有任何扩音设备，也让人听得心醉神驰。

一曲歌罢，安然不由自主地鼓掌叫好。段文桀也再次给予高度评价：“太棒了，完全不亚于原唱！”

韩敏的脸泛起红晕，显得很开心。

段文桀问道：“韩敏，你现在在做什么工作？”

韩敏摇头道：“我才来茶庄市两天，还没找到工作……”实际上，她心里清楚，对于没有身份证的她而言，要想找到工作几乎是不可能的。

段文桀埋头想了想，说：“那……你愿不愿意跟我一起去**街头表演**呢？”

韩敏怔了一下：“可以吗？”

“只要你愿意，当然可以！”段文桀说，“你可别小看了街头卖艺的收入。在人流量大的地方，一天晚上赚个几百块，一点儿问题都没有！只要咱们唱得好，自然会有很多人发自内心地打赏。要是你愿意的话，赚的钱咱们对半分，可以吗？”

韩敏明显心动了。这份工作不需要身份证，唱歌也是她的爱好。做自己喜欢的事，还能赚到钱，何乐而不为呢？况且她很清楚，要找到“蒹葭”，恐怕不是一时半会儿的事。为了维持她的生活开销，必须有一份收入才行。想到这里，她几乎决定了，但还是征询了一下安然的意见：“你觉得呢，安然？”

对于这个突然冒出来的主意，安然一时没思索出其中的利弊。他想不出不让韩敏做这件事的理由，只有说：“我觉得……可以试试吧。”

“是吗？”韩敏望向段文桀，“我答应了。”

“太好了！”段文桀兴奋地说，“咱们今天晚上就可以去街头表演，趁白天的时候，多练习几首歌吧！”

“好的。安然，你晚上要和我们一起去吗？”韩敏问。

安然暗想，这可是一个监视韩敏的好机会，嘴上笑盈盈地说：“好呀。我去听你们唱歌，说不定还能顺便帮点忙呢。”

“那就这样说定了，咱们开始练习吧。”段文桀兴致勃勃地说。

街头卖唱……这事不会引起什么麻烦吧？安然还是有些忐忑起来。突然，他想到，**万一有人把韩敏在街上卖艺的视频拍下来放在网上，会不会被关山市的夏嬴看到**？

如此一来，夏嬴有可能根据视频中的一些地标，得知韩敏在茶庄市。万一他按图索骥找了过来，见到了韩敏，并与她对质，就有可能让之前的“假冒事件”曝光。

安然越想越觉得不妙。他忽然很后悔刚才没能想个什么理由阻止韩敏去街头卖艺。现在才反应过来，可已经迟了。要是此时才提出一个蹩脚的理由予以妨碍，反而让人生疑。

不过，他脑子也转得快，很快就想到一个避免这种情况发生的主意。

十二 借刀杀人

中午的时候，韩敏、安然和段文桀在附近的一家小餐馆吃饭。韩敏练了一上午的歌，早已饥肠辘辘，因此这顿饭吃得很香。

段文桀对今天晚上的演出充满期待，他一边夹菜，一边说："我敢说，今天晚上的演出，一定会惊艳路人。"

安然说："其实你们唱得这么好，干吗要在大街上卖艺呢？去一些高档点的酒吧驻唱，也未尝不可呀。"

段文桀说："我在酒吧驻唱过，感觉不太舒服。有一次遇到一个喝醉的客人，非让我唱他点的低俗歌曲。我不愿意，他就……"

"他就怎样？"韩敏好奇地问。

"差点打了我。"段文桀说，"关键是，后来酒吧老板还说我不懂事，这种情况下就应该顺着客人。不过这都不算什么，主要是有些客人会来敬酒，男歌手还好。女歌手——特别是漂亮的女孩儿，就怕被占便宜……"

“那算了，咱们别去酒吧了。”韩敏光是想到这种情形，已经心生抵触了。

“当然也不是每个酒吧都会发生这种情况。只是我经历过一两次之后，就有些排斥了。”段文桀说，“后来就觉得还是在大街上卖艺自由点儿，也不会被人骚扰。另外，还可以锻炼一下胆量。你想，在大街上当着那么多人都敢唱，以后上了舞台面对观众，也肯定不会紧张了，对吧？”

“是啊。”韩敏表示赞同。

安然吃着菜，假装随意地问道：“你们在街上表演的话，要不要化个妆什么的？”

段文桀嘿嘿笑着说：“我是男生，化什么妆呀。韩敏要不要化妆，看她自己吧。”

韩敏愣了一下，显然之前并未思考过这个问题。她想了想，说：“我觉得没必要吧，又不是登台表演，用得着化妆吗？”

安然故意说：“如果是我的话，就会化浓点的妆，让人认不出我来，这样就能毫无心理负担地演唱了。而且就算被人拍下视频放在网上，也可以避免一些不必要的麻烦。”

“麻烦？”韩敏问，“什么麻烦？”

“一些熟人、朋友什么的看到了，肯定会假装关心地问东问西——‘你为什么会跑到茶庄市去卖唱’之类的，烦死人了。我才懒得跟他们解释呢。”安然说。

这话猛地提醒了韩敏。她倏然想到，之前在关山市，富豪的家里，自己已经被集合会的人（她直到现在都认为这个人就是夏羸）盯上了。现在好不容易摆脱了夏羸，逃到茶庄市来，要是暴露了行踪，岂不是又会引祸上身？

“嗯，你说得对……我需要化一下妆。”韩敏避重就轻地说，“这样能放得开一些。”

段文桀耸了下肩膀，表示他无所谓。韩敏问道：“你会化妆吗，安然？”

安然的目的达到了，心中暗喜。他假装平静地说道：“会呀，一会儿我陪你去买点化妆品，然后教你化妆吧。”

饭后，安然跟韩敏来到一家商场，他们买了眉笔、口红、眼影等化妆品，还挑了一顶帽子和一个装饰用的眼镜框。回到住所，化好妆，戴上帽子和眼镜，跟之前的形象截然不同。两个人都觉得目的达到了。

晚上七点钟，段文桀和韩敏、安然来到翠湖附近的一个商业广场，商场前方有一块面积很大的空地，傍晚时分，人流量很大，是卖艺表演的最佳场所。

段文桀从旁边的商铺借了电源，插上音响，然后把装吉他的琴包打开，放在脚下，便于观众打赏。这时过往行人并未表现出特别的关注，这个广场上几乎天天晚上都有年轻歌手卖唱，他们早就习以为常了。

段文桀把麦克风交给韩敏，问道："准备好了吗？"

韩敏毕竟是第一次在大庭广众之下唱歌，要说不紧张是不可能的。段文桀看出来了，说道："这样，一会儿开唱的时候，你闭上眼睛，就把这儿当成一个人都没有的楼顶就行了。"

韩敏深吸一口气，点了点头。安然在一旁说："对，放轻松一点儿。把包给我吧，我帮你背。"

"好的，谢谢。"韩敏把斜挎在身上的小包取下来递给安然，让自己放松下来。

"开始了，第一首歌，《寂寞的恋人啊》。"

段文桀开始弹奏吉他，一些人被音乐所吸引，朝这边望过来。但多数人并没有理会，继续做着他们自己的事。

前奏过后，韩敏闭上眼睛，开始演唱。

这是一个奇妙的瞬间。她的歌声在嘈杂喧闹的广场上响起的一刹那，画面仿佛定格了一般。听到歌声的人，停下了脚步和正在做的事，搜寻着歌声的方向。人们被天籁般的歌声吸引和凝聚。一个毫无生命力的广场，忽然就变得浪漫而生动起来。

固执的 7-11

尾声啦，夏天

太亮了霓虹灯

天空的颜色好浅
傻子才争吵啊
落叶是树的风险
情感是偶发的事件
用偏方治好失眠
满意你爱的吗
有何新发现
温柔的誓言
恋爱的肢体语言
努力爱一个人
和幸福并无关联
小心啊，爱与不爱之间
离得不是太远
吞下寂寞的恋人啊
试着辛苦地去了解
却是遗憾少见，有谁如愿
真是让人不甘心啊
越是相爱的两个人
越是容易让彼此疼
疲惫了，放手了
不值得，不要了
……

一曲唱罢，韩敏睁开眼睛，这才发现他们的面前已经里三层外三层围了好几百人。观众报以热烈的掌声和赞叹，这让更多的人围了过来。而之前驻足听歌的人，纷纷把钱放到地上的吉他包里——作为获得精神享受的回报。各种面值的钞票很快就堆成了一座小山。大家集体要求：“再来一首！”

韩敏和段文桀控制不住自己激动和喜悦的心情，他们涨红着脸，不住地道谢，信心饱满。段文桀对观众说：“请欣赏我们的第二首歌，《倾城》。”观众鼓掌欢迎。

连安然都被韩敏的歌声打动了，竟然一时忘了自己的立场，跟周围的人一起沉浸在美妙的音乐中。直到手机振动，一条新接收的短信才把他拉回现实：

今天晚上就给我吧，人和钱一起。

安然突然像吃了苍蝇一样恶心。发来这条短信的，正是之前要挟他的王铮。

不管内心有多厌恶，毕竟把柄捏在对方手里，他也不能置之不理。因此安然输入文字回复道：

大晚上的，你让我上哪儿去弄这么多钱？再等几天吧。

短信很快又发来了：

行，钱暂时不忙。那人呢？这个不需要准备吧。都是年轻人，想必你也不是什么黄花大闺女。吃不了亏的，哥晚上带你上天堂。

还配了一个坏笑的表情。

去死吧。安然在心里冷冷地哼了一声。上天堂，好啊，我会让你上天堂的，等着吧。

见安然许久没有回复，王铮的短信又发过来了：

怎么样，考虑好了吗？我今天晚上就到你房里来。你住哪个房间？

浑蛋，还想玩夜袭？安然恨得咬牙切齿，正不知道该如何回复，脑子里骤然冒出一个大胆的念头。

这家伙不知道我住在群租房的哪个房间里？

对了，他又没来过我的房间。而且他昼伏夜出，作息时间与常人相反，不知道其他人住在哪个房间也是很正常的事。

这么说，他自然也不知道韩敏住在哪个房间。

一个“借刀杀人”的办法在“琉璃”的脑子里应运而生，迅速成型。

韩敏的包，此刻就背在她的身上。安然知道，这里面装着韩敏的手机和房间钥匙。

此刻，韩敏和段文桀正在忘情地演唱着，根本不可能注意到自己的动向。

没有记错的话，刚才走过来的路上，就有一家配钥匙的小店。

安然打定主意，一秒钟都不再耽搁。他悄悄从人群中溜了出来，然后在路边扫码打开一辆共享单车，骑着车朝配钥匙的店飞驰而去。

五分钟后，他就来到了这家店的门口。为了保险起见，他先进入旁边的一个公共厕所，用水淋湿了自己的脸，然后进入某个单间，像捏橡皮泥一样，把自己的脸捏成了跟之前完全不一样的模样。只塑造脸的话，非常容易，只用了两三分钟时间。

一切完备，他才从容地走出厕所，来到配钥匙的店铺，从韩敏的包里掏出她的房间钥匙，递给头发花白的师傅："你好，请帮我配一把备用钥匙。"

"10 块钱。"

"好的。"

几分钟后，钥匙配好了。安然把原来的那把放回韩敏的包里，把新配的那一把揣进了裤兜里。

然后，她再次走进公共厕所，把自己捏回安然的模样，并迅速骑着单车返回广场。

全程只用了不到半个小时。当安然再次出现在韩敏眼前的时候，他跟周围的人一起鼓掌叫好，韩敏压根儿没发现安然消失了一段时间。

演唱还在继续，观众们热情高涨，他们很少遇到能达到专业歌手水准的卖唱歌手。可惜的是，韩敏今天下午一共才排练了六首歌，每首歌都开始唱第二遍了。可即便如此，观众们仍然听得如痴如醉，不愿离去。

安然掏出手机一看，果然，王铮的短信又发过来了：

不回复是什么意思？不愿意？那就算了。不过，我也可以随心所欲地说什么了，是吧？

这浑蛋还想威胁我。**今天晚上，我要你怎么死的都不知道。**

安然输入文字并发送：

急什么，我又没说不愿意。但是，你晚上不是上夜班吗？有空到

我房间里来吗？

王铮立即回复：

美人儿，要跟你亲热，我还上什么班呀。凌晨一点钟，我到你房间来，说好了啊。

安然：

行。一会儿我把房间的钥匙放在卫生间的水箱里面，你打开盖子就能看见。进来的时候小声点，别让隔壁的人听到。我的房间是进门左手第二间。

王铮：

知道了，我会温柔点对你的。哈哈，好刺激。

安然：

你现在把我跟你的聊天记录全部删除，然后截图给我看。

王铮依言照做了。被欲火烧昏头脑的他根本不可能想到，安然已经在处理他死后可能会留下的，对自己不利的证据和痕迹了。

然而，安然也不可能想到——这件事并没有按照他预设的轨道发展下去。等待他们的，是一个惊悚之夜。

各怀心思

韩敏和段文桀的表演持续到了九点钟才结束，一拨又一拨的听众往吉他包里放的钱，几乎把袋子都塞满了。韩敏和段文桀不住地道谢，表示明天还会来此表演，听众们这才意犹未尽地散去了。

效果比之前预想的好十倍。段文桀激动得满面红光，他背上吉他包，对韩敏和安然说："走，我请你们吃大餐，庆祝咱们首秀成功！"

"何止是成功呀，简直是场面火爆，快赶上一场小型演唱会了。"安然一边把包还给韩敏，一边说道，"是得好好庆祝一下！"

韩敏接过包，压根儿没多想。今天晚上她十分开心。赚了多少钱倒是其次，最重要的是**她真心喜欢唱歌**。比起之前在火锅店、家政公司的打工经历，唱歌带给她的快乐、享受和成就感，是之前那些工作无法比拟的。

三个人上了一辆出租车，段文桀说："咱们去吃海鲜烧烤，好吗？我知道一个地方，环境和味道都很棒！"

听到“海鲜烧烤”四个字，安然心里有种不祥的预感。果不其然，段文桀告诉司机的地址和店名，正好就是翠湖边上，他之前去吃过的那家——**王铮上班的地方**。

怎么办？现在提出不想去的话，会显得很不自然。他也找不到什么理由说服他们不去那家。也罢，他跟王铮之间已经达成了协议，想来王铮不敢乱说什么。

车子很快就开到了翠湖边的这家海鲜烧烤店门口。他们下了车，立刻就有服务员上前招呼——还好不是王铮。段文桀问道：“外面还有座位吗？我们想坐湖边。”

“有的有的，三位这边请。”

服务生领的位，恰好就是那天安然坐的位子。安然在心中苦笑，莫不是老天爷在耍我？

段文桀翻看菜单，点了一些烤海鲜和肉串，又问两位女士：“咱们喝点啤酒，好吗？”

韩敏征求安然的意见。安然说：“既然是庆祝，当然得喝点啊。”**喝过酒的人，晚上会更容易入眠**。这有利于实施他的计划。

“好的，那咱们先来一打百威吧。”段文桀对服务员说。

等待上菜的过程中，段文桀打开吉他包，当着韩敏和安然的面，整理和清点各种面值的钞票，然后用手机计算器计算总数。“啊”的一声，他控制着自己喜悦的心情和说话的音量：“你们猜今天晚上一共收入了多少？3696 元！一个晚上呀，就这么多！”

韩敏显然吓了一跳，说道：“那一个月按 30 天算……那不得赚将近 10 万块钱？”

段文桀笑道：“你不能这么算。首先我们不可能每天都表演，比如下雨的时候就不行。另外我们——特别是韩敏——也得休息一下嗓子才行。”

韩敏说：“我没关系，一天唱两个小时，我不觉得累。”

段文桀摇头：“你一天不可能才唱两个小时。你忘了白天我们还要排练吗？

嗓子是需要休息和保护的，不然要是唱哑了，就得不偿失了。”

韩敏点头称是。

段文桀对他俩说：“这钱呢，696 元给安然，我和韩敏一人分 1500 元，你们觉得可以吗？”

“啊？”安然摆手道，“我不要，我又没出力，干吗分钱给我呀。”

“你帮我们拿东西，又帮我们卖力地吆喝，怎么会没出力呢？”段文桀把钱递给安然，“拿着吧，咱们既然一起出来，就是一个团队的伙伴，怎么可能没你的份呢？”

安然还想推让，韩敏把钱塞到他手里，说：“你就算是我们的助理吧，这钱是你应得的，拿着。”

安然当然是不缺这点儿钱的，但是钱递到他手里的时候，他心里突然有些温暖和感动。想到之前对韩敏做过的事，以及他即将要做的事，“琉璃”第一次感到问心有愧。韩敏这个人，不管是长相、性格，还是为人处世，实在是无法让人讨厌。可惜，他是“集团”的人。这一点，韩敏迟早会知晓。想到这里，他心中五味杂陈，竟有些不是滋味。

韩敏当然不可能知道安然在想些什么，只当“她”是心生感动，对“她”报以微笑。安然把钱收起来，对他们说道：“那就谢谢了。”

“别客气！”段文桀咧嘴一笑。

这时，身后响起一个声音：“呦，又来了呀？”

三个人倏然回头，看见王铮穿着工作服，端着一盘辣炒花蛤过来了。安然就知道避不开这瘟神。

韩敏认出这是王铮，没想到他在这儿打工。对于王铮说的那句**“又来了”**，她以为指的是段文桀，也就没多想。只有安然心知肚明，王铮这话是冲他说的。不过，他假装听不懂，不予理会。

段文桀也是才知道王铮竟然是这家店的服务员。他推了推眼镜框，说道：“你……在这儿上班呀？”

“对呀，”王铮嬉皮笑脸地说，然后特意望向安然，“多谢你们经常照顾我们店的生意。”他把菜放在桌子上，转身走了。

段文桀和韩敏还沉浸在首秀成功的喜悦之中，没去体会王铮这句意有所指的话。安然也迅速把话题引到美食上面：“这花蛤炒得好香啊，咱们开动吧！”

啤酒也拿来了。三个人分别朝杯子里倒满啤酒，共同举杯。段文桀说：“咱们有缘住在同一套房子里，还有缘在一起玩音乐，真是太棒了——为缘分干杯！”

“干杯！”

韩敏之前跟夏赢在一起的时候，也喝过酒。她不知道自己到底有多少酒量，但肯定不是那种一两杯就醉的人。今天她实在是非常开心，又斟满一杯，说：“我敬你们俩一杯，很高兴认识你们这两个好朋友。”

“好朋友”这个称谓让安然心中的歉意又增加了一分。但表面上，他装出坦然的样子，举起酒杯配合道：“我也是，干杯。”

韩敏又饮尽一杯啤酒，用纸巾擦了擦嘴，望着段文桀说：“你刚才说咱们是一个团队，就是组合的意思，对吧？”

“是啊。”段文桀一边吃菜一边说。

“既然是组合，那得有个名字吧。”

“行啊，那咱们的组合叫什么名字呢，你有提议吗？”段文桀问道。

韩敏说：“叫‘蒹葭’，怎么样？”

安然身体不自觉地抖动了一下，还好幅度不大，应该没有被韩敏察觉。

“尖……加？哪两个字呀？”段文桀问。

韩敏在手机上输入“蒹葭”两个字，递给段文桀看。

段文桀问：“蒹葭是什么意思？”

韩敏说：“就是芦苇一类的植物。”

“为什么要取这个名字？”

韩敏避重就轻地说道：“没什么，只是这个词的音、形、意我都比较喜欢，你觉得呢？”

段文桀是个干脆洒脱的人：“你是主唱，你定就是！这名字听上去不错，挺有文艺范儿的，跟我们的歌也搭。”

韩敏又问安然：“你觉得呢，安然？这个名字怎么样？”

“可以呀，我觉得不错。”安然当然知道韩敏是怎么想的。利用街头表演的影响力，寻找隐藏在茶庄市的特异人“蒹葭”。其实这也是他的目的所在，并且他得承认，这主意还不赖。如果有一天，“蒹葭”在街头或者网络上看到了他们的表演，说不定会悟出什么，从而跟他们联系也说不定。安然暗忖，罗曼教授果然老谋深算，利用韩敏，也许真能找出更多的联合会成员。

韩敏说：“那我们去做个牌子好吗？把组合的名字写上，这样大家对我们的印象也会深刻一些。”

“行，听你的！”段文桀再次举起酒杯，“来，走一个。”

这时，王铮又端着菜过来了。他放下菜后，并没有立即走开，而是蹲了下来，抱着双手，好奇地问道：“我在旁边观察你们好久了，什么事这么高兴呀？你们在庆祝什么？”

韩敏不太想跟他解释，也觉得没有回答的义务，她对王铮这个人始终有种说不出的反感。但段文桀觉得，既然是一起合租的人，态度还是要友好一些才是，便说道：“我们成立了一个组合，在广场上唱歌表演。”

“哟，看不出来，你们个个都多才多艺呀！”王铮冷嘲热讽地笑道，“今天晚上肯定赚了不少吧？要不然怎么会到我们这儿来喝酒庆祝呢？”

三个人都没有回答这个问题，看来都不太想搭理他。王铮仍不识趣地问道：“说说吧，都是室友，别藏着掖着呀！”

段文桀犹豫了一下，说：“今天晚上赚了三千多。”又立马补充了一句，“这可是我们三个人的收入。”

“三千多？可以呀你们！我在这儿打工，一个月才三千多呢！什么时候带我一起玩玩呗？我也会唱几首摇滚歌曲。”

安然实在忍不住了，说道：“你是在这儿上班的还是跟客人闲聊的？忙你的去吧！”

王铮涎皮赖脸地笑了一下，望着安然，意味深长地说道：“行，不打扰你们了。咱们得空了，慢慢聊啊。”说完一脸坏笑地走开了。

韩敏和段文桀只当这人向来吊儿郎当，没个正形，对他说出的轻浮暧昧的话，也没仔细体会。但安然当然知道他的意思，牙齿都磨得吱嘎响了，表面上却只是撇了撇嘴，做出若无其事的样子，对韩敏和段文桀说：“来，咱们继续喝酒……”

之后，王铮也没有再过来骚扰他们了。十二瓶啤酒，三个人喝得比较平均，大概一人四瓶。安然这才发现，韩敏的酒量也不错。四瓶酒下去，只是脸色微微泛红，并没有喝醉的迹象。他本来想再灌韩敏两瓶，段文桀说道：“今天大家都累了，回去休息吧。韩敏，明天还要多练几首歌呢，不能老唱这几首。”

“好的。”韩敏说。

段文桀招呼老板埋单，然后，三个人步行回到住所。

王铮望着安然的背影，想着夜里要做的“好事”，心中躁动不已。他打算一会儿跟老板找个借口，提前下班。凌晨一点钟，这个时刻简直让他无比期待。

十四

惊悚之夜

韩敏、安然和段文桀回到出租屋，互道晚安，各自回房了。安然特意确定了一下——**没错，进门左手第二间，是韩敏的房间**。

而住在另一个房间的偷窥狂大叔，随着韩敏的归来心潮澎湃起来。那美妙的胴体，他马上又能欣赏到了。

然而，第一个进入卫生间洗澡的，是安然。中年男人皱起眉头，几乎想关闭显示器。男人的身体他只是没兴趣，还不至于感到厌恶。但安然那人妖般的身体，真的让他有点恶心。

中年男人正准备扭头不看安然沐浴，忽然发现进入卫生间的安然，举止有些怪异。他并没有立刻脱衣服，而是走到蹲便器前，小心地揭开水箱的盖子，把一个小东西放到了水箱里面，随后将盖子盖好。

中年男人没有看清他放进水箱的是什么。但安然的这一行为，却引起了他的好奇。他打算过会儿去确认一下。

安然开始洗澡，中年男人暂时把监控画面最小化了。

十多分钟后，安然洗完澡回到了自己的房间。中年大叔假装上厕所，走进卫生间。他锁好门，揭开水箱的盖子，看到了放在水箱底部的一把**房门钥匙**。

这是什么意思？他不懂了。为什么要把房门钥匙放在这种地方？

想象力不足以支撑他理解这件事。他只觉得，安然的身体和行为模式都是一个谜。

中年男人没有动那把钥匙，他装作上完厕所，按下水箱冲厕所，然后走出了卫生间。

接下来才是重头戏。韩敏进入卫生间，开始宽衣，沐浴。中年男人看得血脉偾张，垂涎欲滴。

同时，他注意到，韩敏根本没有动过水箱。她显然不知道里面放了一把钥匙这件事。

本来，偷窥完韩敏洗澡，他今天的娱乐就结束了，可以洗洗睡了。但安然放进去的这把钥匙，激起了他的好奇心。他很想知道：这把钥匙究竟是留给谁的呢？接下来又会发生什么？

不一会儿，段文桀也进入浴室洗澡。同样，中年男人看得出来，他也不知道水箱里藏着钥匙这件事。

一直等到凌晨十二点多。中年男人打了几个哈欠，有些疲倦了。他正想关机睡觉，外面的声响告诉他，有人回来了。

其他人之前都已经回来了，那最后回来的这个，只能是王铮。中年男人知道王铮在一家夜宵店上班，也知道他很少在凌晨四点之前回来——为什么今天晚上例外呢？会不会跟水箱里的钥匙有关？

事实证明，他猜对了。王铮进屋后，径直走向了卫生间，他锁好门，做的第一件事，就是打开水箱的盖子，找到钥匙，脸上露出淫邪的笑。

有意思，事情越来越有意思了。这一幕，让中年男人倦意全无。很显然，这把钥匙是安然跟王铮约好之后，让他在这里拿的。但是，安然为什么不直接把钥匙交给他呢？这里面一定暗藏玄机。

王铮开始脱衣服洗澡。中年男人对观看男人洗澡没兴趣。他思忖着：这两个人在搞什么鬼？那是谁的房门钥匙？一会儿，会发生什么事情呢？

中年男人意识到，一旦王铮离开了卫生间，就脱离了他的监控范围。但是，要想看到他用这把钥匙打开了哪个房间的门，却并非难事。

王铮这个澡洗得很彻底。显然是为之后的“好事”做准备。洗完之后，他用毛巾把湿漉漉的头发和身体擦干，穿上一条内裤，抱着衣服离开了卫生间。

走廊上的灯已经关了，王铮也没有打开。中年男人蹑手蹑脚地走到门口，将房门拉开一条缝，一只眼睛朝外观望。

王铮轻手轻脚地回到自己的房间，并未开灯。看起来他只是把衣物放回了房间，就拿着那把钥匙悄无声息地走了过来。

他要开谁的门？中年男人的心脏怦怦狂跳：反正……不会是我的吧？

王铮光着身子，几乎是踮着脚在走廊上行走，没有发出任何声音。他的所有注意力都集中在寻找左手第二个房间上面，根本不可能知道，右侧第一个房间的门缝里，有一只窥探的眼睛，正盯视着自己。

他在进门左侧的第二个房间面前驻足，试探着将钥匙插进锁孔。

黑暗中的那只眼睛倏然睁大了。原来，**安然留给这家伙的是韩敏房间的钥匙**？他们要干什么？这个安然，不是韩敏的朋友吗？难不成，她出卖了自己的朋友？中年男人惊愕不已。

此时，隔壁房间的安然，自然是没有睡着的。他不断看着手表——凌晨一点终于到了。这个时候，韩敏早就该睡着了。而王铮显然也拿到了房门钥匙。**只要他走进韩敏的房间，做出任何企图猥亵、侵犯韩敏的行为，就会让“触手人”开启自卫模式**。

安然从没见过“触手人”发动攻击的瞬间，但他从罗曼教授那里听说过。“触手人”几乎能在几秒之内杀人于无形。一般人还没反应过来这是怎么回事，就已经被伸入体内的无数根触手破坏脏器，夺去了生命。单从这一点来说，恐怕没有任何人是“触手人”的对手。所以罗曼教授再三提醒他，千万不要在韩敏处于无意识状态的情况下，做出任何哪怕会引起误会的侵犯行为。

所以，王铮的结局几乎是没有悬念的。安然在心中冷笑。这是他咎由自取。惹了不该惹的人，这就是下场。

但是，安然失算了。

他没有想到，韩敏此刻并没有睡着。

如果是往常，韩敏早该进入梦乡了。但第一天进行街头表演，种种细节令她回味，心绪久久不能平静。所以即便已到凌晨一点，她仍激动得难以入眠。之前摄入体内的酒精，不但没能起到助眠的作用，反而令她更加兴奋。

王铮扭动钥匙开门的声音很小，但是在万籁俱寂的夜里，这细微的声响还是被韩敏听到了。她此刻平躺在床上，警觉地睁开了眼睛，判断着这开锁的声音是否来源于自己的门口。

这时，房门被悄无声息地推开了。即便是在黑暗之中，韩敏也清楚地看到了一个黑色的身影。从体形轮廓来看，是个男人。

毛骨悚然的感觉遍布全身。她想惊叫，却发现巨大的恐惧扼住了喉咙，发不出声。黑暗中，她睁大惊惧的双眼，看见这个黑影关上了房门，朝自己的床前走来。

小偷？这是她的第一反应。如果是这样的话，就让他把钱偷走好了。韩敏无法判断对方手上有没有凶器，跟他搏斗，显然是不明智的。她只能装睡，并祈祷对方的目的只是放在床头柜上的钱财。

但恐怖的是，这个人对钱财似乎毫无兴趣，他坐到床边，然后掀开被子，钻进了被窝。一只手伸向了韩敏的胸部，在她温软的肉体上摩挲。

不！韩敏紧闭着双眼，强行忍受着巨大的恐惧和不适。她不敢发出声音，也不敢贸然反抗，只能在心中狂喊：怎么办？怎么办！

咸猪手在韩敏的身上游弋，渐渐往下探索。韩敏的身体因恐惧而颤抖起来，对方却把这当成了一种错误的信号，以为这是女性释放出的愉悦的电流。他更加肆无忌惮地抚摸、揉捏起来，甚至把头也钻进了被子里，用肮脏的舌头舔舐韩敏的身体……

韩敏知道，她不可能再忍下去了。同时她也清楚，在清醒状态下，她不可能启动“触手”，更遑论跟一个身强力壮的男人近身搏斗。她只能强忍住屈辱和恶心，在被猥亵的同时，慢慢把右手伸向了右侧的床头柜——那儿放着一个金属电热水壶。

指尖接触到了，还差一点儿……她把身体再向右倾斜了一些，抓到了电热水壶的把手。

拼了！

韩敏猛地掀开被子，趁色魔反应不及，用尽全力把电热水壶砸向他的头部。只听“哎哟”一声惨叫，这男人痛苦地捂住了头。

韩敏挣扎着想要从床上翻身起来，逃出房间求救。然而，刚才那一击的力道不足以将一个男人砸晕过去，反而令他勃然大怒。王铮低喊一声：“贱人！”随后一拳挥向韩敏。

黑暗中，这一拳并无准心，却不偏不倚地砸中了韩敏的太阳穴。韩敏昏倒在了床上。

直至此刻，王铮仍以为这个女人是安然。他喘着粗气，愤怒异常，对这女人的出尔反尔心怀怨恨。此刻她被打昏在了床上，还有什么好说的，自然是把她办了，以泄心头之恨。

他双手粗暴地伸向床上的娇躯，想要扒掉碍事的内衣裤，实施强暴。突然，他感觉黑暗中冒出了某种不可名状的事物。还没看清，一些丝状物已经迅速钻进了他的鼻腔和耳朵。他刚想张开嘴大叫，更多的丝状物伸进了他的口腔。几乎是在一秒之内，他的大脑和心脏就遭受了致命的创伤。他就这样大张着口，直直地倒了下去。

待他死透之后，这些细丝般的触手，才全部从他的体内撤离，重新回到韩敏的指缝之间。

一切复归于平静，仿佛什么都没有发生过。唯一的区别是，床上多出来了一具男人的尸体。

十五

秘密跟踪

“什么，**跟踪**？”酒店的房间里，黎芳惊呼了出来。

陈忡做了一个示意她小声一点的动作，问道：“难道你还想得出更好的办法吗？”

黎芳说：“我的确是想不出来，但你这也不是什么好主意。要是被罗曼教授发现了怎么办？”

“所以我们要保证不被发现。”陈忡说，“我已经想好了，只要我们足够小心谨慎，是不会被教授察觉的。”

“你打算怎么做？”

陈忡说：“首先，我们一会儿去买两套民族服装，再加上帽子、头巾什么的，装扮成本地人。明天早上，我们早点离开酒店，换上这些服饰，在酒店对面的某个地方等着罗曼教授出来。”

黎芳说：“但是，你怎么知道教授会选用什么方式离开呢？如果他是乘车，我们怎么跟踪？”

陈忡说：“今天下午我观察过了，在石头城这个地方，出行的方式无非就是三种：第一，乘坐汽车；第二，坐古城内的观光电动车；第三，步行。

“明天早上，我会提前包下一辆小面包车，等候在酒店门口。假如罗曼教授是开车出去，那我们就坐面包车跟踪；如果他是坐观光电动车，说明他要去的地方不远，就在古城里面，那我们也可以坐另一辆电动车跟在后面；步行的话就更简单了，只要混迹在人群之中，跟教授保持一定的距离就行了。”

黎芳眉头微蹙，缄口不语。她暂时说不出陈忡的计划有什么问题，但心里就是隐约觉得不妥。片刻后，她说道：“那战清呢？他明天会跟教授一起出去吗？”

陈忡说：“这个我不能确定。但我猜，战清多半都会跟罗曼教授同行。不过，这跟我们的跟踪计划没有关系呀。”

“你真的这样想吗？你就不觉得，这样做是有风险的？”

“什么意思？”

黎芳沉吟片刻，说道：**“这个战清，会不会是特异人？”**

陈忡怔了一下。其实，他早就产生过这样的怀疑了，只是不便询问罗曼教授。但是不用问，他也基本上能猜到，战清肯定是特异人。罗曼教授身边的人，除了司机、菲佣、厨师之类的，全都是特异人，包括他自己在内，战清又怎么会例外呢？

见陈忡没说话，黎芳说道：“你也是这样想的，对吧？战清也是特异人，而且我们不知道他的特异能力是什么。”

陈忡犹豫了一下，决定不再对她有所隐瞒了，说道：“不只战清，罗曼教授也是特异人。”

“什么？”黎芳大吃一惊，她直到现在才知道这件事，“那你怎么不早点告诉我？”

陈忡说：“我怕你一下知道太多，难以接受，就想循序渐进地告诉你。”

黎芳撇嘴道：“你也学会罗曼教授那套了。”

陈忡说：“你现在知道，也没什么影响呀。”

黎芳讷讷道："这么说，我身边的人，全都是特异人？只有我一个人是……普通人。"

陈忡问："你怕了？"

黎芳没有说话。陈忡盯着她看了一会儿，突然一下把她掀倒在床上，双手紧紧按着她的手臂，整个人压在她身上，做出狰狞的表情，模仿狼嚎："嗷！我要吃了你！"

黎芳一边尖叫，一边咯咯地笑。她拼命挣扎，陈忡却越压越近。突然，两个人同时沉寂下来，鼻子贴着鼻子，四目相对，时间仿佛凝滞了。

几秒后，他们的脸同时红了，陈忡赶紧从黎芳身上下来，坐到了旁边，咳了两声："呃……我们刚才在说什么？"

黎芳捂着发烫的脸颊，心中小鹿乱撞，根本记不起之前他们探讨的内容了。

隔了好一会儿，他们才恢复了常态。黎芳想起了之前陈忡问她的问题，说道："跟你在一起，我什么都不怕。"

"真的？"

"嗯。"黎芳红着脸说，"我知道你会保护我的。"

陈忡拍了下胸脯："那是当然，所以不要再担心什么了。明天就照我的计划行事吧。"

黎芳仍有些担心："我们跟踪的要是普通人，倒也就罢了。但罗曼教授和战清都是特异人，他们会不知道被人跟踪了吗？"

陈忡说："特异人也是人，不是三头六臂的哪吒，也不是未卜先知的神仙。他们是不会想到我们要跟踪他们的。"

黎芳叹息道："我始终觉得，为了那两个记者，我们就做这样的事，不大好……"

陈忡说："我不是为了那两个记者，而是为了那些失踪者的家属。正如那个记者所说——他们有权利知道自己亲人的下落。"

陈忡的善良打动了黎芳，这也正是她喜欢陈忡的原因。她点头道："行，就照你说的做。"

晚饭之后，两人再次来到古城的商业街，在一家服装店挑选了颇具民族特色的衣服和饰品，试穿之后，简直判若两人。特别是，当陈忡戴上一顶烫金帽子，黎芳缠上花头巾之后，他们差点儿连对方都认不出来了。

挑选衣服的时候，他们没有忘记罗曼教授之前叮嘱的事——**不要穿任何蓝色的衣服**。尽管他们不知道为什么要这样做，但还是听话为妙。

陈忡和黎芳把衣服、帽子装在新买的民族款式的背包里，回到了酒店。

晚上九点钟，罗曼教授来到了陈忡的房间，询问他今天是怎么度过的。陈忡避重就轻地说，他和黎芳就是走走逛逛，尝尝小吃，喝了下午茶之类的。对于跟两个记者见面的事，自然只字未提。看起来，罗曼教授并无疑心。他让陈忡两人明天也自由安排，然后回到了自己的房间。看起来，他似乎有几分疲倦。陈忡很难猜想教授今天做了些什么事情。

清晨六点，陈忡和黎芳按约定起床了。他们离开酒店，在外面的一个公共卫生间里，换上了民族服饰，摇身一变，成了两个少数民族少年。然后他们把换下来的衣服装进了背包里。

接下来，他们走进酒店对面的一家早餐店，选了一个恰好可以看到酒店大门的位置坐下，随便点了些早餐。他们一边吃，一边观察罗曼教授何时从酒店出来。

其间，陈忡打电话联系了一辆专门接送客人的面包车，询问价格之后，就把这辆车包了下来。很快，面包车开到了早餐店的门口。陈忡让司机随时待命。

八点四十分的时候，陈忡眼睛一亮，看到罗曼教授和战清两个人从酒店大门走了出来。此时的古城街道上，已经有部分游客了。这为跟踪提供了便利。

陈忡盯着罗曼教授，看他们会以何种方式出行。他看到战清招了一辆电动观光车，和罗曼教授一起上了车。

陈忡和黎芳立即离开早餐店。“抱歉，我们今天不用车了。”陈忡拿了200元给面包车司机。面包车司机当然没有意见，在这儿等一个多小时，就收获200块钱，求之不得。

黎芳马上招呼了一辆电动观光车，和陈忡一起跳了上去。陈忡对师傅说：“跟上前面那辆观光车。但是别离太近，保持一定的距离。”

“你们在跟踪谁？”师傅不傻。

陈忡掏出 100 块钱递给师傅：“别多问，这是车费。”

师傅立马喜笑颜开：“好好！”这种观光车的起步价是 5 元，100 块钱等于他平时跑一上午的收入。

电动观光车的小车厢，刚好可以坐两个人。一前一后两辆车，保持着大约五十米的距离。陈忡一边探出头小心地观望前面那辆车，一边吩咐师傅，不要正对着前面那辆车，最好错开一点儿，这样才不至于引起怀疑。

坐在车上的黎芳觉得，刚才陈忡拿钱给面包车司机和观光车师傅的举动，和罗曼教授十分相似。不只是这件事，陈忡在很多方面，都和罗曼教授越来越像了。当然这也很正常，陈忡天天和罗曼教授在一起，不管是处世之道，还是价值观，都难免受其影响。黎芳不太确定，这是否是一件好事。

几分钟后，观光车驶入古城内一条有些僻静的街道。这条街的游客很少，商业味也相对较淡。陈忡心中暗叫不好，街上的车只有这两辆，让跟踪的迹象变得明显起来。

这时，前面那辆观光车在一家不知道是西餐厅还是咖啡厅的店面前停了下来。黎芳正想叫师傅也停车，陈忡说道：“别停车，继续朝前开！”

黎芳立刻明白了，心想还好陈忡机智。不然，简直太明显了。

陈忡他们的车驶过了那家店，陈忡扭过头，通过后视镜清楚地看到，罗曼教授和战清一起下了车，走了进去。他了然于心，记住了这家店的特征和店名——Green Island。

只要知道罗曼教授他们进了这家店，就好办了。陈忡让师傅把车拐过街角再停车。下车之后，他并没有急于走回刚才那条街道，而是在等待一个合适的机会。

不一会儿，一群当地的中学生走了过来，陈忡冲黎芳使了个眼色，黎芳立即会意，他们混入这群学生当中，朝刚才那条游客稀少的街道走去。

那家叫 Green Island 的店的斜对面，有一家小饭馆。陈忡和黎芳脱离人群，走进了这家饭馆。

此时才早上九点不到，这家小饭馆是经营午餐和晚餐的，见这么早就有客人进来，老板上前说道：“对不起啊，我们还没开始营业。”

陈忡不可能跟老板说，他们的目的不是吃饭，而是监视对面那家店。他只有说：“呃……随便什么吃的都行，你能帮我们做点儿吗？”

老板说：“我这不是早餐店，你们要吃早餐，去前面那几条街吃呀。”

陈忡没法跟他解释，只有掏出300块钱，递给老板：“我们就想在你这儿吃，下点儿面条、馄饨什么的都可以。”

老板还是第一次碰到这种事——有客人指定要在他这儿吃早餐。他有点摸不着头脑。不过既然客人如此厚爱他这家店，加上也舍得出钱，他也没有拒绝的理由，挠了挠头，说道：“那……我给你们煮点儿汤圆、面条？”

“行。”

陈忡和黎芳一边吃着东西，一边观察着对面的西餐厅。之所以得知这是一家西餐厅，是因为店门口有一块荧光广告牌，上面写着主厨推荐的几道菜式——全是西式料理。餐厅的玻璃门是茶色的，无法从外面看到里面的情形，而且玻璃门一直是关着的，客人需要推门才能进入。

一个小时过去了，罗曼教授和战清都没有从里面出来。而这段时间内，这家店也没有任何人出入。想来也是，这里是云南边陲的古城，来此旅游的游客，都是冲着当地特色和民族风情来的，谁会对一家西餐厅感兴趣呢？要吃西餐，用得着到这儿来吃吗？

黎芳有些沉不住气了，小声对陈忡说：“我们要在这儿监视到什么时候？”

陈忡说：“再等等吧，看教授他们什么时候出来。”

黎芳说：“那又有什么意义呢？即便他们来这家餐厅做了什么，我们也不得而知呀。”

陈忡问道：“你觉得他们在里面做什么？”

黎芳说：“这里既然是家西餐厅，那他们不是来吃饭，就是约了人在这儿谈事吧——我想不出别的可能性了。”

“如果他们是约了人，那这一个小时，怎么没人进入过这家店呢？”

“也许人家比罗曼教授他们早到，只是我们没看到罢了。”

的确有这个可能。陈忡沉吟片刻，说道："你觉得……他们来这里真是吃饭或者谈事情的吗？"

"什么意思？"黎芳问，"不然呢？"

"我也不知道。但是这家店给我的感觉是，根本没诚心做生意，更像是……一个**幌子**。"

"幌子？"黎芳疑惑地皱起眉头，"你是说，它表面上看起来是一家西餐厅，实际上里面另有玄机？"

陈忡叹息道："可惜我们没法进去一探究竟。"

说话之间，街上有一对年轻情侣走了过来，他们似乎注意到了这家叫作 Green Island 的店，那个女的说："这家店看起来还蛮有格调的，进去看看？"

她的男友并未提出反对意见。两人推开西餐厅的玻璃门，走了进去。

陈忡和黎芳目不转睛地盯着对面——这是今天上午，他们看到的除了罗曼教授和战清之外，仅有的两个进入这家西餐厅的游客。他们很想从这两个人身上得到反馈。

大概四十分钟后，这对情侣从西餐厅里走了出来。陈忡示意黎芳坐着别动，他朝这两人走了过去。

"哥哥、姐姐，我想问下，刚才那家西餐厅，你们觉得怎么样？"

这对情侣望向陈忡，女生说："你问这个干吗？"

陈忡胡诌道："是这样，我妈妈明天过生日，我想请她吃一顿她从来没吃过的西餐。但是，我又怕这家店太贵……所以就问问你们。"

"你可真孝顺，"女生笑道，"要请妈妈吃饭的话，还是别在这家吧。"

"为什么？"

女生摇头道："这家西餐厅的菜味道很一般，但价格可不便宜，我们刚才就点了一份意面，一盘沙拉，加两杯咖啡，就接近 200 块钱。我真不知道这家餐厅的老板哪来的自信，卖这么贵。"

她的男友补充道："我们也知道这里是景区，稍微贵一点也能理解，但这个价格实在是太离谱了，怪不得店里一个客人都没有。"他自嘲道，"只有我们两个傻瓜才会去挨宰。”

“是这样啊，那我还是请妈妈到别的地方吃饭吧。”陈忡说。突然，他心中一颤，问道，“哥哥，你刚才说，**这家店里之前一个客人也没有**？”

“对呀，只有我们两个客人，还有两个没精打采的服务生。这种店不可能开得下去，你们别去照顾他们的生意了。”

“哦，知道了，谢谢你们。”

“不客气，拜拜。”

陈忡站在原地思忖了几秒，朝街道的一头走去。

几分钟后，他返回之前那家饭店，把刚才探听到的内容告诉黎芳。黎芳讶异地说：“怎么可能呢？我们明明看见罗曼教授和战清走进去的呀，他们怎么会没在店里呢？”

陈忡说：“我刚才绕到后面那条街去看了一下，这家西餐厅，没有后门。”

“那就是说，罗曼教授他们现在肯定还在里面，但刚才那两个人却说，没有看到他们。”

“很奇怪，对吧？”

黎芳想了想：“会不会是餐厅里有包间？”

“包间……之前在北京，我们去过好几家高档西餐厅。我从没见过西餐厅有包间。就算有的话，也是那种半包形式的。所以，我觉得这种可能性不大。”

“那他们会在哪儿呢？”

陈忡思索着说：“罗曼教授千里迢迢到石头城，肯定不是来喝喝咖啡、谈点事情这么简单的。如果他要约人聊什么事情的话，我们住的高级酒店，就有西餐厅和咖啡厅，他干吗跑到这种僻静小街的西餐厅来？而且，他和战清现在到底在什么地方？**这家西餐厅，会不会有密室一类的房间**？”

黎芳低声说道：“你的意思是，罗曼教授真是到石头城来研究某种神秘生物的？**而这种神秘的生物，也许……就藏在这家西餐厅里**？”

陈忡摇着头缓缓地说：“我不知道我们的猜测对不对，但有一点是可以肯定的——**罗曼教授在里面做的，一定是十分隐秘的事情**。”

十六

密室的伪装

陈忡和黎芳一直在这家小饭店坐到了下午四点钟，他们的视线几乎没有离开过对面的西餐厅。罗曼教授和战清直到这个时候，都没有从里面出来——他们至少在里面待了七个小时了。

毫无疑问，如果是一般的会面、吃饭，是不可能耗时这么久的。除了认为罗曼教授是在里面进行秘密研究，他们想不到别的可能性了。

饭店老板对于这两个少年的行为，简直好奇到了极点。他隐约猜到他们是在监视对面的什么人，又不便开口询问。但是这两个客人从早上到现在，在他的店里待了七个多小时，他实在是忍不住了，上前说道："呃……不是我要赶你们走啊，只是我太好奇了，你们到底在干吗呀？"

陈忡和黎芳对视了一眼，对饭店老板说："没什么，我们在等一个朋友。"

话刚说出口陈忡就后悔了。这种拙劣的谎言，连他自己都不相信。果然，饭店老板眨巴着眼睛，一副怀疑的表情。

陈忡想，反正这个老板已经疑窦丛生了，与其让他瞎猜，不如干脆拿钱买通他，让他为自己提供情报，这样也免得他们在这里苦苦守候。况且他们也不可能天天跑到这儿来盯着对面的西餐厅看，要是这饭店老板是个多事儿的人，直接跑到对面去询问、打听，就把他们的行为暴露了。想到这里，他对老板说：“叔叔，我想请你帮个忙，好吗？”

“什么事？”

陈忡说：“如果一会儿，对面那家西餐厅里有两个男人走出来，麻烦你通过短信或者微信告诉我一下，可以吗？”

饭店老板正想说“我凭什么要帮你做这种事”，只见陈忡从背包里摸出一沓钱来，看厚度至少有3000元。他把到嘴边的话咽了回去，说：“你们想干吗呀？”

陈忡说：“不干吗，反正不是什么违法乱纪的事，我跟你也说不明白。这钱你拿着，就帮个小忙，行吗？”

饭店老板迟疑了一下，禁不住金钱的诱惑，伸手把钱接了过来，说道：“行吧，那你告诉我，这两个男人的特征是什么？”

陈忡说：“一个是学者模样，四十多岁，身高一米七五左右，穿灰色西装；另一个身材很高大，接近两米，三十岁左右，穿一身深色风衣，戴着茶色的眼镜。”

饭店老板默默记了下来：“第二个人的特征太明显了，这街上有几个人身高两米呀。”

陈忡点头：“是，所以这事儿其实挺容易的。你只需要告诉我，他们什么时候从那家餐厅里出来，而第二天早上，有没有又进入这家西餐厅，就可以了。”

饭店老板明白了：“行，他们天天都来吗？你要我监视到什么时候？”

陈忡说：“今明两天就可以了。”

“好吧。”

接下来，饭店老板加了陈忡的微信，也记下了他的手机号。陈忡补充了一句：“这件事，请你不要告诉任何人。两天之后，我会在微信上再给你转3000元。”

老板一听眼睛都亮了，连连点头应允。

交代完毕，陈忡和黎芳离开了这家饭店。他们快步离开这条小街，来到熙来攘往的商业街上。黎芳说："你拜托那个饭店老板监视罗曼教授和战清，不会被他们知道吧？"

陈忡说："我不这么做，风险更大。你不觉得这个饭店老板的好奇心已经呼之欲出了吗？你就不担心，我们走了之后，他会到对面的西餐厅去问个究竟？所以拿钱封住他的嘴，才是比较保险的。"

"这倒也是……"黎芳略略颔首。她承认，自己的确没有陈忡聪明。而早上的那种感觉愈发强烈了——**陈忡现在的行事风格，简直就是罗曼教授的翻版**。她在心中感慨，金钱也许不是万能的，但是能办到世界上大多数的事情。这是她这段时间，最深刻的感受。

两人回到酒店。今天坐在饭店里目不转睛地监视了大半天，他们也疲倦了，各自回房间补了会儿觉。

六点半的时候，他们在酒店大堂碰面，去外面吃晚饭。黎芳问道："那个饭店老板，发来信息了吗？"

"还没有。"

"意思是罗曼教授和战清，到现在还没有出来？"

"也许吧。"

吃过了晚饭，他们在酒店附近的街道上散步。陈忡明显有些心不在焉，每隔几分钟，就解锁手机看看有没有收到信息。八点四十的时候，"叮咚"一声提示音，陈忡赶紧拿起手机一看，果然是饭店老板发来信息了。

是一张照片。拍摄下来的，是走在那条僻静街道上的罗曼教授和战清的背影。

信息发了过来：

是这两个人吗？

陈忡叫了一声："哎呀！他拍什么照片呀，多此一举！还开了闪光灯，罗曼教授他们不会发现了吧？"

黎芳看着这张照片说："应该没有吧，他们俩是背对着的，不会知道有人在后面拍照。"

陈忡立刻打字：

对，就是他们。但是下次别拍照了。

饭店老板回复：

好的。他们没有发现，我保证。

陈忡问：

他们是刚出来吗？

饭店老板：

是的，就在一分钟前。

陈忡：

我知道了。明天早上，麻烦你看一下，他们会不会在八点左右，再次走进对面那家西餐厅。

饭店老板回复了一个"OK"手势的表情。

陈忡揣好手机，对黎芳说："好了，现在我们回酒店，罗曼教授一般都会来问问我今天是怎么过的。我就说在古城的书吧看书，他要是问到你，你也这么说。"

"明白。"

他们迅速回到酒店的房间。陈忡打开电视机，躺在床上假装看电视。果不其然，十多分钟后，罗曼就敲响了他的房门。

陈忡说道："请进。"

罗曼推门进来，陈忡从床上坐起来，喊道："教授。"

"在看电视呀。今天怎么过的？"罗曼问。

陈忡说出准备好的台词："我和黎芳在古城里发现了一家不错的书吧，在那儿看了大半天的书。"

"是吗，哪家书吧？改天有空我也去看看。"

陈忡的心突然咯噔一下，他没想到教授居然会问得如此详细。古城的商业街上的确是有一两家书吧，但他没有刻意关注，此刻当然记不起来名字，顿时有些紧张起来，挠着头说："呃……叫什么名字呢？我想想。"

"待了大半天，还不知道这家书吧叫什么名字？"罗曼教授笑了起来，"你可真粗心呀。"

陈忡顺坡下驴："是啊，我这人就是马大哈，哈哈……明天去看看到底叫什么名字。"

"算了，明天不用再去书吧了。"罗曼走到沙发旁坐下，"我想了下，我在石头城起码要待个十多天，每天都要出去办事。你们俩也不能老是这样无所事事的。所以，我让战清联系了古镇上的一家画馆，你们这段时间，就去学下画画吧。既陶冶情操，也可以培养爱好。"

"啊……学画画？"

"怎么，没兴趣吗？"

"不是……"反正明天也不用再跟踪了，陈忡暗忖，"行啊，学画画也挺不错的。"

罗曼点头："那明天早上八点，我们在酒店餐厅碰面。吃完早餐之后，我把你们送去画馆，然后我再去办事。"

"好的，谢谢教授。"

罗曼笑了一下："不用跟我这么客气。"

罗曼教授离开后，陈忡给黎芳发微信，并把学画画的事告诉了她。黎芳回复：

你说，罗曼教授是不是起疑心了？他表面上是叫我们去学画画，实际上，是让画馆的老师监视我们。

陈忡：

不会吧。我们应该没有露出什么破绽。

黎芳：

希望如此。

翌日早上，罗曼教授和战清把陈忡和黎芳送到了古城中一个叫作"青石画馆”的地方。这家画馆布置得清新古朴，极具艺术氛围。墙上挂着很多张装裱在玻璃画框中的画作，有老师的作品，也有学员的习作。石头城的风景很美，非常适合风景写生。画馆有长期的学员，也有像陈忡他们这样的游客。不管哪种情况，都可以报名学画。学费按天算，十分人性化。

罗曼对陈忡和黎芳说：“我先给你们交了十天的学费。每天上午八点半，到下午五点半，你们都在这里学画。晚饭自己安排，吃完之后，就回酒店。”

陈忡和黎芳一齐点头：“知道了。”

“行，那我去办事了。”罗曼跟他们摆了下手，跟战清一起离开了。

黎芳小声说：“教授要我们全天都待在这儿，的确有监视我们的意思呀。”

陈忡说：“没关系，反正我们也安排了人监视他们。”

画馆老师是一个三十多岁的文艺女青年，她招呼两位新学员：“陈忡和黎芳是吧？来，老师先教你们画线描。”

陈忡身上没有太多的艺术细胞，他对学画画其实是没有太多兴趣的。不过学点艺术特长，也不是坏事。他按老师教的，开始练习作画……

九点十分的时候，陈忡收到了饭店老板发来的微信：

他们进西餐厅了。

陈忡跟坐在旁边的黎芳交换了一个眼色。

画到十点半的时候，陈忡收到了莫海燕发来的微信，问他们现在在哪儿，能不能见一面。

陈忡不能确定绘画老师是不是罗曼教授的眼线，现在出去的话，未免让人生疑，他回复莫海燕：

中午吧，还在上次那家咖啡店见面。

莫海燕很快回复了：

好的。十二点钟，我和何凡在那儿等你们。

接近中午的时候，陈忡和黎芳完成了他们的第一幅画作，交给老师。也许是出于鼓励，老师表扬他们画得不错。黎芳很开心，相比起陈忡，她对绘画的兴趣更大一些。

中午有两个小时的休息时间，学员们自己找附近的餐馆吃饭。陈忡和黎芳朝古城商业街的咖啡店走去。

莫海燕和何凡已经等候在此了，坐的还是那天的位置。他们跟陈忡和黎芳挥手示意，陈忡两人走了过去，坐在他们对面。

“你们还没吃午饭吧，就在这儿吃点东西？”莫海燕说。

“行。”陈忡看了下餐单，对黎芳说：“中午就吃点简餐吧，意面或者烩饭？”

“都可以，你看着点就行了。”黎芳向来不挑食。

陈忡点完餐，莫海燕便迫不及待地问道：“怎么样，这两天罗曼教授那边有什么情况吗？”

陈忡和黎芳对视了一眼，从他们的眼神中，莫海燕看出有戏。

陈忡说：“我觉得，你们调查的方向可能是对的。”

“哦？”莫海燕眼睛一亮，“你们果然有新发现？”

陈忡点了下头，把昨天他和黎芳跟踪罗曼教授和战清的事告诉了莫海燕和何凡，包括一些细节和疑点，都原原本本地讲了出来。

莫海燕和何凡听得十分专注，脑子快速转动着。这时陈忡他们点的餐端来了，莫海燕说：“你们先吃饭，我好好想想。”

陈忡的心思也没在吃上，他三下五除二吃完了一盘海鲜烩饭，用纸巾擦了擦嘴，问道：“你们怎么想？”

莫海燕说：“照你所说，罗曼教授和他的助理，就是那个高个子男人，在那家西餐厅里待了整整一天，接近十二个小时！除了进行秘密研究，还有什么事能耗上这么久？”

陈忡承认道：“对，我也觉得，几乎没有别的可能了。”

莫海燕说：“但这件事古怪的地方在于，他们为什么要在一家西餐厅里做研究？当然不会是研究牛排的做法，应该是我之前猜想的生物研究才对，这是罗曼教授的本行。”

何凡说：“这家西餐厅显然是个幌子，里面可能有密室，隐藏着一个**秘密生**

物研究所。这种做法可不像是政府行为，看来我们之前猜错了，罗曼教授不是当地政府邀请来的。”

莫海燕若有所思地说道：“这件事，可能没有我们想象的那么简单。不管怎么说，起码我们有了新的调查目标——那家西餐厅。”

黎芳有些担心地问：“你们打算怎么做？去那家西餐厅一探究竟吗？会不会被罗曼教授发现，是我们告诉你们这些信息的？”

莫海燕笑道：“放心，我们会装成普通游客，去那家西餐厅吃饭，不会露出破绽的。既然那是一家餐厅，总不可能不准客人进去吧。”

黎芳望向陈忡，想听听陈忡的意思。陈忡当然也很想知道，罗曼教授他们到底在做什么。但他并不对莫海燕他们的暗访抱以希望：“如果那家餐厅真的有某个密室，又怎么会轻易被你们发现呢？要是你们有可疑的行为，里面的人肯定会对你们的动机产生怀疑。”

莫海燕说：“不管怎样，我们总得进去一趟呀。放心，我们不会鲁莽行事的。”

陈忡点了点头，然后有些不安地说：“我总觉得，我们正在做的事，有点对不起罗曼教授。他对我们很好，我们却在暗中调查他。唉，要是让罗曼教授知道了……”

莫海燕和何凡互看了一眼。**真是天意。陈忡这句话，正好引出了他们关心的第二个问题**。

莫海燕先安慰陈忡：“你不用感到愧疚，我们的目的是调查出失踪案的真相，说不定罗曼教授也是这样想的呢？”

希望如此吧。陈忡在心里想。

莫海燕略微停顿，开始说准备好的台词：“如果我们能调查出真相，给失踪者家属一个交代，他们当中的一些人，就算死了也能瞑目了。”

陈忡和黎芳一起抬起头来。陈忡问道：“什么意思？他们的家属为什么会死？”

莫海燕进入表演状态：“唉，其中一个失踪者，是一个二十多岁的年轻人，风华正茂，年轻有为。他的母亲无法接受这个事实，天天郁郁寡欢，以泪洗面，气出病来了，而且是绝症。”

“什么绝症？”陈忡问。

“胰腺癌。医生说这病跟她悲伤过度有很大的关系。这个家，现在儿子失踪，母亲罹患癌症，估计当父亲的，也快坚持不下去了。”莫海燕摇着头，面露悲恻的表情，把一件莫须有的事演绎得跟真的似的。

何凡在一旁配合道：“他们家经济条件本来就不好，为了找儿子，把积蓄都花光了。现在母亲得了癌症，几乎只能等死。我们报社组织了募捐，但估计也是杯水车薪。”

他们演这场戏，是想试探一下，看陈忡和黎芳会不会慷慨解囊，予以帮助——目的倒不是骗钱，而是试图揭开这两个少年的钱财来源之谜。莫海燕粗略估计了一下，他们俩全身穿戴加在一起，接近 100 万。

癌症一说，是莫海燕信口瞎编的。反正只要是某种绝症就行了。然而，莫海燕绝对想不到，这件胡诌的事，给他们带来了意想不到的收获。

陈忡和黎芳都来自生活条件拮据的家庭。虽然现在今非昔比，但他们没有忘记昔日穷困的日子。莫海燕说的这件事，让他们十分难过。特别是陈忡，他把自己带入到同样的剧情之中。幻想要是自己失踪了，而母亲得了绝症，会是如何悲惨、心酸的一件事。

迟疑良久，陈忡说道：“也许，我可以帮到她……”

果然上钩了。莫海燕心头暗喜，开始引导话题的方向：“你们是未成年人，又没有收入，怎么帮得了他们呢？治疗癌症，可是需要一笔巨款的呀……”

“我说的不是提供钱，而是，也许我可以治好她的病。”陈忡说。

这个回答是莫海燕和何凡没有想到的，两人顿时一愣。而黎芳自然知道陈忡是什么意思，心中大骇——罗曼教授反复叮嘱过陈忡，千万不能让任何人知道他背后长藓的秘密！她有些焦急，怕陈忡一不小心说漏了嘴，赶紧用手拽了一下他的衣袖，示意他不要再说下去了。

这个微小的动作，被洞若观火的莫海燕注意到了。她心中一惊，立即想到了一点——**陈忡身上，隐藏着什么秘密。**

为了试探，莫海燕故意说："陈忡，你的心是好的。可你不了解，胰腺癌是种特别难治疗的癌症，几乎没有治好的可能。别说你了，就连罗曼教授，恐怕也不敢说这个话吧。"

陈忡毕竟年轻气盛，自负地说道："我不是每件事都必须靠罗曼教授的。你不用管我用什么方法，总之，我能让她的癌症痊愈。"

"痊愈？"

"对，痊愈。"

"能告诉我，你打算怎么做吗？"莫海燕无比好奇地问道。

陈忡说："这个无可奉告。几天……或者十几天之后吧，我会交给你们一样东西。到时候我再跟你们说，该如何使用吧。"

莫海燕还想问什么，陈忡已经站起来了。"我们不能在这里待太久，怕教授知道。"他强调道，"我刚才告诉你们的事情，你们千万不要告诉任何人。"

说完这句话，他牵着黎芳走出了这家咖啡店。

何凡望着陈忡的背影，丈二和尚摸不着头脑："什么意思呀？难道这小子是活神仙不成，癌症都能治好？"

莫海燕眼中闪烁着狡黠而欣喜的光：**"我大概能猜到，罗曼教授为什么如此重视他们了。不，应该说，为什么如此重视这个叫陈忡的男孩了。"**

十七

瞒天过海

昨天夜里，安然一夜未眠，提心吊胆地度过了整个夜晚。

原因是，凌晨一点过的时候，他听到了隔壁韩敏的房间传出的声响，还有王铮骂的那句“贱人”——虽然声音并不算大，也把他吓得心惊肉跳，立刻反应过来：韩敏没有睡着？或者是王铮把她弄醒了？不管怎样，他意识到自己的计划并没有顺利实施。

但不知为什么，后来整个房间又一点儿声音都没有再传出了。安然想不通，隔壁到底发生了什么事？总不会……王铮把韩敏给干掉了吧？

如果是这样，那真是糟透了。罗曼教授是不会原谅他的。安然后悔到了极点，又不能大半夜去韩敏的房间确认状况，只有祈祷结果并非如此。漫漫长夜，对他来说简直是种煎熬。

早上九点，韩敏才从昏睡中醒来。昨天晚上发生的一切，对她来说就像一场噩梦。

也许真的是一场梦？她对此十分怀疑，可转过头，看到一张死人的脸近在眼前——尸体早已僵硬发白了，大张着口，暴睁的双眼一片死灰，像一个随时会跳起来的丧尸。

任何人面对这突如其来的恐怖画面，都不可能保持镇定。韩敏“啊”的一声尖叫出来，像弹簧一样跳下了床，然后心中暗叫：糟了。

果不其然，她的尖叫声被房子里的另外两个人——安然和段文桀听到了。安然心中松了一口气——只要韩敏没有死，那一切都有回旋的余地。

他们一起打开房门，来到韩敏的门前，段文桀敲门问道：“怎么了，韩敏？”

安然当然知道这是怎么回事，但必须装出毫不知情的样子，也跟着询问：“韩敏，出什么事了？”

屋里的韩敏心慌意乱，手足无措。她望着死在自己床上的、只穿了一条内裤的王铮，直到此刻才知道昨天的夜袭者是谁。这一幕何曾熟悉，她想起了在关山市的小旅馆里，意图迷奸她却暴毙的那个中年男人。毫无疑问，王铮死于同样的原因。

但是，她该如何跟安然和段文桀解释呢？他们俩现在就在门口，已经听到了她的惊叫声。她脑子里嗡嗡作响，不知该如何是好。

段文桀见里面没有回应，更加担心了，他重重地敲门，大声问道：“韩敏，你在里面吧？刚才怎么了？”

“我……我……没事……”

“那你能把门打开吗？”安然说。

把门打开？然后说什么呢——不好意思，起来后我看到床上有具尸体，但我不知道这是怎么回事——这种解释能行吗？

可是躲在里面不开门，也不是办法。她不可能一整天都不出门，这样更引起别人的怀疑。况且尸体该怎么办？这里是群租房，她没法悄悄处理掉一具尸体，她也不知道该怎么处理。

实际上，就凭她现在的怪异态度，恐怕已经引起安然和段文桀的怀疑了。

韩敏焦躁地闭上眼睛——也罢，与其遮遮掩掩，欲盖弥彰，不如告诉他们真相——起码是一部分真相。错的人本来就不是我，我为什么要心虚？她委屈地想道。这个男人想要强暴我，我只是自卫罢了！

韩敏深吸一口气，抱着横下心来的态度，打算打开房门。然而，她突然又想到了什么，回过身去，强忍着恐惧和不适，把王铮的眼皮抹了下来，把他张开的口也用力合拢了。这样起码看起来，尸体显得没有那么恐怖和可疑了。否则她无法解释为什么王铮会呈现这样的死状。

随后，她打开房门，却没有让安然和段文桀进来，而是堵在门口，神情悲愤地望着他们，眼眶中溢满泪水。

"怎么了，韩敏？"段文桀一看韩敏这副样子，就知道一定出事了。他还没有见到屋内的情景，无法想象她遇到了怎样的状况。

韩敏对他们两个人说："昨晚……在我房间里，发生了很可怕的事。"

"什么事？"安然假装焦急地问道。

韩敏侧过身子，把房门全部打开。王铮的尸体映入段文桀和安然的眼帘，他俩同时发出惊叫。安然竭尽所能地表演着，捂住嘴叫道："天哪，这是……王铮？他……死了？"

"昨天夜里，他不知道用什么方法打开了我的房门，溜到了我的床上，对我进行……猥亵。我忍无可忍，抓起床边的电热水壶，猛击了他的头部……"

"然后就把他打死了？"段文桀难以置信地望着韩敏。他看不出来韩敏有这么大的力气，竟然能将一个青年壮汉一击毙命。

"我以为只是把他打昏了，没想到早上起来一看，他居然死了……"

段文桀有些狐疑地说道："不管你把他打昏还是打死了，你当时为什么不冲出这间房子报警？"

"呃……把他打昏之后，我因为过度紧张和害怕，昏死过去了……今天早上醒来，才发现他已经死了。"

这理由拙劣到连她自己都感到汗颜，她感觉自己快编不下去了。唉，信不信由他们吧。

安然当然知道韩敏没有说实话，也知道她在掩饰什么。王铮又不是豆腐做的，不可能被一个电热水壶砸死。杀死他的，自然是“触手人”的特殊能力。不管昨晚到底发生了什么，总之他的目的达到了——借韩敏之手除掉了王铮。而且韩敏并没有怀疑是他在搞鬼。安然心中暗忖，自己真是幸运到了极点。

反观段文桀，他双手抓着头，一副愁眉苦脸、沮丧万分的样子。看起来，他并没有怀疑韩敏所说的真实性，关心的也不是王铮究竟是怎么死的，而是另一个问题。

“我们好不容易成立了一个组合，我还以为能赚大钱了呢，怎么会遇到这样的事情？”

韩敏心乱如麻，暂时没工夫考虑赚钱的事。她说道：“王铮为什么能打开我房间的门呢？”

对于这一点，安然早有准备，他正要说话，段文桀抢在他之前愤然道：“王铮那个浑蛋，什么龌龊的事做不出来？这种门锁的锁芯是最低级的，只要用一把所谓的‘万能钥匙’，就能打开。这种锁只能防君子，防不了小人！”

安然赶紧顺着他的话往下说：“对，而且他在这套房子里住的时间最久，天知道之前有没有悄悄配过别人房间的钥匙。韩敏，咱们都太大意了，住进来之前，也没有把锁芯换一下。”

韩敏懊恼自己社会经验太少，才会犯下这种错误，因此根本没有怀疑到安然头上，她甚至都忘了自己曾把装着钥匙的包交给安然暂时保管这个细节。

三个人沉默了一阵，段文桀问道：“韩敏，现在你打算怎么办呢？”

韩敏知道，如果报警的话，自己就完了。警察会把这次的案件跟火车站小旅馆发生的命案联系起来，从而得知两起命案的“犯人”都是她。她不可能用正常逻辑来解释，除非暴露自己的特异人身份。但是这样一来，更多的麻烦和危险将接踵而至。

安然自然也不希望韩敏落到警方手里，这样她就不可能再处于自己的掌控范围了。所以他假装为难地说：“韩敏的身份证丢了，租这间房子是我做的担保。如果警察知道这件事的话，恐怕我也脱不了干系……”

韩敏觉得自己连累了安然，有些愧疚地说："真是对不起，安然，我没想到会发生这样的事情。"

段文桀叹了口气："这么说，**我们都不希望韩敏被警察抓走**……"

他们的目光碰撞在了一起。

半分钟后，安然说："现在这套房子里，是不是只有我们三个人？"

段文桀说："应该是吧，以我对其他人的了解，他们应该都去上班了。在你们搬进来之前，只有我和王铮才会白天待在出租屋里。"

韩敏隐约猜到了他们的想法，试探着说："你们想……"

"我们当然是想帮你。"安然说，"这件事，你是受害者。但是王铮现在死在你的床上，当时又没有目击证人，要让警察相信你是出于正当防卫，恐怕很难。再说了，就算你是正当防卫，把他打死了，也属于防卫过度，不可能一点罪责都不承担。"

"那你们相信我吗？"韩敏问。

"我们肯定是相信你的呀！"段文桀毫不迟疑地说，"王铮是什么样的人我再清楚不过了。他要不招惹你，难道你还会去招惹他不成？他大半夜的赤身裸体溜到你房间里来，想做什么，这还用说？"

"是啊，住进来的第一天，我就看出来这人是个色鬼。没想到他竟然这么快就对你下手了。"安然装出愤愤不平的样子，"韩敏，你要是因为这种人渣而坐了牢，真是太不值得了。"

韩敏感谢地望着他们："谢谢你们都站在我这边。那……我现在该怎么办？"

段文桀走到尸体旁，检查了一下王铮的头部："他头上并没有留下明显的外伤。也许……**我们可以把他伪装成猝死的样子**。"

"猝死？"

"对，王铮经常熬夜，有时就算凌晨三四点回来，也不睡觉，还要通宵玩游戏。像他这种情况，是很容易发生猝死的。"

安然其实已经知道段文桀的想法了，但狡猾的他，故意不把话挑明："可他不会猝死在韩敏的房间里呀。"

果然，没什么心机的段文桀说："我们把他搬到他自己的房间去，不就行了吗？"

韩敏和安然对视了一眼。韩敏有些迟疑地说："这样……能行吗？"

段文桀说："韩敏，你总不会想要自首吧？我觉得安然说得有道理，在一个目击证人都没有的情况下，要让警察相信你的一面之词，是很难的。你有很大的可能，要面临牢狱之灾。"

如果是这样，自己就完了。韩敏不再犹豫，对他俩说道："好的，那我们趁现在房子里没有其他人，赶紧把尸体搬过去吧。"

"等等，我确认一下，是不是真的没人。"段文桀走出韩敏的房间，挨个房间敲门、询问，没有任何回应，他才回来放心地说："确实只有我们三个人，赶紧搬吧。"

安然提出疑虑："我们就这样搬？那指纹不是留在尸体上了吗？"

段文桀点头道："还是你细心，你们有手套吗？"

韩敏和安然一起摇头。段文桀想了想，说："现在出去买手套，未免令人生疑。这样……"

他跑回自己的房间，拿了一卷透明胶和一把剪刀过来，对韩敏和安然说："我们把透明胶贴在自己的每个手指上，这样就不会留下指纹了。"

"好主意。"安然说。

他们迅速剪下透明胶，贴在自己的每个指头上，然后走到尸体旁。安然装出害怕的样子，段文桀说："别怕，把他想成死猪、死羊什么的就行了。快，要是这时有人回来就糟了！"

韩敏和安然都不敢再迟疑。他们俩分别抱住尸体的一只脚，段文桀从腋下架起尸体的上半身，三个人同时使力，把一百多斤的尸体抬了起来，朝王铮的房间走去。

王铮的房门是虚掩着的，韩敏和安然一边后退，一边用身体顶开房门。把尸体抬进屋后，韩敏问道："把他放床上吗？"

段文桀说："他衣服都没穿，只能放床上了，伪装成睡着后猝死的样子。"

三个人把尸体抬到床上，盖上被子。这样一看，的确很像是在他自己床上死去的。

段文桀检查了一下是否留下什么痕迹，确定没有之后，才跟韩敏和安然一起离开了这个房间。

把王铮的房门带拢的时候，段文桀“哎呀”叫了一声。韩敏犹如惊弓之鸟，问道：“怎么了？”

段文桀说：“这套房子的所有房门，都是只有在里面才能上锁的类型。也就是说，我们只能把门带拢，没法锁上。”

安然说：“那不是谁都能推开王铮的房门，发现他死在里面了？”

“对，当然另外两个租客，是不太可能去推开王铮房门的，他们跟他完全没有交集。但警察来的时候，会发现王铮的房门居然没有上锁。这是一个疑点。想想看，谁晚上睡觉的时候，会连房门都不锁呢？这可是群租房呀。”

韩敏说：“也许他……忘了锁门呢？”

段文桀说：“你到时候可千万别这么说，会让警察怀疑到你头上的。如何判断，是警察的事，别让他们以为，你在刻意引导他们的思维。”

“对，你说得有道理……”

“那怎么办呢？”安然问。

段文桀耸了下肩膀：“没办法，他这个房间，没有阳台或者大窗户，只有一个装了换气扇的小窗子。想要从别的屋翻进去，是不可能的。”

安然说：“用他的房门钥匙，应该能从外面把门锁上吧？”

段文桀说：“那倒是可以，但怎么把钥匙又放回到王铮身上呢？现在如果去配钥匙的话，未免太可疑了。”

安然想了想，说：“那就算了吧。其实我们也不用太在意这个问题。用别的方法，也能摆脱嫌疑。”

“什么方法？”韩敏问。

“我们可是三个人呀，互相做不在场证明不就行了吗？”安然说，“警察恐怕很难想到，这件事我们三个人都有参与。所以他们应该不会怀疑我们的证词。”

“嗯，有道理。”段文桀说，“那我们一会儿对一下，警察问到的话，我们具体怎么说。”

“到我房间来商量吧。”韩敏说。

三个人再次进入韩敏的房间，把可能遇到的所有情况都假设了一遍，并提前想好应对之策。直到他们认为，这件事没有留下任何破绽为止。

然而，他们没有想到，其实他们犯了一个大错误。

这套房子里，现在并不是只有他们三个人。

十八

伪造现场

偷窥狂大叔今天早上根本就没有出去。他一直待在自己的房间里，之前段文桀来敲门的时候，他只是屏声敛息，假装不在屋内罢了。

此刻，他的心脏怦怦狂跳。韩敏、安然和段文桀刚才商议的内容，他把杯子贴在门上，听了个大概。

虽然没有完全听清他们说的话，但是有两点是可以肯定的：第一，王铮死了；第二，他并非死在自己的房内，而是被韩敏杀死的。

昨天夜里，他亲眼看到王铮用钥匙打开了韩敏的门，随后，他听到对面房间传出一些声响，王铮似乎还叫了一声，之后便悄无声息了。他无法判断出了什么事，所以早上才没有去上班，而是躲在屋内偷听，试图弄清状况。

此时，韩敏他们三个人关着门在屋内商量，他便什么都听不到了。所以他离开门口，坐到桌子旁，轻手轻脚地拿出纸笔，在纸上写出了以下几个重点，以便帮助自己厘清思绪：

1. 韩敏房间的钥匙，是安然故意留给王铮的；

2. 韩敏不知用什么方法杀死了王铮；

3. 韩敏丝毫不知道，这件事是安然在搞鬼；

4. 安然、段文桀在帮助韩敏掩盖此事，企图让警察以为王铮是猝死在自己房间里的。

情况比他想象中要复杂得多。

这里面最关键的人物，自然是这个安然。

这个“双性人”到底在搞什么鬼？他诱骗王铮到韩敏的房间，有何目的？而韩敏会杀死王铮这一点，是否在他的计划之中？这位中年男人蹙起眉头，陷入深思。

而今天一早，安然却又装出毫不知情的样子，帮韩敏掩盖此事——由此看来，这个人的行为模式简直毫无逻辑可言，让人摸不着头脑。

但不管怎么说，**安然是这件事的始作俑者**。

中年男人发现，他对弄清此事的兴趣，已经超过偷窥女性洗澡了。而如何从这件事中捞一笔，是他更感兴趣的部分。

如果把真相告诉警察，不但没有好处，还有可能曝光自己在卫生间偷装针孔摄像头的事——这种得不偿失的事，他当然不会干。

所以，敲诈勒索安然，才是“正道”。但这位中年男人本能地意识到，这个安然绝不是省油的灯，跟他正面接触，并非明智之举。

得想一个隐蔽的方式敲诈他才行，中年男人陷入沉思。很快，**他想到了一个主意**。

韩敏、安然和段文桀在上午十点左右，陆续离开了出租屋。之所以要分开行动，是不想让旁人看起来，他们三个人关系密切。

按照约定，安然进入了一家服装店，段文桀进入了一家书店，而韩敏则进入了一家商场。

这三个地方的共同点是——都装有监控设备——可以拍下他们的身影，必要的时候，可以作为不在场证明。

下午的时候，段文桀发了一条微信给韩敏：

你找家 KTV，开个小包间练一下歌吧。

韩敏回复道：

我心里很乱，今天没心思唱歌，晚上更不可能去表演。

段文桀：

我知道，但是你要假装什么都没有发生过才好呀。不然，在街上闲逛一天，有点说不过去。

韩敏：

我明白了，那你要过来跟我一起练吗？

段文桀：

你先去，然后告诉我地址。我隔半个小时再过来。

韩敏回复了一个“OK”手势的表情。段文桀提示她，把聊天记录全部删除。

韩敏所在的商场内就有一家 KTV，而且下午唱歌很便宜，只需要点酒水，包间免费。韩敏开了一个小包间，然后把地址和包房号告诉了段文桀。

半个小时后，段文桀来了。他发现韩敏坐在包间内发呆，问道：“你没点歌来唱吗？”

韩敏忧心忡忡地说：“我现在哪有心情唱歌，不知道王铮的尸体什么时候才会被……”

段文桀“嘘”了一声，说：“我们最好别再谈论这件事了，小心隔墙有耳。”

韩敏低声道：“你不是说我们最好保持一定的距离，不要显得太亲密吗？那现在一起唱歌……”

段文桀说：“但是我后来又想，如果我们刻意保持距离，也不对。所以最好的办法，就是假装什么事都没发生过，该干什么就干什么。”

韩敏点了点头。段文桀说：“那我们就开始练歌吧，今天晚上不去表演了，但是明天晚上一定得去，不然就会让人生疑了。”

“好的。”跟段文桀在一起，韩敏感觉好多了。

晚上，韩敏、安然和段文桀相继回到住所。他们各怀心事，待在自己的房间。

八点钟，从王铮的房内传出手机铃声。韩敏立刻想到，这是因为王铮没有去夜宵店上班，老板打来电话询问了。而这个电话，显然是不会有人接的。

手机铃声响了一分钟后，停止了，但是五分钟后又响了起来。即便隔着墙，韩敏也觉得这铃声听起来格外尖锐刺耳，令她心烦意乱。

夜宵店的人也许是轮换着给王铮打电话，不知道是不是他们今晚生意太好，急需人手，还是老板无法容忍这种不请假就旷工的行为。总之，电话几乎是每隔几分钟就响一次。这一切对韩敏来说，无疑是种折磨。

终于有人忍不住了，那个身穿黑色套装的女人走出了房间，循着声音来到王铮的房间门口，敲了敲房间的门，问道：“里面有人吗？”

韩敏的心一下提了起来。她猜想，这个女人在没有得到回应的情况下，有可能试着转动门把手，而她只要一推开门，就会看到床上王铮的尸体，出租屋里立刻就会在尖叫声中炸裂。

韩敏闭上眼睛，等待着这个时刻的到来。

然而过去好一阵儿，并没有发生她预想的状况。估计黑衣女人并没有试着去开门。

王铮的手机，也没有再响了。

一个小时后，门口传来了敲门声。黑衣女人把门打开，看到外面站着一个二十多岁的小伙子，问道：“请问找谁呀？”

“王铮是住在这儿吧？”

“王铮？你说的是那个瘦高个儿的年轻男生？”

“对，就是他。”小伙子说，“我是他的同事，今天晚上他没来上班，打电话也没人接，老板就让我过来看看。”

黑衣女人说：“我刚才听到他的房间里有手机铃声，他应该在里面吧。”

“既然在里面怎么不接电话呢？”小伙子说，“我能进去找他吗？”

黑衣女人点了点头，让他进来了。

小伙子走到王铮的门前，一边敲门一边喊道："王铮，你在里面吗？"

自然是不会有人回应的。小伙子转动门把手，却没把门打开。他纳闷地说道："怪了，房门是锁着的，敲门也没人应，可他手机又在里面。"

这句话，被韩敏清楚地听见了。她心中一惊——什么？**房门是锁着的**？这怎么可能？早上他们离开的时候，肯定没有——也没法——把王铮的房门锁上的。屋子里只有一具尸体，难不成还能自己跳起来把门锁上不成？

韩敏沉不住气了。她打开门，来到走廊上，装作不知情地问道："怎么了？"

黑衣女人说："住这间屋的王铮，不知道是不是出什么事了，没去上班，手机不接，门也不开。"

这时中年大叔也从自己房间走了出来。他当然知道王铮的屋内不可能有人回应，但也假装关心地说道："不会是生什么病了吧？"

"那怎么办？"黑衣女人说，"我们没有钥匙，打不开门呀。"

中年大叔知道警察早晚会来的，索性就今晚吧，不然尸体放久了发臭，大家都恶心。他掏出手机："我打个电话报警吧，让警察想想办法。"

十分钟后，两名警察赶到了。安然和段文桀也从各自的屋里出来了，大概是觉得在这种情况下，不出门的话反而显得心虚。警察听屋里的人说明了情况后，上前转动门把手，又使劲推了推门，说道："门是从里面锁上了的。"

韩敏和段文桀、安然不易察觉地对视了一眼。三个人不敢流露出任何惊诧的表情，但内心都是波涛汹涌、惊愕莫名。

是谁把王铮的房门给锁上了？巨大的疑问盘旋在他们脑海。

"你再打一次他的手机。"警察对王铮的同事说。

小伙子立即拨打，屋里的人都清楚地听到了从王铮房里传出的手机铃声。

警察问道："你们都是这里的租客？谁有房东的电话？"

中年男人说："房东我们不知道，我们是通过房屋租赁公司租到房子的，电话是 189××××××××。"

警察拨通房屋租赁公司的电话，让他们立刻派一个人过来，带上王铮这个房间的钥匙。

几分钟后租房公司的人就来了，正是当天带韩敏和安然来看房子的那个西装男。他一进门，看到两个警察和其余的租客都站在王铮的房门前，猜测肯定出事了，问道："怎么了？"

警察说："你有他这个房间的钥匙吧？试试能不能把门打开。"

"有是有，但租客是可以自己换锁芯的。我这是原来的钥匙，不知道管不管用。"

"试试再说！"

西装男赶紧掏出钥匙开门。韩敏的心提到了嗓子眼。

钥匙伸进锁孔，转动了一圈。西装男说道："能打开，他没换锁芯。"

钥匙转了两圈之后，门开了，随之发出了"砰"的一声，只推开了几厘米。**一根门链，从里面扣住了房门**。

这怎么可能！韩敏好不容易才忍住想要大叫的冲动。

王铮的房门上装有门链，这件事她早上就注意到了（也许是上一个租户装的）。当时她还在心里想，为什么自己的房门上没有这东西。

此刻她亲眼看到，门链是从里面扣好的。韩敏难以控制脸上的惊愕神情，心想：王铮已经死了，是谁把门链插进滑槽里的呢？

她心想此时一定不能慌，千万别让警察从自己脸上看出什么端倪，要冷静下来，装作什么都不知道……

"门链既然是插上的，说明他在里面！"警察意识到了问题的严重性。屋内一片漆黑，全无动静，完全看不出有人存活的迹象。

另一个警察打开了手电筒，通过打开的门缝探照屋内，他看到床上的被子是隆起的，却没有丝毫起伏，因此感到不妙，喊道："让开！"

其他人退到一旁，这个警察一脚踹向房门，没能把门踹开，他又用身体撞击房门，仍然未能破门而入。情急之下，他掏出手枪，对准门链扣动扳机。"乓"的一声，铁链断成两截，房门大开。

两名警察冲进屋内，打开了顶灯。看到了床上早已没有生命体征的尸体，屋外的人惊叫起来。一个警察喝道："其他人不要踏进这间屋！"

十分钟后，法医赶到了现场。经过尸检，法医判断王铮的死亡时间应该是昨晚凌晨一点到两点之间，身上没有发现能造成死亡的明显外伤，死因不明。

两名警察亲眼所见，这个房间是从里面上锁的，所以他们认为，王铮不可能是被谋杀。而屋内的租客和王铮的同事都指出，王铮出于工作原因和生活习惯，长期熬夜。通过这一点，法医初步判断王铮的死因极有可能是长期熬夜导致的猝死——跟段文桀想要的结果一模一样。

夜宵店的小伙子说，王铮本来的工作时间是到凌晨三点左右。但昨天凌晨十二点刚过，他突然说自己有些不舒服，向老板请了假，提前回到了住所。租客们也表示，昨夜凌晨的时候，的确听到有人回来的声音，应该就是王铮。

这番说辞，似乎更能证明王铮是死于健康原因。警察认为没有什么值得怀疑的了，简单地询问和笔录之后，让殡仪馆的人过来运走了尸体。他们也通知了王铮在外地的家属，至于向夜宵店索赔等问题，则不属于警察的管辖范畴了。

这起命案，居然真的就这样巧妙地掩饰过去了。

警察走后，租客们站在走廊上长吁短叹了一番。其实他们每一个人，对王铮都无甚好感，但毕竟一个大活人就这样死了，终究让人唏嘘不已。而他们是否还要住在这个死过人的房子里，也是必须审视的问题。房屋租赁公司的人看出来这里的每一个人都有搬走的意图，委婉地暗示他们，合同还没有到期，现在搬走的话，保证金将无法退还；同时又安慰道，王铮只是死于健康状况，又不是谋杀，无须担忧。租客们无奈地回到了自己的房间。

出租屋暂时恢复了平静。独自待在房间里的韩敏，心情却久久不能平静。她想不通这到底是怎么回事。王铮的房间怎么会从里面上锁？如果只是门锁上了，还可以理解为有人用钥匙从外面反锁了门。但那根从里面扣上的门链，该如何解释？外面的人，是绝对办不到这一点的！

就在她百思不得其解之际，门口传来了敲门声。

十九 双重威胁

韩敏立即想到，敲门的可能是安然或者段文桀，显然他们也跟自己一样，搞不清这谜一般的状况。

她迅速走到门口，把房门打开。

然而，站在她面前的，是那个身穿黑色套装的女人。

韩敏为之一怔，不知她找自己，所为何事。

黑衣女人有些不好意思地说道："今晚发生了这么可怕的事，我有些害怕……咱们都是女人，就想找你聊聊。不然我一个人在屋里，瘆得慌。"

原来是这样。韩敏无法拒绝："那……请进吧。"

"谢谢啦。"

黑衣女人坐到屋内仅有的那把椅子上，说道："我叫汤丽，年龄肯定比你大，你可以叫我汤姐。"

"好的。我叫韩敏。"

汤丽从黑色外套的衣兜里摸出两袋速溶奶粉，对韩敏说："出租屋内居然有人死了，真是让人不解。我想喝点热牛奶，你也来一杯吧？"

"谢谢，我不想喝。"韩敏婉拒了。

"那可以借你的电热水壶烧点水吗，我冲杯牛奶。"

"当然可以。"

韩敏正要去床头柜上拿电热水壶，汤丽已经抢先一步走过去拿到了，说道："是我要喝，我去打水吧。"

半分钟后，汤丽打了半壶水回来，把水壶放到底座上，按下了开关。但是，电水壶的指示灯并没有亮起来，她说道："咦，这个壶是坏了吗？"

韩敏心中一惊，竭力掩饰惊慌的神情，说道："呃，可能吧。就在楼下小超市买的便宜货，质量不好也是常有的事。"

不料，汤丽却摇着头说："嗯……不对，应该不是质量问题。这个壶的底部已经变形了，应该是之前受过撞击吧。"

韩敏不明白，汤丽为什么不说"是否摔坏了"之类的，而要说"受过撞击"，这种说法明显意有所指，让她感到不安。

然而，汤丽却没有继续这个话题，只说"烧水壶坏了，喝不成牛奶"这种不痛不痒的话。韩敏应付得有些心不在焉，完全是出于礼貌才没有下逐客令。

汤丽看出韩敏并无心思跟自己交谈，她也并非不识趣的人，便提出要回屋了。韩敏没有假意挽留，她的确是有些疲惫了，加上跟一个全无共同话题的女人，也没有什么好聊的。

汤丽走到门口。本该打开门出去的她，却倏然止步了，停顿片刻，她回过头来望着韩敏。

"是你干的，对吧？"

韩敏的心脏仿佛被重物猛击了一下，她完全遏制不住脸上一瞬间流露出的惊惶神色，结结巴巴地说道："什……什么？"

汤丽盯着她的眼睛，把话彻底挑明了："王铮并不是猝死的，是你杀了他，对吧？"

韩敏倒吸一口凉气，她想要辩解，却发现自己根本说不出话来。对方的底气很足，有种不容分说的压迫感。

这副表情，已然暴露了一切。汤丽完全占据了主动权："你可以认为我是在胡说，那我立刻离开你的房间就好了，你不用为'无稽之谈'做任何解释。或者是，咱们俩坐下来，好好谈谈。你选哪个？"

韩敏踌躇良久，问道："你凭什么说是我杀了他？"

汤丽莞尔一笑："我就住在你隔壁呀。昨天晚上，你当真以为我一点儿声响都没听到吗？王铮被什么东西击打了一下，然后'哎哟'了一声，还骂了一句什么。按照法医推断的死亡时间，他应该是在几分钟或者十几分钟后就死了。除了认为是你杀了他，我还能想到别的可能吗？"

韩敏的脸色一阵青一阵白，紧紧抿着嘴唇，她感到全身僵硬。

汤丽继续道："当然现在我知道，你当时是抓起什么东西打的他了。如果我是你，就不会把那个电热水壶还留在房间里。它底部凹进去那一块，实在是太不自然了。"

话都说到这份上，韩敏也懒得做无谓的辩解了。她说："既然你听得那么真切，刚才为什么不把这些告诉警察？"

汤丽说："这就是我要跟你好好谈谈的原因了。"她知道韩敏不可能拒绝，便回到了刚才的位子上，从衣服口袋里掏出一包女士香烟和打火机。

"可以吗？"

"随便吧。"

汤丽点燃了香烟，吸了一口，吐出青色的烟圈："不告诉警察是因为我在这儿住了这么久，知道王铮是什么人。昨天晚上，他大半夜摸进你的房间，想干什么，那是不言而喻的。我也是女人，完全能体会你当时的感受。所以你不管怎样反抗，都不算过分，包括把他杀死。"

韩敏没有说话，等待她继续往下说。

"王铮这个人死不足惜，他本来也是咎由自取。但我感兴趣的是，你是怎么杀死他的。刚才法医检查过了，说没有从王铮身上发现明显的外伤。显然你那一击，连个包都没在他头上留下。而那个电水壶的重量，我刚才也试过了，根本做不到将一个年轻又壮实的男人一击毙命。这就很奇怪了，你赤手空拳，是怎么干掉一个如狼似虎的大男人的？

“这是第一个疑问。而第二个疑问是——你把王铮的尸体搬到他自己的房间，这个不难。但你是怎么做到把他的房门从里面上锁的？恕我愚笨，实在想不出有什么方法能办到这一点。所以，还请你不吝赐教。”

说完这番话，她补充道：“请你相信，我对于把你交给警察这件事，一点儿兴趣都没有。因为这件事，本来就错不在你，你又何必去承受不必要的牢狱之灾呢？”

“那你想要什么？”韩敏问。

汤丽盯着她的眼睛说：“**我的目的非常简单。就是想知道刚才那两个问题的答案**。只要你告诉我，我发誓会永远帮你保守秘密。”

韩敏说：“如果我告诉你，第二个问题，我也不知道答案，你相信吗？”

汤丽眨了眨眼睛，显出极有兴趣的样子：“你是说，你也不知道王铮的房门为什么会从里面上锁？”

“是的。”韩敏说，“我既然都承认他的死跟我有关，又何必要隐瞒这一点呢？”

“好，我相信你。那么，第一个问题的答案，你肯定是知道的。你只需要告诉我，你是怎么杀死王铮的就行了。”

韩敏在心里权衡，这个女人显然是在跟自己做一个交易。用得知一个秘密做交换，去保守另一个秘密。但问题是，她如此热衷于探听此事，有何居心？“木槿”说过，**集合会的人，可能已经盯上了她**。这个黑衣女人，该不会是……

沉吟良久，韩敏只有使用缓兵之计：“你让我考虑一下吧。”

汤丽想了想，说：“好吧。但是从今天晚上开始，我就不住这里了。你把我的手机号和微信号记下来。如果不愿意当面说，用别的方式告诉我也行。”

韩敏同意了，记下了对方的号码。汤丽离开她的房间之后，她陷入了沉思。

这套房子里的每一个人都在动脑筋。对于偷窥狂大叔来说，眼下最重要的事，就是如何通过目前掌握的信息敲诈勒索安然。但是，摆在他眼前的难题是：如何才能在要挟安然的同时，又不暴露自己在卫生间安装针孔摄像头这件事。

如果让安然得知针孔摄像头的事，等于把自己的把柄也交到了对方手里。如此一来，他便占不到任何便宜了。思忖之后，他打开电脑，对着屏幕敲下这段文字。

安然：

当然可能连这个名字都是假的，但是这不重要，因为我要告诉你的，是我已经掌握的信息。

王铮并非猝死，这一点我们都心知肚明。他甚至不是死在自己的屋内，而是被韩敏杀死的。关键是，那天夜里，王铮是怎么打开韩敏房门的呢？

这里面，如果没有你的协助，恐怕王铮很难办到吧？

你先诱骗王铮到韩敏的房间，致使其死亡（看上去是你计划好的），然后，你又假装不知情地协助韩敏，把王铮的尸体搬到他自己的房间，伪造出猝死的假象。这招很成功，既骗过了警察，也骗过了韩敏。

不管怎么看，你都像是在利用韩敏。这一点，韩敏至今都蒙在鼓里。而且我猜，她对于你的不了解，还不止此事，你那诡异的身体构造，她也是不知情的，对吧？

或许你在想，为什么你的每一个秘密，我都了如指掌。那是因为我不是普通人，就像你也不是普通人一样。至于我们分别拥有怎样的秘密，不属于我要和你探讨的范畴。

直言不讳地说，我想要的是钱。100万，就可以封住我的嘴。否则的话，这封信就会出现在警察和韩敏的手里，你自己掂量吧。

附上我的手机号：158××××××××。如果你愿意付钱，就用短信跟我联系。如果一天之内，我没有收到任何短信回复，就表示你不介

意我把这些事告诉警察和韩敏，那我只能表示遗憾了。

对了，只能短信联系，不要打电话过来，我不会接的。

神秘人

写完了这封威胁信，中年男人满意地盯着电脑屏幕。他自认为这封信写得很高明，既陈述了所有事实，又保留了卫生间的秘密。至于什么“我不是普通人”的说法，纯粹是唬人的。让安然绞尽脑汁去瞎猜好了，他没有解答的义务。

现在的时间是晚上九点多，附近的打印店应该还没有关门。中年男人用 U 盘拷下文档，悄无声息地把门打开了一条缝。确定走廊上没有人之后，他轻手轻脚地走出了房间，悄悄溜出了门。

十分钟之后他回到出租屋。那份打印好的信，被装进了一个白色信封之中。他迅速而小心地把这封信从门缝塞进了安然的房间。

二十 匿名敲诈

房间里的安然，此刻和韩敏思考着同样的问题——王铮的房门，是怎么从内部上锁的呢？这件事简直匪夷所思。

罗曼教授教过他，当一件事想不通的时候，就试着通过最后的结果来帮助判断。安然获得了启发。这件事的结果，就是警察几乎对王铮猝死在屋内的事实，没有产生丝毫的怀疑。**那么最大的获益者，显然就是韩敏**。

但是，以“触手人”的能力，是办不到这一点的——韩敏无法在清醒状态下操纵触手。而且看到房门是从里面锁上的时候，安然注意到了韩敏脸上迅速掠过的惊诧神色。他认为这不是演出来的。

难道说，**韩敏身边隐藏着某个高人，在暗中帮她**？这个想法令安然感到惶恐。罗曼教授提醒过他，联合会的人也不是吃素的。说不定，他们也展开行动了。

想到这一点，他感到不安极了。重点是，联合会那边的人，知道他的真实身份是“琉璃”吗？假如身份曝光的话，他将陷入极大的不利境地。

焦灼感困扰着他。仔细想来，还是找韩敏和段文桀问个究竟为好，听听他们对此事是怎么想的。

安然站了起来，朝门口走去。刚要打开门，他眼睛倏然睁大，看到了地上的一个白信封。

他赶快俯身把信封捡了起来，拆开信封。

看完信，他的脑子仿佛麻木了，双眼直直地盯着这张纸，把内容又反复读了两遍——一股寒意从脚下冒起。

勒索 100 万什么的，他倒是一点都不在意。令他感到惊惧的是，自己所有的秘密，居然都曝光在了这个所谓的“神秘人”面前。此刻安然的感受，就像被剥光了衣服，赤身裸体地站在人前一般。

羞辱、惊骇、愤怒，瞬间一齐涌上心头。安然再次拿起信纸，把这句话反复看了不下五遍——那是因为我不是普通人，就像你也不是普通人一样。至于我们分别拥有怎样的能力，不属于我要跟你探讨的范畴。

每看一遍，他的心就往下坠落一层，最后跌到了冰冷的地底深处。

天哪，我已经被隐藏在身边的某个特异人盯上了。安然恐惧地想道。而且这个人，极有可能就是茶庄市的“蒹葭”！

他（她）到底是谁呢？难不成就是这个出租屋里的某个人？怎么可能？当初租房子的时候，是随机挑选的呀。

突然，他想到了韩敏的遭遇。当自己变成夏嬴的样子开枪射杀“木槿”的时候，韩敏眼中透露的惊恐，令他既得意又好笑。此刻他的遭遇更甚，被人戏耍，却浑然不知对手是谁！

安然反复告诫自己要冷静下来，千万不要因为一封信而乱了阵脚。同时，他意识到，这件事已经不在自己的掌控之中了，为今之计，只有向罗曼教授求助。

安然把这封信拍照，用微信发送给了罗曼教授。然后打字：

教授，我遇到麻烦了。

罗曼在五分钟后回复：

你把这件事的始末，详细告诉我。就打字，不要用语音或者打电话。

如果不是遇到了当下这种特殊情况，安然是不想让罗曼教授知道他利用韩敏的特异能力杀死王铮这件事的。这种自作聪明、节外生枝的做法，有可能换来罗曼教授的责难。

但事已至此，他无法隐瞒，只得把事情从头到尾讲述了一遍，输入文字长达半个小时之久。

罗曼教授那边沉默了十分钟，安然不安到了极点。

罗曼终于回复了：

“琉璃”，我已经不想细数你犯了多少次错误。现在说这些已经没有任何意义了。

安然心中大骇：

教授，我知道错了！我以后再也不会自作主张做这些蠢事了。接下来该怎么办，请教授明示，我一定竭尽全力弥补！

罗曼：

你目前遭遇的状况，可以说很糟糕，但也没有到无法挽回的程度。接下来，只要你按照我说的去做，事情仍有回转的余地。

安然：

太好了，教授，您说吧，我一定照做。

罗曼：

首先我要告诉你，由于我并没有直接经历这件事，所以我只能根据你提供的信息来帮你做出判断和分析。从这封信上的内容来看，你的确很像是被联合会那边的人盯上了，但也未必，有可能这只是一个误会。

安然：

误会？可是对方已经说了，他不是普通人。我还能怎么理解呢？

罗曼：

相信我，联合会那边的人，不会对 100 万感兴趣。如果我是“蒹葭”或者联合会另外的某个特异人，根本就不会给你写这封信。我会在你还没意识到被盯上之前，就悄悄把你干掉。

安然背后凉了一下，同时又觉得罗曼教授所言极是。他快速打字：

那您觉得这是怎么回事?

罗曼：

两种可能。第一，写这封信的人，的确是联合会的人。但是，他并不能百分之百地确定你的特异人身份，或者不能确定你是不是“集团”这边的人。所以，这封信有可能只是对你的试探。勒索 100 万，只是一个幌子。他的真实目的，应该是骗你出来跟他见面。

安然明白了：

他想通过跟我的深入接触，彻底试探出我的身份?

罗曼：

对，这是第一种可能。第二种可能就是，我们想多了——这个威胁你的人，只是一个普通人。他只是基于某种机缘巧合，发现了你的秘密，所以就故弄玄虚地威胁你。而目的，就是为了敲诈 100 万。

安然：

但是，我现在无法判断这个人是谁……这个出租屋内，除了我和韩敏，还有另外三个人。而且我也不敢肯定，这个人是否一定就是租客中的一个。教授，如果我也拥有您那样聪明的头脑就好了。

罗曼：

没关系，他是谁，这个问题已经不是特别重要了。反正他也活不了多久了。

安然大喜：

教授，您想到用什么方法除掉他了吗?

罗曼：

目前的状况，以你一己之力，恐怕难以控制局势。所以，我打算派“赤铜”来协助你。

“赤铜”——“琉璃”知道他是集合会的一员，但是从来没有见过此人，也不清楚他的特殊能力是什么。但不管怎样，获得增援，正是他向罗曼求助的目的。“琉璃”的嘴角泛起笑意。

安然：

太好了，教授。我相信“赤铜”一定会帮上大忙的。

罗曼：

你可别误会了。我派“赤铜”来，是协助你搞定“触手人”的。至于你自己惹下的烂摊子，要你自己去收拾。

安然心中一凉，赶紧打字：

教授，您可别不管我呀。我一个人应付不来的。

罗曼：

你下次再乱来，我真的不管你了。这回就原谅你一次。听好了，你这样做……

二十一

记者遇袭

跟莫海燕和何凡见完面之后，陈忡和黎芳返回了青石画馆。下午的课程仍然是线描。

五点半，绘画课结束了。陈忡和黎芳走出画馆，在商业街上找了一家餐厅吃晚饭。

之前在青石画馆，周围一直有其他学员和老师，黎芳一直找不到跟陈忡单独交谈的机会，憋了一下午，此刻她终于忍不住了，压低声音说道："陈忡，你是不是疯了？你打算把'苔藓'给那个记者？"

陈忡笑道："我就知道你一直在想这件事。我哪有那么傻呀，会告诉她这是什么东西？"

"那你打算怎么做？"

陈忡小声说："我一会儿去药店买一盒胶囊，把胶囊里的药粉倒掉，然后把'苔藓'装进去，再给莫海燕。这样她就不可能知道里面的药物是什么了。"

“她要是问，这胶囊你从哪儿来的，你怎么说呢？”

“这还不简单，就说是从罗曼教授那儿搞到的一种治疗癌症的药，不就行了？”

黎芳说：“但是你身上现在没有长藓吧，怎么给她？”

陈忡挠着脑袋说：“上次长苔藓，是两个月以前的事……算起来，我也该长个儿了。我多喝点牛奶，补充下钙，应该就是这几天了吧。”

黎芳提醒道：“但是你每次长苔藓，都是罗曼教授亲自帮你刮的。他也反复叮嘱过，只能由他一个人来刮。”

陈忡说：“这次你先帮我刮一点下来。教授没看出来呢，就算了。要是看出来了，我就说是不小心蹭掉了一些。”

“蹭掉了一些？可能就是好几亿呀。”

这时服务员端着菜过来了，陈忡示意黎芳不要再说这个话题了。

吃完饭，他们回到酒店。黎芳在陈忡的房间跟他聊天。八点多的时候，陈忡收到饭店老板发来的微信，说罗曼教授和战清从 Green Island 西餐厅里出来了。看起来，他们今天的工作结束得稍早一些。

二十分钟后，罗曼教授照惯例来到陈忡的房间，问陈忡和黎芳第一天学画画的感受，两人都说还不错。

罗曼说：“那就好，你们要是培养出兴趣的话，回北京也继续学。”

又闲聊了一会儿，罗曼起身离开了陈忡的房间，并叮嘱他们早点休息。

九点多，黎芳也打算回房了。陈忡的手机铃声却在这个时候响了起来，他看了一眼来电显示，是一个陌生的号码。

黎芳问：“谁呀？”

“不知道。”陈忡接起电话。

听筒里传出的是何凡的声音，听起来十分焦急：“陈忡吗？我是何凡！”

陈忡本能地意识到出什么事了，问道：“怎么了？”

“今天下午，莫海燕一个人去了 Green Island 西餐厅，然后……直到现在都没有回来！”

房间里很安静，黎芳也听到他说的话了，不禁露出和陈忡一样错愕的神情。

陈忡问道："她一个人去的？你没和她一起去吗？"

何凡说："本来我们是打算一起去的，但是她说，今天她先去，明天再换我去。不然的话，我们俩接连两天去那家西餐厅，容易引人怀疑。我觉得她说得有道理，就同意了。没想到，她下午两点多去的，到现在都没回来！"

"你打她的电话了吗？"

"当然打了，电话已经打不通了。我实在是担心，就跑到这家西餐厅来看，发现这儿已经关门了。"

"那她会不会去了别的地方？"

"她如果要去别的地方，是肯定会跟我说一声的，绝对不会七个多小时不跟我联系。陈忡，我觉得这件事不对劲儿，**我怀疑她……遭遇不测了**。"

陈忡和黎芳瞪大眼睛对视了一下，一时不知该说什么好。

何凡问："罗曼教授今天去了那家西餐厅，对吧？他现在回来了吗？"

陈忡只有实言相告："回来了，他刚才还在我房间呢。"

"陈忡，我有种预感，莫海燕现在还在那家西餐厅里——她有可能被他们关起来了。我不知道她是不是发现了那家餐厅的秘密，总之，她现在成为**第七个失踪者了！**"

这句话令陈忡脊背发凉。他突然想，**之前的六个人，不会也是这样失踪的吧**？而这次为什么是莫海燕呢？是巧合，还是另有原因？

然而，他仍然不愿承认罗曼教授绑架了莫海燕这个事实，说道："这只是你的猜测吧？说不定她早就离开了西餐厅，然后……"

"不，"何凡打断陈忡的话，"我问了西餐厅对面一家饭店的老板，他说看见一个年轻女人——显然就是莫海燕——进去了，但是一直没有看到她出来！"

陈忡哑口无言了。这家饭店老板，正是受自己所托，负责监视对面的西餐厅。他比陈忡想象的还要敬业，估计这两天，他都一刻不停地窥觑着对面的动静。他既然说莫海燕没有从里面出来，那就一定如此了。

"那么，你打算怎么办呢？"陈忡问。

"如果莫海燕今天一晚上都没有跟我联系，也没有回酒店的话，她就百分之百出事了。我可能会选择报警。"

不知为什么，陈忡一点都不认为报警是个好主意。如果这件事真的跟罗曼教授有关，那他可以肯定，警察找不出任何蛛丝马迹。他没有忘记 Miss Ella 的事。一个大活人，死在了罗曼教授的宅邸中，然而这件事就像投进江河里的一颗小石头，没有激起任何风浪，之后也没有任何人过问和谈起，仿佛世界上从来没有存在过这个人似的。天知道罗曼教授用了怎样的手段来解决此事，手法干净利落得令人胆寒。

但是，陈忡也无法劝说何凡不要去报案，说这种话会让他显得像罗曼教授的帮凶。他只有说："我觉得，至少等到明天吧。现在还没有超过二十四小时，报失踪案的话，警察也不会受理的。"

何凡提醒道："但是这个地方，之前就已经发生过好几起失踪案了，不是第一次有人失踪！"

"但是你们不是说，之前的好几起失踪案，都无法破案吗？"

"对……**这个地方，一定有什么邪恶的东西存在**。我不能再有所顾忌了，今天晚上，我就会把目前掌握的所有情况都发布到网上，让……"

何凡说到这里，突然停了下来。陈忡有点纳闷儿，突然听到电话里传出一声让人毛骨悚然的惊叫，仿佛电话那头的人，看到了某种极度恐怖的事物。随即是"啪"的一声，应该是手机摔到地上的声音，接着便是"嘟嘟嘟"的忙音。

即便隔着电话，陈忡和黎芳也吓得呆若木鸡，汗毛直立。他们虽然猜不到何凡遭遇了何种状况，但那声惊叫隐含着无穷无尽的恐惧，让人感觉，只有见到地狱的恶鬼，才会把一个人惊吓到如此程度。

"何凡，何凡！"陈忡对着手机大喊了几声，但显然不会有回应了。

陈忡呆滞地坐到床上，黎芳亦然。两个人许久没有说出话来。

一分钟后，陈忡才说：**"他……被什么'东西'袭击了。"**

这是显而易见的。黎芳脸色煞白地说道："他刚说到要把目前掌握的情况发布到网上，就被袭击了。难道之前一直有人在监视他？"

陈忡说："他是在那家西餐厅门口打的电话，会不会……那家西餐厅只是假装关门，其实里面还有人？"

黎芳惶惑地说道："我只想知道一件事——**莫海燕的失踪、之前那六个人的失踪，还有何凡遇袭，到底跟罗曼教授有没有关系**？"

陈忡和黎芳的目光对视在了一起。须臾，他说道："要不我们马上去那条街看看？"

"不！"黎芳阻止道，"不管发生了什么状况，那条街一定是危险的，我们去不是找死吗？"

"但是……如果让我待在酒店里不闻不问，假装什么事都没发生，我做不到！"

黎芳正想说什么，门外传来了敲门声。

两个人同时打了个激灵，陈忡问道："谁呀？"

"还能是谁？我呀。"是罗曼教授的声音。

陈忡立即低声对黎芳说："先装作没事的样子，看看教授找咱们什么事，然后随机应变。"

黎芳有些紧张地点点头。

陈忡打开房门，见罗曼站在门口，说道："教授，我还以为您睡了呢。"

罗曼说："本来是打算睡了的，但是又有点饿了，就想问问你们要不要出去吃消夜。"

陈忡此时哪有心情吃消夜，但是转念一想，说不定能利用这个机会从罗曼教授那儿套出点什么话来，便答应了："好呀。"

"黎芳也一起去？"罗曼问道。

"我……"黎芳用眼神征询陈忡的意见。陈忡微微颔首。黎芳答道："好的。"

"那走吧。"罗曼说，"我知道这附近有一家颇具当地特色的风味烧烤，咱们去尝尝。"

陈忡和黎芳走出房间，正要下楼，陈忡问道："教授，战清呢？他不一起去吗？"

罗曼有些意外地说道："看不出来你还挺喜欢战清呀。本来我是觉得这两天都在忙工作，没怎么跟你们接触，就想单独跟你们相处一下。不过既然你希望战清一起去，那我就叫上他一起吧。只是不知道他现在睡了没有，他好像习惯早睡。"

"既然如此，那就算了吧。"陈忡说。

"行，那我们走吧。"

罗曼说的那家烧烤店，距离酒店只有几百米的距离，位于一条老街。店铺门口摆着火炉和烧烤架，老板正忙得不亦乐乎，翻烤着各种肉串和被夹在铁网中的烤鱼。店里有好几桌客人，吃得满嘴冒油，酣畅淋漓。老板见又有客人上门，立即招呼道："三位哈，坐里面还是外面？"

罗曼看到其中一张折叠桌正好摆在一棵古榕树下，说道："我们就坐那儿吧。"

"好嘞！三位吃点什么？"

"一条烤鱼，三根腊排骨，再烤一份血肠，还有包浆豆腐，就这些。"

点完菜，三个人坐到树下的沙滩椅上。罗曼看起来很喜欢这棵古榕树，用手抚摸着树干上粗糙的老树皮，不一会儿，眉头微蹙。

陈忡问道："怎么了，教授？"

罗曼指着树干上的某处说："你看这儿。"

陈忡和黎芳一齐望去，见树干上有人用小刀刻了一个桃心，下面还刻了一句话，无非是 ×× 爱 ×× 这种无聊的爱情宣言，大煞风景。

陈忡说："是某个游客干的吧，说不定就是坐在这儿吃烧烤的某个人。这些人素质太差了。"

罗曼摇头叹息："这棵古榕树的树龄，估计有好几百年了吧。如此珍贵的古树，居然被划伤皮肤，实在令人惋惜。"

"是呀。"

罗曼顿了一刻，说道："不过，我倒是因此想起了一个故事。好久没有讲故事给你们听了，想听吗？"

陈忡此刻还真没什么心情听故事，但他不可能拒绝，只有佯装有兴趣地说道："好啊！"

罗曼说："孙膑和庞涓——这两个人你们知道吧？"

陈忡说："知道，鬼谷子的两个徒弟，都是战国名将。"

"庞涓是怎么死的，你们知不知道？"

陈忡和黎芳一齐摇头。

罗曼说："马陵一战，孙膑根据庞涓带领的魏军的行动，判断魏军将于日落后行至马陵。马陵一带道路狭窄，树木茂盛，地势险阻，是打伏击战的绝好之地。于是孙膑就利用这一有利地形，选择齐军中一万名善射的弓箭手埋伏于道路两侧，规定到夜里以火光为号，一齐放箭，并让人把路旁一棵大树的皮剥掉，在上面写上'庞涓死于此树之下'的字样。

"庞涓的骑兵，果真于孙膑预计的时间进入齐军预先设伏的区域。庞涓见剥皮的树干上写着字，但看不清楚，就叫人点起火把照明。字还没有读完，齐军便万弩齐发，给魏军以迅雷不及掩耳的打击，魏军顿时惊慌失措，大败溃乱。庞涓智穷力竭，眼看败局已定，遂愤愧自杀。"

故事讲完了，罗曼望着陈忡两人，问道："你们觉得，这个故事告诉我们一个什么道理呢？"

陈忡和黎芳不知道罗曼教授葫芦里卖的什么药，索性不做任何猜测，让教授自己把答案说出来。于是，他俩一起摇头。

"Curiosity kills the cat."

这句著名的西方谚语，Miss Ella 以前正好教过他们。陈忡一下明白了：**"好奇心害死猫。"**

"对，"罗曼教授望着陈忡说，"就是这个意思。孙膑就是利用了庞涓的好奇心，用计谋大败魏军，杀死了他。"

陈忡意识到，罗曼教授讲这个故事，显然是别有深意的。也许他已经知道了什么，所以故意用这个故事来暗示他们，让他们别管闲事。陈忡的心往下一沉，**罗曼教授果然跟这一系列事情有关**。他们和教授之间，隔了薄薄的一层纸，只是谁都没有捅破罢了。从罗曼教授的态度来看，他希望此事到此为止，刚才的暗示，已经再明显不过。

这时，老板把烤好的血肠和腊排骨端了上来，香味扑鼻，让人垂涎。罗曼说道：“来，尝尝，在北京可是吃不到这些的。”

三人一起动筷。烧烤的味道确实不错，但陈忡心事重重，再美味的食物吃到嘴里，也味同嚼蜡。他默默吃了一会儿，抬起头来说道：“教授，拥有好奇心，一定是件坏事吗？”

罗曼停下吃东西，端视陈忡片刻，说道：“当然不是。实际上，好奇心在很大程度上推动了人类发展的进程。历史上很多著名的科学家，都是在好奇心的驱使下，进行发明创造的。这种例子不胜枚举。但是，他们是把好奇心用在了学术研究上，而不是用来窥探秘密，关注他们不该关心的东西。”

再说下去，几乎都要把话挑明了。陈忡不敢往下接话，而罗曼盯视着他，用低沉的语调说道：“陈忡，我希望你能明白一件事。为什么到石头城来之前，我会特意叮嘱你和黎芳，不要打听任何事情。并不是不信任你们，而是你们俩年龄尚浅，有些事情不该现在知道。但我说过，随着时间的推移，我不会对你有任何隐藏。我现在正在从事的工作，以及‘集团’做的所有事情，我都会循序渐进地告诉你。你不要着急，好吗？”

陈忡沉寂一刻，说道：“教授，我不是小孩子了。”

“那你就拿出大人的样子来，让我看到你成熟的一面，而不是做一些幼稚的事情，**被才认识一两天的人利用**。”罗曼的语气明显严肃起来了。而最后那句话，表明他已经知晓一切。

陈忡和黎芳心中大骇。罗曼继续道：“我们的谈话不要再深入下去了，否则有可能让彼此都不愉快。陈忡，我把你从懋县带出来的那天，就跟你和你母亲承诺过，我会像对待亲生儿子一样对待你。扪心自问，我的确是这样做的。至于对一些事有所保留，那也是每个家庭的父母都会做的事。普通人的家里，父母也不是每件事都会跟儿女分享的，对吧？”

这番话说得陈忡哑口无言。论思辨和口才，他根本不可能与罗曼教授抗衡。

“所以，希望你也能把我当成父亲一样，对我有所信任，好吗？”

罗曼教授的语气诚恳而笃定。陈忡不得不承认，他再一次被封住了嘴。但这次，他却没有以往那么心悦诚服了。何凡惊恐的尖叫，此刻仍萦绕耳边。他知道，这两个记者，多半已凶多吉少，就跟莫名其妙死去的 Miss Ella 一样。

如果说上次 Miss Ella 的事，是一次意外，那这次的事又算什么呢？即便莫海燕和何凡是别有用心，总不至于该“消失”或死去吧？难道特异人，就拥有随意剥夺别人生命的特权吗？

一系列的问题，实在是让陈忡不吐不快。但罗曼教授已经明确表示，今晚不要再谈下去了。所以，他也只能硬生生把涌到嗓子眼的疑问吞回肚里。可吞是吞下去了，能否消化掉呢？陈忡十分怀疑。

对质

接下来的两天，陈忡和黎芳仍在青石画馆学画。其间，陈忡拨打莫海燕和何凡的手机数次，均无法接通。这种失联意味着什么，他非常清楚。

跟Miss Ella不同，陈忡对莫海燕和何凡并无太多感情。但他无法接受的是，两个大活人，就这样被轻易“抹去”了。特别是，其中的一个，几乎是当着他的面遇害的。

而他现在居然在这里拿着铅笔画画，试图将一件物体或者一个人最美好的形态呈现在画纸上，这实在是件讽刺的事。绘画老师告诉他，要善于观察和发现生活中的美。我发现美了吗？他扪心自问：我观察和发现的，恐怕是“恶”的一面，即便写生对象是一朵娇艳的花朵，以这样的心境画出来，恐怕也是一朵恶之花。这是我应该走的路吗？他陷入了深深的迷惘。

一个上午过去了，陈忡交给老师的是一张白纸。老师问他为什么不画。他说：“我画不出来。”

老师说："你起码应该下笔尝试一下呀。"

陈忡问："老师，绘画的意义是什么呢？"

"记录生活中的美，以及用线条、光影和色彩组成的画面来进行思想表达。"

"我应该进行真实的表达吗？"

"当然了。"

"但是我感到迷茫，不知道什么是真实的，也不知道究竟什么是对，什么是错。所以我画不出来。不仅是画画，这种状态下，我没法做任何事情。"

绘画老师蹲下来，望着陈忡的脸庞，对他说道："我不知道什么事让你如此迷茫。但如果我是你，就会遵循自己的本心去做。"

"本心？"

"对，是怎么想的，就怎么去做吧。如果违背自己的本心，去做自己不喜欢的事，成为自己不想成为的人，到最后，连自己都会厌恶自己。世界上还有比这更可悲的事吗？"

听完这席话，陈忡仿佛茅塞顿开。他点头道："我明白了，谢谢老师。"

老师笑道："只有单纯和善良的人，才会产生刚才那样的困惑。陈忡，你就是这样的人。"

晚饭过后，陈忡和黎芳回到酒店的房间。九点左右，罗曼按惯例来到陈忡的房间，询问他今天过得怎么样。陈忡简单回答了两句，然后说："教授，我想跟您谈谈。"

"哦，谈什么？"

"那两个记者，现在到底怎么样了，他们都死了吗？"

罗曼怫然变色，坐在一旁的黎芳也惊呆了。陈忡事先没有跟她商量，她根本不知道陈忡会问出这么直接的问题。

罗曼此刻坐在沙发上，直视坐他对面的陈忡，控制着情绪说道："陈忡，你是在质问我吗？"

"不，教授，我只是不想再自欺欺人，假装这件事跟我无关。他们俩虽然不是我的朋友，却是因为我才出事的。所以我必须弄清楚，他们现在在哪儿，是死是活。教授，您只让我别打听跟您工作有关的事，但这件事，应该不在您的工作范畴吧？”

罗曼的手指敲击着木质的沙发扶手：“看来那天晚上，我跟你说的话全都白费了，甚至起了反作用。我越是让你不要探究此事，你却越发想要了解清楚。而且看你今天这个架势，是不惜跟我闹翻，也要问出个究竟来了，对吗？”

两个人的对话剑拔弩张。坐在一旁的黎芳不安地攥着手，手心里全是汗。她担心陈忡一旦跟罗曼教授谈崩，会发生意想不到的状况。

反观陈忡，却是一副心意已决、破釜沉舟的样子。话既然已经说到这份上，他也用不着顾忌什么了。正如罗曼所说，他今天是决意要问清此事的。

“教授，我当然不想跟您闹翻。我仍然把您当作父亲一样尊敬和信任，但父亲做的事，就一定是正确的吗？即便是亲生儿子，也不是父亲的附属品吧？所以我觉得，我有权利知道这件事的真相，然后做出自己的判断和选择。”

说完这番话，陈忡等待着罗曼教授的反击。然而，教授并没有开口，只是用一种跟平时不同的、略带悲伤的眼光凝视着陈忡，许久之后，黯然道：“陈忡，**你想知道我为什么一直没有亲生儿子吗**？”

陈忡为之一怔，他没想到，罗曼教授的关注点会在这里。他只是举个例子罢了，却像是无意中触碰到了教授心中的一根弦。**这里面一定有什么隐情和故事**，但不是他此刻需要了解的。

罗曼摆了下手，晃了下脑袋，仿佛也意识到自己说了不相干的话。他苦笑了一下，感叹道：“你说话的口吻，倒是跟我越来越像了。”

其实这一点，黎芳早就感觉到了。陈忡现在说话、做事的方式，很多时候跟罗曼教授如出一辙。这也不奇怪，罗曼教授是对他影响最大的人。她知道，陈忡刚才说的，全是肺腑之言。他的确把罗曼教授当作父亲一样尊敬和信赖。所以，他才格外关心自己的“父亲”正在做的事是否光明正大。他所追随的那个人，是否能够引领自己一生。

罗曼整理了一下西服，调整了一下坐姿，说道：“好吧，既然你非知道不可，那我就回答你刚才提出的问题——他们俩是否还活着，对吧？”

“对。”

“男的那个死了。女的那个，还活着。”

这个回答并不出人意料，但陈忡的心仍然猛烈颤动了一下。他没法问出“怎么杀死的”这种过分详细的问题，只有说：“为什么要杀他？”

“因为他即将做出对我们十分不利的事情。”

“所以我们就可以随意剥夺他的生命吗？”

罗曼说：“当你在森林中，遇到一头试图攻击你的野兽时，你不该用手中的猎枪射杀它吗？”

陈忡说：“但他是人，不是野兽。而且他也没有攻击我们，他只是……”

“只是要毁了我们。这比攻击我们更糟。”

“就算是这样，您也不能把他……这是犯罪。”陈忡的身体颤抖着。

罗曼站了起来，走到陈忡的身边，双眼直视着他，说道：**“那你觉得，是谁导致他被杀的呢**？”

陈忡悚然一惊，立刻理解了这句话的意思。罗曼的眼神和语气都变得严厉起来：“陈忡，这次的事情，我没有怪你，你倒怪起我来了。你和黎芳悄悄跟踪我，与那两个记者秘密接触，这点小把戏，你以为瞒得过我吗？我之所以没有揭穿，是想给你们留点面子。你惹下麻烦，我暗中帮你处理善后，你倒义正词严地指责起我来了。那我问你——你要不是被那两个利欲熏心的记者蛊惑，暗中调查我做的事，事情会发展到现在这一步吗？”

“我……他们告诉我，这里有六个人神秘失踪了，直到现在都音信全无。”陈忡说。

“那又和你有什么关系呢？你是警察吗？别人说什么，你就信什么，你还觉得自己不是小孩？帮着外人来调查我，陈忡，这是什么行为，你不会不明白吧？”

旁边的黎芳，还是第一次看到罗曼教授如此生气，吓得大气都不敢出一口，浑身紧绷，焦虑不安。

陈忡辩解道："我当时没有想这么多。我只是觉得，如果您做的事情是光明正大的，又怎么会怕被人调查呢？"

"幼稚！生物研究又不是餐厅做菜，还要弄个透明厨房让人参观。"

"那您可以直接告诉这两个记者，不接受任何参观和访问……"

"够了！"罗曼大喝一声，"我不需要你来教我怎么做。陈忡，我把你当亲生儿子对待，是因为我承诺过你的母亲。但现在，我却不得不反思，之前是不是太惯着你了。看看你刚才跟我说话的态度，跟在懋县的时候简直判若两人。你是不是觉得自己是价值连城的'苔藓人'，我一定要依靠你来赚钱，所以才敢如此放肆？我再提醒你一次——离开我，你就什么都不是。你身上的苔藓，不但不会带给你财富，只会招来危险，引领你走向死亡！"

15 岁的陈忡，正好处于青春期，是一个男孩子最叛逆的时候。他平常虽然性格温和，但一旦执拗起来，跟任何一个叛逆期的孩子没有两样。罗曼刚才那番话，本来是想起到醍醐灌顶的作用，却引发了陈忡的逆反心理。他气呼呼地说道："对，离开您，我就什么都不是。所以，我必须一直被您掌控，一举一动都逃不过您的法眼。跟我接触的人，全都会像 Miss Ella 一样莫名其妙地死去！说到危险，还有哪里是比待在我身边更危险……"

话没说完，一记耳光扇在了陈忡的脸上。

罗曼怒不可遏，**随即，他又做出了那个古怪的举动——用一只手捂住了自己的鼻子**。

黎芳吓坏了。她看着脸上出现一个巴掌印的陈忡——他似乎被刚才那一巴掌打蒙了。而罗曼教授涨红了脸，看起来就像是被气出了鼻血。她什么都做不了，无所适从到了极点。

房间里静默了一分多钟。罗曼教授的脸恢复了正常的血色，掩在鼻子前的手也放了下来。他对陈忡说："好了，今天的谈话到此结束。陈忡，我建议你好好思考一下自己的出路。如果你认为留在我身边是一个错误，我不会勉强。"

说完这番话，罗曼转过身，打开房门，离开了。

门关上的一瞬间，陈忡的眼泪才从眼眶中流淌出来。

绑架

罗曼教授走出房间后，黎芳立即上前，试图安慰陈忡。但陈忡背过身去，擦干脸上的眼泪，然后打开柜子，一言不发地把自己的物品装进行李箱。

黎芳愕然道："陈忡，你真的打算离开罗曼教授？"

陈忡一边收拾东西，一边说道："话都说到这份上了，我还留在这儿做什么？"

"那你准备去哪儿呢？回北京？"

"不，回懋县。"

黎芳心里十分矛盾，她担心陈忡是意气用事："你可别跟罗曼教授赌气呀。"

陈忡停下来，回头望着黎芳："我不是在赌气。我是真的想明白了，教授的行事风格，我的确不懂，我也没资格管他。但我起码能遵从自己的内心，做我自己认为对的事情。"

顿了片刻，他说："黎芳，如果你想留在罗曼教授身边，过上等人的生活，我不会勉强你跟我一起走。”

“陈忡，你这样说，是对我的侮辱。”

陈忡立刻道歉：“对不起，我不该这样说。我知道你不是这样的人。”

黎芳也掉下眼泪：“你知道，不管你去哪儿，我都会跟你一起的。别说是回懋县了，就算前路通往地狱，我也会义无反顾地跟你一起走下去。”

陈忡感动得无以言表，紧紧地拥抱住黎芳。

过了一会儿，黎芳说：“但是，即便要走，也用不着今天晚上就走吧。明天一早，我们跟教授说明情况，道个别再走，不行吗？”

陈忡摇头道：“我怕自己到时候会改变主意。我们这样不辞而别，是不好，我回头会跟教授打电话致歉的，并感谢他这段时间对我们的照顾。”

黎芳知道陈忡心意已决，无法再劝说。“好吧，那我也回房间收拾东西。”

“十分钟后，酒店大堂见。”

十点十五分，陈忡和黎芳拖着各自的行李箱在大堂碰头。黎芳说：“现在这么晚了，我们能去哪儿呢？”

陈忡说：“今天当然去不了太远的地方。我雇一辆车，先去里县，找一家宾馆住下来。明天去昆明。”

“这么晚了还能雇到车吗？”

“只要肯出钱，没有办不到的事。”陈忡说，“对了，你身上还有多少钱？”

黎芳说：“我刚才数了一下，只有一万多现金了。”

“我身上还有两万多。这些钱足够我们回到懋县了。走吧。”

石头城是没有普通出租车的，除了私家车之外，只能乘坐当地人往返接送客人的中巴车、商务车。这种车很好找，几乎每一家小旅馆的门口都有。但现在已经晚上十点多，白天接送客人的司机都休息了。车子倒是停在街边，但看不到司机的影子。

无奈之下，两人拖着行李箱来到古城出口的公路上，希望能找到一辆还在运营的车。几分钟后，一辆亮着橘红色大灯的破旧面包车开了过来，看起来像是给小超市配送货物的车子。此刻也没有挑选的余地了，陈忡招了招手，这辆车在他们面前停了下来。

“师傅，去里县吗？”陈忡问道。

开车的是一个 40 岁左右，满脸胡碴儿的邋遢中年人。坐在副驾驶位置的是一个身穿蓝色工作服的年轻人，头发长得几乎遮住了眼睛。他们俩一起打量陈忡和黎芳，司机问道：“这么晚了还去里县？我这是送货的车，一般不搭人。”

陈忡说：“我们有点急事，要马上去里县。只要你愿意送我们去，车费随便你说。”

司机和长发男人对视了一下，试探着说道：“两个人，500 块钱。”

正常情况下，从石头城到里县的车费，是人均三十到四十。这司机漫天要价，翻了近十倍。但陈忡一口答应下来：“行。”

司机暗暗吃惊。这种明显敲竹杠的价格对方都能接受，早知道就该再多报一点。他立刻断定，这两个小孩一定是富家子弟。不知道是不是跟父母吵了架，才大半夜的想要离家出走，或者上演什么私奔的戏码。不管怎样，这单生意赚大了。

“上车吧，”司机对长发男人说，“你下去帮他们搬一下行李。”

长发男人跳下车来，从陈忡手里接过了行李箱。即便是晚上，他也借助昏黄的路灯和车灯，看到了陈忡手腕上熠熠发光的腕表。他不认识 Patek Philippe 这个牌子，但他猜这块表绝对价值不菲。

两个行李箱塞到了后排，陈忡和黎芳跨上车，关上车门。面包车朝里县的方向驶去。

从石头城到里县的正常行车时间是半个小时左右，但现在是夜晚，面包车开得比较缓慢，陈忡和黎芳也没有异议。他们思绪杂乱，想象着罗曼教授如果发现他们不辞而别，会是怎样的反应。加上近两个月的时间，跟罗曼教授朝夕相处，自然也是有感情的。现在说走就走，心里总归有些难受。

两人都沉溺在自己的思绪中，全然没有注意到，开车的司机和坐在副驾驶的长发男人，不时通过后视镜窥视他们。

片刻后，司机和长发男人交谈起来，但他们说的，却是陈忡和黎芳一个字都听不懂的当地方言。陈忡问道："你们在说什么？"

"没什么，我们在商量明天送货的事。"司机用普通话说，随即又切换成方言。

陈忡确实单纯，这就信了，没有对他们产生丝毫怀疑。

实际上，司机和长发男人用方言交谈的真正内容却另有其他。

"大哥，这可是两个有钱人家的小孩呀。"

"我看出来了。"

"那小子手上戴那块金表，我估计起码值几万块。"

"你说吧，啥意思？"

"大哥，这种机会可不是天天都有呀。他俩自己送上门来的，怪不得我们。"

"你想干票大的？"

"你不也这样想吗？不然咱俩每天这样送货，啥时候是个头呀。"

…………

一个绑票计划，就这样当着被绑架者的面应运而生。陈忡和黎芳却浑然不知。

最先发现不对劲的，是黎芳。她发现面包车驶离大路，朝一条林中小道开去了。她记得很清楚，当初从里县坐车前往石头城的途中，全程都是大路，绝对没有走过这种偏僻小路。她一下警觉起来，问道："到石头城，是走这条路吗？"

"这是近路。"司机头也不回地答道。

陈忡这时也开始警觉了，他坐直身子，问道："为什么要走近路？我们又不赶时间。"

司机没有再回答，反而加快了车速。随之加快的，是陈忡和黎芳的心跳，他们俩都意识到情况不妙。

"停车！你要把我们带到哪儿去？"陈忡喊道。

"别着急，马上就要到了。"司机不软不硬地说。

的确是马上就到了。只不过不是到里县，而是在荒无人烟的林中小道上停了下来。陈忡隐约瞥见前方有一栋黑黢黢的小房子，里面没有透出丝毫灯光，周围没有任何其他房屋和建筑。任何人在这种情况下，都意识到自己遭遇了怎样的状况。

陈忡和黎芳想要跳车逃跑，但长发男人快了一步，他迅速从副驾驶的位置跳下来，拉开后排车门，一把尖刀对准了黎芳的腹部，恶狠狠地说道："乖乖下车，不然我一刀捅死你！"

黎芳吓得全身发抖，不敢反抗。司机转过头凶相毕露地说道："不想死，就照他说的做！"

陈忡用眼神暗示黎芳别轻举妄动。黎芳只得在尖刀的胁迫下慢慢走下车。长发男人一把拽住黎芳的胳膊，尖刀抵在她的脖子旁。他对陈忡说："你也下来，要是不老实，你的小女朋友就没命了！"

陈忡的脑子里嗡嗡作响，对于今晚冒失的举动，他后悔到了极点。但现在后悔也没有用了，在这种危险时刻，他脑子里的第一反应竟然是：如果罗曼教授遇到这样的险情，会怎么处理？

现实没有给他思考的余地。司机对同伙说："我去后备厢拿绳子，绑住他们。"说完跳下车，朝车尾走去。

如果被绳子捆起来，就没有逃跑的可能性了。陈忡清楚地想到了这一后果。他突然急中生智，假装害怕地说道："别……别杀我们，我身上有钱，一万多块钱，我马上给你！"

说着，他把手伸进裤兜，从里面掏出厚厚一沓现金。长发男人见钱眼开，岂有不要之理？他松开黎芳的胳膊，伸手过来接这沓钱。陈忡看准时机，利用夜色的掩护，把全身的力量灌注在右腿上，狠狠一脚踹向长发男人。这家伙"哎哟"一声大叫起来，被陈忡蹬出去一米多远，摔了个四仰八叉。

陈忡快速跳下车，牵起黎芳的手，两人朝小路旁的树林里狂奔而去。

正在后备厢拿绳子的司机大惊，赶紧绕过来想追。见同伙摔倒在地，只能先上前将他扶起。长发男人的脊背刚才撞在了一块石头上，疼得龇牙咧嘴，他又急又气，用当地方言骂了一句听不懂的话，提着刀就要朝树林里追去。司机突然想到了什么，一把拉住了他。

长发男人问道："干啥？"

司机说："算了，别追了。"

长发男人又问："别追了？就这样放这两个小兔崽子跑了？"

司机说：**"这林子里，有'东西'**。"

长发男人一愣，骤然想起了什么，迟疑了起来。

"算了，他们的行李箱还在车子里，里面估计也有不少值钱的东西，咱们这趟也不亏。"司机自我安慰道，"绑架这种事，我们不专业，还是别蹚这浑水了。"

长发男人不甘心地骂了几句，朝树林里啐了口唾沫，最后两人悻悻地开车走了。

陈忡和黎芳没命地逃窜，根本不敢回头张望。直到黎芳被脚下的树根绊倒，拉着陈忡一起摔倒在地，两人才气喘吁吁地趴在地上喘息。

刚才一阵疯跑，现在突然停下来，让他俩头脑缺氧、眼冒金星。陈忡惊惶地回头看，没发现有人追来。

黎芳再也跑不动了，她坐在地上，筋疲力尽，大口喘着粗气。陈忡毕竟是男生，体力稍好一些，他不敢怠慢，摸索着捡起地上的一根粗树枝作为武器，万一那两个人追来，可以勉强防身。

休息了几分钟，他们渐渐恢复了一些体力，一起从地上站了起来。凝神细听了一阵，没有听到追踪的脚步声，猜想那两个歹徒大概是放弃了，这才稍稍松了一口气。

但是，他们很快就意识到此时的处境并不能让人安心——**他们身处密林，而且显然迷路了**。四周黑影幢幢，阵阵冷风吹向林间树叶，飒飒作响，令人心悸胆寒。

所幸他们身上还有手机。陈忡掏出手机，开启应用中的"手电筒"，手机发出的光照亮了周围，但光亮带给他们的，却是更深的不安，因为他们是这个树林里唯一的发光体。一旦有任何危险的事物靠近，他们将无处遁形。

黎芳害怕极了，她紧紧地倚靠着陈忡，牙齿上下打战。陈忡也好不到哪里去，他硬撑着没有让自己显得惊慌失措。但实际上，他紧张得大气都不敢出。这片密林就像一个巨大的蛛网，而他们如同黏在网上的飞虫。

站了许久，黎芳终于忍不住说道："陈忡……我们，跟罗曼教授打电话求救吧。"

陈忡何尝没有这样想过？但他沮丧地告诉黎芳："林子里没有信号，GPS 也无法定位了。"

"那我们……怎么离开这里呢？"

"只有朝某个方向瞎走了，运气好的话，我们也许能走到大路上。"

没有更好的办法了。他们只有凭感觉朝前走，脚下的枯树枝被踩得吱嘎作响，仿若恐怖电影里的沉闷配乐，让气氛更加惊悚。

这种压抑的感觉让人窒息。黎芳实在是受不了了，说道："陈忡，你说点儿什么吧，随便什么都好，咱们别这样静悄悄地走，太吓人了。"

陈忡脑子里一片空白，麻木地问道："说……说什么？"

"咱们以前学校里的体育老师，你还记得吗？"

"你说的是那个全校女生都喜欢的体育老师？"

"对，好多女生都迷他。但是，我就不喜欢他。"

"为什么？"

"因为……我觉得他没你帅。"

"谢谢安慰。"

"我说的是真的，你虽然长得没他高，样子也没他好看……"

"喂喂……"

这样有一搭没一搭地说着话，感觉确实比刚才好了许多。就在两人紧张的心情逐渐放松的时候，陈忡突然停下了脚步。

他手中拿着的"手电筒"，刚才晃到了前方树丛中的某个东西。一瞬间，恐惧攥住了他的五脏六腑，他全身的汗毛都竖立了起来。

太恐怖了，树林中有一双眼睛在瞪着他们。

“蒹葭”登场

早上八点，安然刚起床，就收到了一条微信消息，是罗曼教授发来的：

“赤铜”已抵达茶庄市。他会按照我的安排执行任务，暂时不会跟你会合。而你的任务，是套出那个威胁你的人。之后怎么做，我教过你了。

安然心情振奋——得知“集团”的同伴已经在茶庄市，对他来说无疑是一剂强心针。他立即回复：

好的，教授，我知道该怎么做。那我什么时候和“赤铜”联系呢？

罗曼：

你先解决掉那个威胁你的人。之后，“赤铜”自然会在适当的时机跟你会合。

安然回复“明白了”。罗曼提醒他删掉聊天记录。

获得援助的安然，比之前多了几分镇定和自信。接下来，只需要按照正常逻辑来行事即可。首先，当然是要找到韩敏和段文桀，跟他们沟通一番，虽然他认为他们两个人不一定知道王铮的房间为何会从里面上锁，但无论如何，都应该先表达出自己的疑惑，这是一个普通人最正常的反应和做法。

正思忖着，手机发出提示音，原来是有新的微信消息。安然拿起手机一看，是段文桀发来的：

醒了吗？八点半在楼下的早餐店见面。

看来大家想到一起去了。安然立刻走出房间，到卫生间洗漱完毕，然后离开了出租屋。

来到楼下的早餐店，安然看到段文桀和韩敏已经站在店铺门口了。他们买了几个热腾腾的包子和三杯豆浆，一边吃一边等着他。安然走过去后，段文桀把一袋包子和一杯豆浆递给他，说道："帮你买了早餐。走吧，咱们找个安静点的地方聊聊。"

安然接过包子，道了声谢。韩敏说："咱们就去翠湖边吧，现在是早上，湖边的人应该很少。"

段文桀和安然都没有异议。于是三人穿过马路，朝对面的翠湖走去。

清晨的薄雾还没有散去，翠湖仿佛被一层白色的纱所笼罩。湖边的空气清新而冷冽，一些老年人在此晨跑和锻炼。韩敏、段文桀和安然来到一个凉亭，还没有坐下，段文桀便迫不及待地发问了——显然这个问题已经在他心中盘桓了一整晚："你们知道这是怎么回事吗？为什么王铮的房间会从里面上锁？"

韩敏和安然对视一眼，看到了彼此眼中的迷茫。显然他们都不知道这是怎么回事。段文桀抓耳挠腮地说："怎么会有这种事？不会是闹鬼了吧？"

安然说："就算是闹鬼，'鬼'也不会帮杀了他的人开脱吧？"

"是啊，看起来像是有人在暗中帮我们。"段文桀思忖着说，忽然望向韩敏，"不对，不是帮'我们'，而是**帮你**。"

韩敏知道他说的是什么意思，因为这件事跟段文桀和安然的关系要小一些。毕竟杀死王铮的人，是她。若说是有人在暗中帮忙，那显然也是冲着她来的，可这个人会是谁呢？

其实安然是最想知道这件事的答案的。因为他心里清楚，会帮韩敏的，也许就是隐藏在他们身边的某个特异人。而这个人，极有可能就是联合会的“蒹葭”。他试探着说道：“段文桀说得对，可能有人在暗中帮你。韩敏，你仔细想想，你身边除了我们，还有跟你关系特别近的人吗？”

韩敏想都没想就摇头道：“茶庄市没有我的任何亲戚朋友。我认识的人，也只有你们而已。怎么可能有人暗中帮我？再说了，就算有人想帮我，他是怎么做到的呢？”

“对，这是问题的关键所在。我实在是想不通，那个门链是怎么从里面锁上的。”段文桀百思不得其解。

安然一直观察着韩敏的表情。他发现，韩敏的神情中除了迷茫，还隐含着忧虑，仿佛还有几分欲言又止。他敏锐地感觉到，韩敏可能对他们有所保留，问道：“韩敏，你是不是有什么事瞒着我们？”

段文桀也望向了韩敏。韩敏变得窘迫起来，昨天晚上汤丽来找过她的事，她不确定是否应该告诉段文桀和安然。因为她不希望他们俩把关注点再次集中到“王铮是怎么死的”这件事上——而这恰好是那个叫汤丽的女人最感兴趣的部分。

然而，不管她是否愿意讲出来，刚才那一瞬间，她都没能掩饰住自己脸上局促不安的表情。段文桀有些吃惊地说：“韩敏，你知道这是怎么回事？”安然也紧盯着她。

韩敏摆着头解释道：“不，我不知道。”

“那你刚才迟疑这么久？现在脸上的表情也很不自然呀。”安然说。

韩敏无法再隐瞒了，与其越描越黑，不如实言相告：“王铮不是在自己的房间猝死的，而是被我杀死的——这件事，已经有人知道了。”

段文桀和安然同时吃了一惊，一起问道：“谁？”

韩敏说：“就是出租屋里那个经常穿一身黑色套装的女人，她叫汤丽。昨天晚上，警察走了之后，她来到我的房间，说她知道王铮死亡的实情。”

“她怎么会知道？”段文桀问。

“她住在我的隔壁，那天晚上，她听到声响了，知道王铮是在我的房间里出事的。”

安然和段文桀对视了一下。安然说：“那她怎么没把这事告诉警察，而是来找你呢？她想要什么？”

韩敏说：“这也是让我感到困惑的地方。她说，她只想知道这件事的真相。只要我把实情告诉她，她就会为我保守秘密。”

“她为什么对这件事这么感兴趣？”段文桀问。

“我也不知道。”

安然没有说话，脑子迅速转动着。这个黑衣女人，之前第一眼看到她，就觉得有几分眼熟。当时觉得可能是错觉，现在看来，这个女人显然不是普通人物。一般人的话，如果知道一桩案件的真相，要么告诉警察，要么选择置身事外，避免惹上麻烦。而这个女人，为了探究真相，竟然不惜以身犯险，跟“凶手”接触。如果说只是为了满足好奇心，未免有些说不过去。那她的真正目的，到底是什么呢？

安然转念一想——莫非，她就是那个威胁自己的人？这个女人一方面暗中接触韩敏，探寻事情的真相；另一方面，用掌握到的事实威胁自己，进行敲诈。这并不是没有可能。

罗曼教授也不知道“蒹葭”到底是谁，这个人隐藏得非常好。但罗曼猜测，“蒹葭”不但是一个拥有特殊能力的特异人，还是一个智商极高的人。为了不被人轻易猜出身份，他（她）可能会故意做出一些令人费解的事，目的是不让人摸清自己的行为模式。这样一想，这个叫汤丽的女人，真是可疑到了极点。难不成，她就是“蒹葭”？

安然思忖的时候，段文桀对韩敏说：“她不是已经知道真相了吗，还想让你告诉她什么呢？”

韩敏心头一紧。她就是不希望段文桀和安然关注这个问题，他们之前都相信了王铮是被一个电水壶砸死的，要是此刻也和汤丽一样，深究起王铮的死因，只会让她陷入尴尬和被动的局面。所以，韩敏把话题引到另一个问题上：

"她是想知道，王铮的房间为什么会从里面上锁。"

"可这事你也不知道呀。"段文桀说。

"她以为我知道。"韩敏说。

段文桀正想说什么，突然韩敏的手机响了一声，是一条微信的提示音。她拿出手机一看，整个人陡然僵住了。

她手里握着的这部手机，是"木槿"的。而发来微信的这个人，是"木槿"为数不多的微信好友之一。这个人的微信名跟"蒹葭"八竿子打不着，但此刻，他发来的信息却是：

韩敏，我是蒹葭。不要把这条信息的内容告诉任何人。今天上午十点，我们在茶庄市中心百汇商场三楼的"树莓咖啡屋"见面。记住，你一个人来，不要让其他人知道你的行踪。

韩敏心中的惊愕程度可想而知。她苦苦找寻的联合会成员"蒹葭"，终于和自己联系了，而且从他说话的内容和语气来看，他已经掌握了目前的一切情况，甚至连自己的名字都能准确叫出。虽然她不知道，"蒹葭"是怎么知晓这一切的，但想来作为特异人组织的重要成员，"蒹葭"显然拥有区别于常人的能力和手段。如此想来，也就不足为奇了。

虽然韩敏努力遏制激动的心情，没有在脸上有所表现，但段文桀和安然都注意到了这条信息带给她某种情绪上的冲击。段文桀问道："怎么了？"

韩敏说："没什么，我一会儿有点事，要去处理一下。"

段文桀不便询问韩敏的私事，但他真的很关心韩敏目前所处的状况："你准备怎么和那个叫汤丽的女人解释呢？"

"实话实说吧。我的确不知道王铮的房间为什么会从里面上锁。她要是不信，我也没办法。"

"你要是没给她一个满意的答案，这女人不会去报警吧？"段文桀担心地说。

韩敏现在一心想着马上跟"蒹葭"见面，其他的事，她暂时无暇考虑。"走一步算一步吧。"她看了一下手机上显示的时间，现在是九点十分，她必须尽快赶往“蒹葭”跟她约定的地点。

一旁的安然明显看出，韩敏的心思已经转移到了另一件事上面。而这件事，显然和她刚才收到的那条微信有关。会是什么事呢？他猜测着，突然想到一种可能性——难不成，是“蒹葭”和韩敏联系了？

如果是这样，他必须暗中跟踪韩敏，但事发突然，他没有时间去换衣服和改变容貌了。如果以安然的身份进行跟踪，未免风险太大。想到这里，他陷入了两难的境地。

突然，安然想到了早上收到的罗曼教授发来的那条信息——“赤铜”已抵达茶庄市，他会按照我的安排执行任务。

他心中一震，似乎悟出了什么。“赤铜”刚刚到达茶庄市，韩敏就收到了“蒹葭”发来的信息……也许，这不是巧合。

安然嘴角浮现一抹不易察觉的笑意。他隐约猜到罗曼教授的做法了，这招真是高明呀。

不起眼的“磁铁人”

九点四十分，韩敏来到了百汇商场三楼的“树莓咖啡屋”。现在是上午，喝咖啡的人不多。她环顾四周，没看出有人在等自己，猜想她比“蒹葭”早到，于是点了一杯咖啡，选了一个位置坐下来。

她心里很是忐忑，却又莫名有些兴奋和期待。“蒹葭”是一个什么样的人，她一无所知，但是这个人，却给她一种神通广大的感觉。他（她）似乎知道目前发生的一切事情。既然如此，为何现在才和自己联系呢?

等待让时间变得无比漫长。韩敏一边关注着手机上显示的时间，一边盯着咖啡店的门口，终于等到了十点整。这时，两个男人推开门，一前一后进入了咖啡店。

韩敏盯着这两个男人，注意到他们俩并非熟人，只是恰好一起进来罢了。年轻的那个正打着电话，似乎在说着工作方面的事情，另一个年长一些，40 岁左右。他进门之后，目光便在咖啡店里搜索着某人。韩敏的身体绷紧了，猜想他便是“蒹葭”。

果然，“蒹葭”朝她走过来。韩敏的心怦怦直跳。她站了起来，双眼直视这个男人。

这个男人走到她的身边，眼神显得有些迷茫。韩敏猜想，自己的样子大概和他想象中的不太一样。她主动说道：“你好，我是韩敏。”

“你好，呃……我们认识吗？”

韩敏愣住了，不知道他是否在试探自己。就在这时，坐在她身后的一个中年女人怀疑地走了过来，看了看韩敏，对男人说道：“你朋友？”

“啊，不是。我看到这位女士一直盯着我，还以为是某个熟人。”男人有些窘迫地辩解道，然后问韩敏，“姑娘，你……是不是认错人了？”

韩敏这才意识到自己搞错了对象，这个男人刚才搜寻的不是自己，而是等候在此的妻子。她尴尬到了极点，说道：“不好意思，我认错人了，我在这儿等一个人，还以为是您呢……”

男人笑了一下，说：“没关系。”他的妻子是个危机感和警惕性都很强的女人，刚才那一幕已经让她幻想出一部电视剧的剧情了。她不依不饶地盯着韩敏，丈夫赶紧把她拉到后面的座位坐下了。

韩敏觉得十分丢脸。她双手掩着发烫的脸颊，偷瞄另外那个年轻点的男人，发现他已经买了一杯咖啡，坐到了旁边的位子上。这个人业务繁忙，一刻不停地谈着工作：“39 万不能再少了，但是可以送行车记录仪和全车贴膜。一次买两辆？那还可以送一年的机油保养，但是价格真的到底了，再少就没利润了……”

这人一门心思都在汽车销售上，根本没朝韩敏这边瞧一眼，显然他也不可能是“蒹葭”。韩敏低头看了一眼时间，已经十点过七分了。她不免焦躁起来，不知道“蒹葭”是不守时，还是出了什么状况，才没有如约而至。

又等了几分钟，“蒹葭”还是没有出现。韩敏正感烦闷，旁边的汽车销售员端着咖啡坐了过来，说道：“不好意思，刚才临时有客户打电话来咨询买车的事，让你久等了。”

韩敏诧异地看着他，说道：“你是……”

“就是我约的你呀。”年轻男人说，“你是韩敏，对吧？”

韩敏愕然道：“原来你就是……‘蒹葭’？”

年轻男人点了点头，又摆手道：“别叫代号，弄得跟地下党接头似的。叫本名吧，我叫左伟。”

他伸出手来，韩敏跟他握了一下，这双手充满骨感，实际上，他整个人都是如此——身形瘦削，轮廓分明，脸上和身上几乎没有赘肉。手和腿都很长，手指更是如同钢琴演奏家那样纤细修长。修身西装和梳理整齐的分头是职场精英的标配。他说话的语速很快，的确像一个优秀的销售人员。这个人给韩敏的感觉，与她之前预想的完全不一样。本来她以为这是一次无比严肃的会面和谈话，不料对方却是在谈完生意之后才跟她接洽的，实在是让她有点哭笑不得。

不过，韩敏立刻明白了——这是一种掩人耳目的方式，假装成不起眼的普通人，言行尽量轻松随意，才能最大限度地避免引起集合会的怀疑。比较起来，自己真是太稚嫩了。

“汽车销售人员是你伪装的身份，对吗？”韩敏小声问道。

左伟眨了眨眼睛，有些费解地说道：“伪装？我为什么要伪装？我本来就是做汽车销售这行的呀。”

韩敏愣住了，一时不知该如何往下接话。左伟忽然明白了，笑道：“你别把特异人想成不食人间烟火的世外高人。我们也要谋生，也要赚钱，不然在这个社会怎么生存？”

韩敏有些尴尬，点头称是。左伟说：“好了，别说我，你才是够绝的，居然利用自己的能力搞什么‘新型清洁业务’，胆子也太大了吧？”

韩敏说：“我失忆了，那个时候根本就不知道自己是特异人。”

“原来如此。那你的记忆，现在恢复了吗？”

“还没有。”

“‘我们’的事，你知道多少？”

“你是说联合会和集合会的事？”

“对。”

"'木槿'都告诉我了。我知道两派之间的恩恩怨怨。"

"'蒹葭'在茶庄市，也是'木槿'告诉你的？"

"是的。"

左伟盯着韩敏的眼睛，问道："那'木槿'呢？现在在哪儿？"

韩敏悲伤地说："他死了，被集合会的人杀死在了别墅里。"

左伟脸上的表情严肃起来。他说："你把具体的情况，详细地告诉我。"

韩敏深吸一口气，把关山市发生的一切从头到尾讲了一遍。听完她的讲述，左伟沉默了足足十分钟，神情悲恻。

"我们又失去了一位伙伴。"他叹息道。

韩敏不知该说什么好，她心里也很难过。

左伟问："你已经同意加入联合会了？"

"是的。"韩敏说，"所以我才到茶庄市来找你，这是'木槿'留给我的唯一线索。"

左伟颔首道："看来我帮你是对的。"

韩敏没听明白："你帮我？"

左伟牵动嘴角一笑："**从里面上锁的房门**。"

韩敏大惊："原来是你！你是怎么办到的？这到底是怎么回事？"

"别着急，听我慢慢说。首先你要知道，我和'木槿'的手机，都具有**卫星定位功能**。也就是说，我们知道对方所在的位置，掌握着彼此的动向。

"'木槿'在网上看到关山市推出的'新型清洁业务'，猜想跟新出现的特异人有关，于是他打电话跟我商量，并告知我，他打算前往关山市调查此事。而我对于此事也十分关心。但是，他在跟你接触之后，就彻底跟我断了联系。

"我正打算前往关山市一探究竟，却发现他——准确地说，是他的手机——前往了我所在的茶庄市。我意识到，'木槿'可能出事了。而拿着他手机的，不是他本人。因为他不可能动身到茶庄市来找我，却不跟我联系。

"所以，我也打算暂时不和你联系。而是通过定位系统，悄悄跟踪了你，发现你入住到了一套群租房之中。关于这一点，我直到现在都不明白——你为什么会选择住在条件这么差的地方？”

韩敏苦笑道：“我身上只有三千多块钱，只能住群租房这样的地方。”

左伟略略点头：“但是现在看来，这显然是个错误的决定。群租房里什么人都有，比如王铮这种人渣。”

“他半夜潜入我的房间，猥亵我……我试图反抗，他恼羞成怒，把我打昏，无意中触发了我的能力。”韩敏对自己的能力已十分了解，“当我处于无意识状态的时候，任何想要侵犯我的人，都会被‘触手’杀死。”

左伟捏着下巴，略略点头。

韩敏问道：“现在你可以告诉我了吧，你是怎么帮我的？那个房门，怎么会从里面上锁？”

左伟淡然一笑，然后用实际行动回答了她的问题。

他把搅拌咖啡的金属小勺从咖啡杯里拿出来，放在桌子上，然后双手摩擦，随即左手张开，金属小勺像被施了魔法般，一下飞到他的手掌心。

韩敏看呆了。半晌后，她说道：“你是‘**磁铁人**’？”

“没错。不只是铁，所有金属类的东西，都可以被我吸附和掌控。现在你知道，那个铁制的门链，是怎么从里面挂上去的了。而拥有这个能力，要打开任何一道铁制的防盗门，都不是什么难事。”

韩敏问道：“你为什么要帮我？”

左伟说：“因为你是我们的同伴呀。王铮本来就是咎由自取，如果你因此而入狱，真是太不值得了。”

韩敏露出感激的神情。左伟说：“你加入了联合会，我们就等同是一家人了，用不着客气。”

韩敏点头道：“那我们接下来做什么？”

左伟想了想，说：“今天跟我见面的事，先不要告诉身边的任何人。你先回住所，下一步怎么做，我会通过手机跟你联系。”

“好的。”

左伟点了点头，示意韩敏先行离开。韩敏站起来，走出了咖啡店。

左伟望着她的背影，深吸了一口气，随即露出一抹笑意。

他摸出手机，发了一条信息给某个人，内容是：

一切顺利。韩敏相信我是“蒹葭”了。

二十六

暗杀行动

下午两点，安然开始实施自己的计划。他给威胁信上留的手机号发了一条短信：

我愿意付给你100万，通过银行转账的方式。

偷窥狂大叔此刻没有在出租屋中。今天他唯一需要做的事，就是等候安然的短信。所以，当短信提示音响起的时候，他打了个激灵，迅速摸出手机。看到短信内容后，他整个人都亢奋了。

但是，对方提出用银行转款的方式，这令他迟疑了。如果把账号和户名告诉安然，不就等于告诉他自己是谁了吗？

他思索片刻，发送短信：

不要用转款的方式。你把存有100万的银行卡放在我指定的位置，我自然会派人去拿。

半分钟后，安然回复了：

不行，我必须当面交给你。

看到这条短信，偷窥狂大叔有些恼火。他输入文字：

由我来决定付款的方式。别忘了自己的立场。

这次等了好一会儿才收到安然的回复：

100 万可不是个小数目，扔进水里也得听个响吧？反正我的把柄在你手里，就算让我知道你是谁，我也不敢怎样，不是吗？你要是不放心，咱们可以在附近的银行交易。银行里有保安，有监控，谁都不敢乱来。我把钱当面打给你，你也安心。之后，我猜你肯定不会再待在这座城市了。你拿着 100 万远走高飞，从此之后，咱们井水不犯河水。

中年男人陷入了沉思。他之前并未想过暴露自己的身份。但是安然说的这番话，却跟他心里的打算完全一样。他的确是计划拿到钱后，就立刻离开这座城市，以后不再和安然有任何交集。既然如此，又何必担心他知道自己是谁呢？

然而，他还是有些怀疑这会不会是一个圈套，所以迟迟没有回复。直到安然发来下一条短信：

卡丹广场的旁边，有一家本地商业银行。你要是想好了，就三点半准时在银行碰面。我现在要去处理别的事情了，手机会处于关机状态。

这一招是罗曼教授教他的——**不给对手讨价还价的余地，占据绝对的主动权**。安然将手机关机，冷笑了一声，他相信这个人一定会出现的。罗曼教授的攻心计，还从来没有失算的时候。接下来，他开始为之后的“会面”做准备了。

果然，中年男人被将了一军。他没有想到，自己居然会被安然牵着鼻子走。不过细想起来，碰面的地点是在银行里，对方也确实不敢乱来。安然不管是男是女，外表只是一个年轻女孩罢了，难道还怕他不成？

打定主意，他看了下手表，距离三点半还有一个小时。从现在的位置到卡丹广场，坐车只要二十分钟。时间还很充裕，他躺在足浴中心的沙发床上，闭上眼睛，幻想得到 100 万之后，该如何挥霍和享受……

三点二十五分，一辆的士开到了卡丹广场旁边的商业银行门口。中年男人穿着一件灰色风衣，戴着墨镜下了车。他径直朝银行走去，推开玻璃门后，取下了墨镜。

他环顾四周，没有看到安然。银行里有十多个排号等候办理业务的客户，还有两个身着制服、佩戴电警棍的保安，以及若干个银行工作人员。大厅里至少有六个以上的监控设备。所有的一切都让他感到安全和放心，他坐在等候区的长椅上，并不时关注门口的动静。

时间一分一秒地流逝，接近三点钟的时候，他突然感到一股莫名的心悸，猛然觉得不对劲儿。

具体是哪儿不对劲儿，他说不上来。银行里一切正常，但他就是毫无缘由地慌了起来。

也许人在临死之前，是有第六感的。

中年男人的脑袋发烫，心开始狂跳，鬓角流下一滴汗珠，腿也难以自控地颤抖起来。他紧张地左右四顾，周围的说话声在他耳朵里变成了嗡鸣，他看到的画面仿佛剪辑后的电影片段：一对夫妻坐在椅子上小声聊天；一个戴着眼镜的老妇人看着自己的存折；一个小男孩在银行大厅里东奔西跑，不断被母亲制止；一个装扮时髦的年轻姑娘玩着手机游戏；一个商务男士在机器前办理转款……

他知道，这很荒唐，但心中有一个声音在对他说：**这些人当中，有一个人会要了你的命。**

中年男人看了一眼手表：现在刚好是三点半。他心中响起“当”的一声，仿若丧钟敲响，宣告他死期来临。

不管是错觉还是心理作用，他都做不到无视这种不祥的预感。理智告诉他，立刻放弃这次敲诈，保命要紧。

就在中年男人打算从长椅上站起来的时候，身后突然有一只手按在了他的肩膀上，他像惊弓之鸟般全身痉挛了一下，发出一声惊呼，把旁边的人吓了一跳。

转身一看，是银行里的一个保安。这保安30岁左右，望着中年男人说：“先生，你怎么了？”

中年男人惘然道：“没……没怎么呀。”

保安说：“我看你的脸色很不好，还有些出虚汗，是不是哪儿不舒服？”

“不是，没事……”中年男人不想再解释了，只想赶紧离开。

突然，另一边的等候区响起一首尖锐刺耳的乐曲，所有人都为之一惊，同时扭头朝那边看过去。这是一首标准的广场舞舞曲，听音质很像是大妈们用的便捷式小音箱。这种音箱体积虽小，功率却大，调到最大声，都能 hold 住整个广场。只是不知道这声音怎么会在一家银行的大厅里响起，充满了违和感。银行里的人瞪大了眼睛，寻找着声音的来源，保安也朝发出声音的方向走了过去。

头发花白、戴着眼镜的老太太站了起来，在所有人的注意力都被这突如其来的音乐吸引的时候，她走向中年男人，并迅速从皮包中掏出一把装了消声器的小口径手枪。

就是这把枪，在不久之前，射杀了联合会的重要成员“木槿”。

而现在，枪口对准了她面前的中年男人。老妇人扣动扳机，手枪发出几声沉闷的枪响，子弹在对方的身体上开了几个洞。中年男人甚至没看到射杀他的人是谁，就被击毙了。

如果是在安静的环境下，即便是消声手枪，也不可能做到完全无声。但此刻，嘈杂刺耳的广场舞音乐掩盖了其他的声音，几乎没有人注意到这边的枪响。

老妇人收起手枪，像一个刚办理完银行业务的客户那样，从容地离开了。

银行的一个保安找到了放在椅子下面的便捷式小音箱，他按下关闭键，震耳欲聋的音乐声戛然而止。保安正要询问这是哪位客人的音箱，便听到了一声惊天动地的尖叫。

距离中年男人最近的一个年轻女孩，发现了身边被击毙的尸体，她发出失控的惊叫：“啊——有人被枪杀了！”

在场的人个个大惊失色，一齐望向尸体，并发出惊恐的喊叫，训练有素的银行工作人员听到，立刻按下了警铃。其中一个客户，注意到了刚才迅速离去的老妇人，语无伦次地大叫道：“那个老太太……是她！她枪杀了这个人，然后跑了！”

保安也注意到刚才还在大厅里等候办理业务的老妇人，此刻却已不见踪影。他迅速冲了出去，一眼就看到了那尚未走远的老妇人的身影。她穿过了斑马线，朝街对面的卡丹广场走去。

对方有枪，保安不敢贸然追上去。他立刻通过呼叫器通知附近的警察：“凶手进入了卡丹广场！是一个五六十岁的老太太，身穿碎花衬衣，头发灰白，有点佝偻，身高大概一米六！注意，她身上有枪！”

老妇人当然知道，银行里的人很快就会反应过来，知道她是枪击案的凶手，并向警察提供她的外貌特征。她在心中冷笑——再看仔细点吧，把我的特征记好，一会儿在商场里慢慢找吧。

卡丹广场是茶庄市中心人流量很大的一个商业广场。下午时分，这里也是人头攒动。老妇人进入商场一楼，加快脚步，朝卫生间走去——这家商场卫生间的位置，她了然于心，这些都是提前做好的功课。

对于商场里各个区域都安装的监控设备，她丝毫不担心。因为这副形象，只会在这个世界上存在最后五分钟。

推开标有卫生间标志的一扇门，再穿过一个通道，她走进了女卫生间。进入其中，就等于来到了安全区域，**因为任何一家商场，都不可能在卫生间里安装摄像头**。

女卫生间是由若干个单间组成的，洗手池边，有一个中年妇女对着镜子补妆，她根本没有注意到进入卫生间的这个其貌不扬的老太太，更是连做梦都想不到，就是这个老妇人，在几分钟前枪杀了一个男人。

老妇人进入其中一个单间，把门闩上。此刻，“她”不用再伪装成行动迟缓的样子了，因此手脚麻利地从皮包里拿出一个折叠好的大帆布包，脱下碎花衬衣和宽松的棉麻裤，并将它们塞进了帆布包里。此刻穿在她身上的，是一件浅色长袖 T 恤和紧身牛仔裤。

她扯下老气横秋的灰白色假发，把盘起来的乌黑头发简单整理了一下。现在只剩最后一步了。她从皮包里拿出一瓶矿泉水，拧开瓶盖，把水倒了一些在手心里，然后拍到脸上，等整张脸都湿润之后，她放下矿泉水，双手像揉捏橡皮泥一样塑造着自己的脸。满脸的皱纹被轻易地抚平了，经过一番向上的提拉，松弛的眼袋和皮肤也变得紧实而饱满。然后，她双手按住唇角，朝两边一拉，之前的一张小嘴变成了朱莉娅·罗伯茨那样的大嘴，最后再把眼角向上微微一拉，一张如模特般的脸就被塑造了出来。

这一系列动作，是在三分钟内完成的。

“琉璃”从皮包里拿出一面小镜子，满意地看着自己的杰作，堪称完美。几分钟前的那个老太太，已经从这个世界上彻底消失了，替代她的，是一个时尚感十足的大嘴美女。

皮包、假发、矿泉水、脱下来的衬衣和棉麻裤，所有的东西都被装进了大帆布包里。“琉璃”挎着这个包，从单间里出来，离开了卫生间。

除了脚下那双款式普通的黑色皮鞋没有换，他全身已找不到跟“老太太”有关的任何痕迹。这双鞋已无足轻重，他相信任何人都不可能把两者联系在一起。

“琉璃”闲庭信步地离开了商场，走到门口的时候，他看到了呼啸而至的两辆警车，心中暗笑，你们慢慢折腾吧。

解决了心腹大患，他的心情十分愉悦。如果不是考虑到还有重要的事要做，他甚至想在马路对面的饮品店点杯果汁，看对面广场即将上演的好戏。按警察的办案程序，肯定会立刻调出商场内的监控，从而得知“老妇人”进了卫生间，但他们不可能知道卫生间里发生了什么，更是永远都想不通，“老妇人”消失到了何处。

威胁他的人居然是出租屋里的那个中年大叔，这一点还是颇让“琉璃”感到意外。这个人看上去不像是特异人，那他是怎么知道自己的秘密的呢？

难不成出租屋里安装了监控摄像头？他想到了这种可能性，并为自己的后知后觉感到懊恼。

不管怎么样，那个见鬼的群租房，他不打算再住在里面了。虽然表面上已经除掉了威胁他的人，但“琉璃”总有一种感觉，事情并没有结束，那个群租房以及住在里面的人，还隐藏着别的秘密。应对之策，是赶快离开这个是非之地。

现在的重点是，怎么把韩敏也带走。他盘算着下一步计划。

很快，**“琉璃”想到了一个绝妙的主意**。

“琉璃”——此刻是大嘴美女——转过身，朝刚才出事的那家银行走去。

银行的门口，此时已经围满了人，很显然，路过的人们都已经知道了这家银行刚才发生了枪击案的事。银行门口围起了隔离带，不准任何不相关的人靠近事发现场。

“琉璃”假装成一个不知情的过路人挤到人群当中，他观察到，很多人拿着手机，拍摄现场的情景。在网络信息时代，这样的新闻会在一两个小时之内传遍全市乃至全国。

不一会儿，医院的救护车赶到了。医护人员抬着担架进入银行，不多时，中年男人的尸体被抬了出来。

人们发出惊呼。虽然银行的保安和在场的警察都在制止民众用手机拍摄，但他们管不住这么多人，还是有不少人用手机记录下了死者被抬出来的一幕。

“琉璃”赶紧掏出手机，挤到前面，对着中年男人的尸体一阵猛拍。他相信，至少有几张照片抓拍住了能看出中年男人样貌的清晰照片。

达到目的后，他挤出人群，十分满意地查看着拍摄的照片。他选择了其中几张最清晰的照片，用新注册的 ID 发送到各个社交网络平台。

现在，他需要变回“安然”的角色。“琉璃”打了一辆车，的士行驶到出租屋附近，他示意司机在一个公厕前停车。很显然，他不可能回到出租屋之后才变成安然。这个公厕是理想的“变身”场所。两个小时前，他就是在这里变成“老太太”的。

十分钟后，安然从卫生间里走了出来。“大嘴美女”这个虚构的角色，又从世界上消失了。这一次，不用像刚才那样麻烦，“琉璃”只改变了面部容貌，衣服、包包都跟刚才一样。他深信没有任何人注意到，卫生间一进一出的两个人会有什么关系。

然而，他自信过头了。

他没有意识到，自己犯下了一个致命的错误。

二十七

“蝙蝠怪”和“蜥蜴人”

黎芳不知道陈忡为什么突然停下了脚步。她刚才埋着头走路，没有看到黑暗中那双恐怖的眼睛。况且手电筒的光，只是一晃而过，并未在那眼睛周围的区域停留。

但即便只是零点几秒，陈忡也可以百分之百地确定，那不是别的可能引起误解的东西，而是某种生物的眼睛。

石头城附近的山林里，有一种可怕的怪物出没。

莫海燕说过的这句话，此刻回响在陈忡耳边。霎时间，他被一种油然而生的恐惧感所笼罩。

黎芳本能地感觉到了不对劲儿，她用耳语般的声音问道：“怎么了？”

陈忡没有说话，而是紧紧地抓住了她的手。这个动作代表他发现了危险的事物。黎芳接收到了这一信息，她屏住呼吸，惊骇地瞪大了眼睛，可她什么都没看到。

树丛中响起窸窸窣窣的声音，有什么东西正在从茂密的树木中钻出来。

树林里有山猫、狐狸，或者猞猁、黄鼠狼……别紧张，也许不是“那东西”，也许……

还没来得及进一步自我安慰，一种大型动物已经爬到了陈忡和黎芳的面前，手电筒的光不由自主地照到了它的身上。这一下，他们俩都看清楚了，惊恐的尖叫声被憋在了喉咙里，使他们发不出声音，也动弹不得。

趴在地上的，貌似是一个人形的怪物。但肯定不是人，因为它的背后长着蝙蝠那样的黑色翅膀，头颅又像某种犬类，两条蜷缩的手臂像老鼠的爪子，这怪胎仿佛是从地狱溜出来的生物，身上散发着污水坑中那种令人作呕的恶臭。此刻它昂着头，瞪着面前的两个人。

陈忡和黎芳惊恐不已，两人把彼此的手都快捏碎了，他们的肢体已经在巨大的惊恐中变得僵硬和麻木了。支撑他们没有吓昏过去的，是陈忡手中的一根粗树枝，以及彼此的体温。

时间仿佛短暂地凝固了。这怪物并没有发动袭击，陈忡自然也不敢主动进攻。这种对峙让他产生了一种侥幸心理：会不会这凶恶模样的怪物，并没有看上去那样具有攻击性？

他这样想着，这怪物却突然以迅雷不及掩耳的速度站立了起来，足有一个成年男人那样高。它张开巨口，露出锋利的牙齿，粗壮的后足猛地一蹬，便像弹簧一样跳了起来，朝着陈忡两人扑过去。

生死关头，陈忡爆发出惊人的勇气。他大喝一声，手中的树枝横扫过去，不偏不倚地击中了怪物。这东西发出令人胆寒的怪叫，不知道是被打疼了，还是激怒了。

“快——跑！”

陈忡大吼一声，黎芳才从惊骇中反应过来。他们同时转身，不分方向地夺路而逃。怪物嘶吼了一声，再次趴到地上，奋力疾追。比较起双腿奔跑，它更适应的是贴地爬行。

这是他们今天晚上第二次奔逃了，比较起上一次，这次的恐惧心理显然更甚。被那两个男人绑架，总不至于立刻丧命；可若是被这怪物抓住，恐怕几秒之内就会被撕成碎片。

陈忡回头张望，看到怪物和他们的距离在不断缩短。他猜想他们今天难逃一死。

不，与其两个人都死在这里，至少要制造机会让黎芳逃出去！陈忡知道，自己身材瘦小，也不够强壮有力，但他是个男生，保护女生是他必须做的事情！

在体力耗尽之前，陈忡停止奔跑，他拿起手机朝怪物砸去，也不知道砸中没有，然后他喊叫着，双手挥舞树枝，打算跟怪物拼命。

黎芳转过身，看到了跟怪物搏斗的陈忡，她瞬间猜到了陈忡的想法，眼泪簌簌而下。她大叫一声："陈忡！"然后捡起地上的石头、树枝，或者任何能用来攻击的东西，朝怪物冲了过去。

陈忡难以形容此时心中的感受，他很想朝黎芳大喊"你快逃命"之类的话，但他了解黎芳的性格，知道她不会听的。泪水也从他的眼里涌了出来，他突然什么都不怕了。拼了！死就死吧！两个人死在一起，也没什么好遗憾的。

怪物的移动速度和反应能力似乎远高于人类，更重要的是，它的眼睛仿佛具有夜视的功能。胡乱挥舞的树枝和投掷的石头对它来说根本构不成任何威胁，它狡猾地躲闪着，等待着这两个人精疲力竭的一刻。那时，就是他们的死期。

长时间的奔逃耗尽了陈忡最后一分力气，他停下来大口喘息。怪物瞅准这一时机，如恶狗扑食一般将陈忡按倒，它张开满嘴尖牙的血盆大口，对准了陈忡颈部的大动脉……

"不！"黎芳发出惊骇欲绝的惊叫，奋不顾身地想要扑上去跟那丑陋恶心的怪物拼命，即便这样做的意义并不大——只是谁先死罢了——她也义无反顾。

然而，令他们意想不到的一幕发生了。**一个巨大的身影抢在黎芳之前，扑向了怪物**。"蝙蝠怪"猝不及防，被掀翻在地。

陈忡和黎芳惊呆了，他们虽然没有看清这个突然冒出来的生物是什么，但有一点是可以肯定的——**它也不是人类。这个生物的身后，拖着一条蜥蜴般的**

尾巴。

黎芳抱着坐在地上的陈忡，两个人瞠目结舌地看着眼前的奇景：**两个怪物厮打在一起**。而后面出现的那个生物显然更加凶悍，它将"蝙蝠怪"压在身下，手臂左右一扯，就把"蝙蝠怪"的一对翅膀活生生扯了下来。剧痛让"蝙蝠怪"发出撕心裂肺的惨叫，但惨叫只持续了两秒，就停止了。因为"蜥蜴人"一口咬住了它的脖子，力道之大，让"蝙蝠怪"颈骨碎裂，当场毙命。

直到这场搏斗结束，陈忡和黎芳才发现，他们错过了逃跑的最佳时机。刚才两个怪物在搏斗的时候，他们应该不管三七二十一先逃走才对，但是强烈的震惊让他们连逃命这件事都忘了。此刻，那身形庞大的怪物回过头来，注视着他们，并站立了起来。

刚才被陈忡丢出去的手机，并没有摔坏。手机屏幕朝上，仍然开启着手电筒功能，这让周围不至于是漆黑一片，也让陈忡和黎芳看到了"蜥蜴人"惊人的面貌。

这是一个人和巨蜥的恐怖结合体。身高有两米以上，蜥蜴头形状的脑袋上，是人的五官和头发，躯干和双臂基本是人类的样子，只不过皮肤是灰绿色的，如犀牛皮一般粗糙和坚硬。它的身后，是一条粗壮的尾巴，与双腿一起支撑着庞大的身体。

这个晚上，他们经历了太多的惊骇和恐惧，以至于"蜥蜴人"一步一步走过来，他们也不打算逃避了。面对之前那个怪物，他们尚有拼命的勇气，而眼前这个更加恐怖的"蜥蜴人"，把他们求生的欲望都夺走了，如同被猛虎追到力竭的山羊，只能被迫接受悲惨的命运。

就在陈忡陷入绝望的时候，他听到身后传来一阵急促的脚步声。扭头一瞧，借助着微弱的灯光，他看清了来者是何人。一瞬间，他被巨大的幸运感包裹住了，希望的曙光唤醒了求生的本能。他在这个晚上遭受的所有劫难，都转化成了惊喜的情绪，随着眼泪和呼喊喷薄而出：**"教……教授！"**

二十八

罗曼的秘密

罗曼教授一言不发地走到陈忡和黎芳面前，蹲了下来，把他们俩一下揽在了怀中。他颤抖着，哽咽着说：“是我的错，全是我的错……我差点就害死你们了。”

陈忡鼻子一酸，几乎忘了“蜥蜴人”的存在，他哭着说：“不，教授，是我……我不该这么任性。”

黎芳倒是保持着清醒，她恐惧地望着“蜥蜴人”，拉扯着罗曼的衣袖，示意眼前还有危险存在。

罗曼望了一眼“蜥蜴人”，说道：**“不用害怕，他是战清。”**

陈忡和黎芳惊愕得张大了嘴，但他们也立刻想到，**这就是特异人战清的“另一形态”**。罗曼问道：“你们怎么会跑到这林子里来？”

陈忡说：“我们租了一辆车，打算前往里县。结果司机和他的同伙起了歹心，想绑架我们。我们逃进了树林，没想到遇到了……”

他本来想说“遇到了怪物”，突然想到此刻正站在他们身旁的“蜥蜴人”战清，又何尝不是一个怪物，于是将后半句话咽了下去。

罗曼明白这是怎么回事了。现在不是详聊的时候，他说道："好了，别说了，我们赶快离开这片树林。"

陈忡和黎芳一齐点头，罗曼带着他们朝森林的边缘走去，战清紧随其后。一路上，罗曼没有打开任何照明或导航的工具，却毫不迟疑地朝着某个方向行走。陈忡也没有问他，为什么能在漆黑的森林中辨别方法，似乎这些细节都不重要了。他只知道，罗曼教授和战清救了他和黎芳的命，并带领他们走出了地狱。仅凭这一点，便足以让他重拾对罗曼教授的信任和依赖。

十分钟后，他们走出了黑暗的森林，来到有路灯的公路上，陈忡和黎芳都有一种重回人间的感觉。罗曼教授走向停在对面的一辆越野车，按下车钥匙上的遥控锁，启动了汽车。他们穿过公路的时候，陈忡忽然有些担心——这条路上有监控吗？难道战清就以"蜥蜴人"的形态走上公路？

他不由得回头一看，赫然发现，**战清不知何时，已经恢复了人类的身体和面貌**。他此刻赤裸着上身，肌肉结实健壮，但比较起之前尼罗鳄般庞大的"蜥蜴人"，身体仍是小了一圈。陈忡想不通他是如何"变身"的，但现在显然不是探讨这一问题的时候。

四个人先后上车，罗曼教授亲自驾车，返回石头城的准五星级酒店。战清坐在副驾驶的位子上，座位上有一件风衣，是他之前脱下的。他披上风衣，并戴上了茶色的眼镜。

这么晚了还要戴墨镜？陈忡感到疑惑的同时，看到副驾驶座位正对着的挡风玻璃前面，放着另一副墨镜。

镜片的颜色，是蓝色的。

战清戴上茶色墨镜之后，把这副蓝色的墨镜揣进了风衣的口袋里。

"这次到石头城，你们不要穿蓝色的衣服，也不要背蓝色的背包。行李里面尽量不要出现蓝色的东西。"——陈忡骤然想起了罗曼教授叮嘱过的这句话，此刻，他明白这句话的意义了。

汽车在二十分钟后行驶到了酒店，回到房间，已经是凌晨十二点了。

陈忡有一肚子的话想和罗曼教授说，他刚开口喊了声“教授”，罗曼就用手势示意他打住：“陈忡，今天晚上我们不探讨任何话题了。你们现在应该做的，是洗一个热水澡，然后好好睡上一觉。明天早上，我在酒店的餐厅等你们，有什么话，我们明天再说吧。对了，你们饿吗？”

之前消耗了那么多体力，陈忡和黎芳自然是饥肠辘辘了。他们一起点头，罗曼说：“酒店是可以提供消夜的，餐单在茶几上，你们自己打电话叫东西吃吧。”

“好的。”

罗曼、战清和黎芳一起离开了陈忡的房间，回到各自的房间。陈忡这才想起，他们的行李全都丢失了——在那两个歹徒的车上。这意味着他没有干净衣服可供更换，黎芳亦然。不过相对今晚的遭遇，这已经是不值一提的小事了。

陈忡进入卫生间，脱掉又脏又臭、被汗水浸湿又风干的衣服，赤身站在热气汩汩翻腾的淋浴花洒之下，全身的毛孔都舒展开了。

之后，他裹着浴袍出来，坐在沙发上翻开餐单，点了一份鸡汤米线，他需要热乎乎的食物来补充能量。

十几分钟后服务员将消夜送到了房间来，惊险之后吃到的第一份食物，美味到了让陈忡感动的地步。

吃完米线，陈忡把汤都喝尽了，他满足地摸了摸肚子，幸福感油然而生。掀开干净舒爽的被子，陈忡钻进被窝，被温暖的倦意所裹挟。这个晚上，他感觉自己经历了从地狱到人间，再到天堂的三部曲。之前的十五年，他从未体验过如此跌宕起伏的人生。回想起来，宛若梦幻。

早上，陈忡在一阵敲门声中醒来。他迷迷糊糊地睁开眼睛，走下床来，打开了房间的门。

站在门口的是酒店的服务生。他提着一个银灰色的行李箱，对陈忡说：“先生，不好意思打扰了，罗曼教授让我把您的行李箱送到房间来。”

陈忡的眼睛都直了，顷刻间睡意全无。这个行李箱，不就是他自己的吗？昨天晚上遗落在了那两个歹徒的面包车上，现在居然完好无损地出现在了面前。陈忡心中生出无限感慨——罗曼教授是无所不能的吗？他又不知道昨晚那两个劫匪是谁，怎么把箱子找回来的呢?

陈忡又惊又喜，谢过了服务生。他关上门，打开行李箱，看到里面自己的物品一样不少，不由得笑出了声来。

穿好干净衣服的陈忡走出房门，他看到隔壁房间的黎芳正好也穿戴整齐地来到走廊上。两人彼此一望，同时露出不可思议的表情。

陈忡拉着黎芳的手，乘坐电梯来到位于酒店一楼的餐厅。他们一眼就看到了坐在靠窗位置的罗曼教授和战清。秋日的阳光从窗外斜射进来，照亮了他们的脸。罗曼教授闭眼享受着和煦的阳光，而西装革履的战清仍戴着那副茶色眼镜，他小口啜饮着咖啡，仿佛昨晚那恐怖的“蜥蜴人”跟他毫无关联。或许那是他黑暗的另一面。

陈忡和黎芳走了过去，跟罗曼教授和战清问好。罗曼睁开眼睛，点了点头，说：“你们先去拿点东西吃吧。”

酒店的早餐是自助式的，种类丰富，中西式皆可选择，但陈忡和黎芳的心思没在吃上面，他们简单拿了些面包、香肠和奶酪，端着盘子走过来，跟罗曼教授和战清坐在一起。

两人很快吃完了早餐，用纸巾抹了抹嘴。陈忡问道：“教授，我和黎芳的行李，您是怎么找到的？”

“你怎么不问，我是怎么找到你的呢？”

陈忡愣了半晌，说：“是啊，昨天晚上，您是怎么找到我们的？”

“这当然跟我的能力有关了。”罗曼叹了口气，“陈忡，有些事情，我本来是想慢慢告诉你的，但这次石头城发生的事——比如你会被那两个记者盯上——让我觉得这也许是天意。我不该再对你有所隐瞒。之前我总认为你才 15 岁，还是个孩子，最主要的任务就是读书学习。现在看来我错了，你有着强烈的探索欲和求知欲，急于揭开身边一些事情的神秘面纱。既然如此，我就满足你的好奇心，把你感兴趣的事情都告诉你吧。”

陈忡望着罗曼教授，他的确很想知道这些事情的真相，却又感受到了教授的无奈——复杂的心情占据他的心头。

罗曼说："其实昨天晚上，我和战清已经当着你们的面，使用过我们的能力了。**战清是具有变身体质的特异人，变身的触发条件就是**——看到大面积的蓝色。他的另一种形态，你们见过了。"

陈忡和黎芳斜睨旁边寡言少语的战清，他毫无反应地喝着咖啡，仿佛罗曼教授在谈论的是另一个人。这种自若的态度，反倒让偷瞄他的陈忡和黎芳感到尴尬，他们收回了目光。

其实陈忡很想问什么叫"变身体质"，但他实在是不想当着战清的面讨论这个问题，特别是在战清毫无交谈欲望的情况下。当面谈论某人，这个人自己却不参与，是一件十分怪异的事。鉴于这个原因，陈忡只能把问题咽了回去。他在心中猜想，所谓的"变身体质"，大概就是类似**狼人**的状况吧。

罗曼也无意继续探讨关于战清的话题——**每一个特异人对自己的能力都是讳莫如深的**。所以接下来罗曼说的，代表了他极大的诚意："我的能力，相对要隐蔽一些。陈忡，你想过没有，当初，我为什么知道你在懋县，又怎么会知道你是特异人？"

陈忡之前并不是没有思考过这个问题，现在经教授一提示，他便猜到了几分：**"您的能力，就是找出世界上哪些人是特异人？"**

"你很聪明。"罗曼说，"没错，**我能'闻'出特异人身上散发出的特殊味道。**"

陈忡不由自主地吸了吸鼻子，然后跟黎芳对视了一眼。黎芳一脸茫然，她从小就认识陈忡，从来没觉得陈忡身上有什么特别的气味。当然她知道，这是罗曼教授的特殊能力，一般人肯定是闻不出来的。

陈忡明白了："所以，昨天晚上您就是循着我的气味，找到了我们？"

罗曼点头："不仅是昨天晚上，任何时候，你在任何位置，我都知道。我的鼻子就像一个 GPS 定位器，能准确感知身边的人所处的位置。所以你现在应该知道，悄悄跟踪和调查我，是多么不明智的一件事了。"

陈忡惭愧地低下头："那您为什么不直接告诉我们呢？"

罗曼说："我不想让你们觉得，一直生活在我的监控之中。现在有一种儿童定位手表，小孩戴上之后，家长就能随时掌握他们的位置和动向。对小孩来说固然是一种保护，但是也一定程度地丧失了隐私和自由。

“陈忡，你现在知道，我为什么不愿告诉你我的能力是什么了吧？因为知道了这些事，你们的心里多少是会有一些不舒服的。大家都知道‘难得糊涂’，可是有几个人能真正领悟这句话的含义呢？”

陈忡埋着头，心情复杂。片刻后，他仰起脸说道：“教授，我知道您的苦心了。事实上，要不是您有这样的能力，我和黎芳昨晚已经丧命了。”

罗曼说：“我想给予你们最大限度的尊重和自由，但你不是普通人。这次的事，只是偶发事件。你不知道，有多少人在暗中窥探着你。所以我以前说过，你只有待在我的身边，才是最安全的。你现在明白了吗？”

“我懂了，教授。”

罗曼微微颔首。

“可是教授，您是怎么找到那两个意图绑架我们的人的呢？”陈忡问。

“只要跟你接触过的人，身上都会有你的气味，所以要找到他们，一点都不难。”

“那……您不会是只向他们要回了我们的行李吧？”陈忡试探着问道。

“你希望我怎么做呢？”

陈忡一时哑然。

“对于这种恶徒，我当然要教训他们一下。至于是什么方式，你不必了解。总之我没要他们的命就是了。”罗曼说。

“嗯……”

沉吟片刻后，陈忡问道：“教授，**昨晚森林里袭击我们的，是什么东西**？”

罗曼和战清交换了一个眼神，望向陈忡：“你想知道吗？”

“教授，我明白，您不希望我探究这些事，但是……”

“你想知道吗？”罗曼打断他的话，再次问道。

陈忡迎着他的目光，跟罗曼教授对视了几秒，然后笃定地回答道：“是的，我很想知道。”

罗曼站了起来，摊开双手：**“那么，走吧，我带你们去大开眼界。”**

二十九

地下生物研究所

罗曼、战清、陈忡和黎芳四人乘坐电动车来到古城小巷——Green Island 西餐厅的门口。西餐厅跟往常一样处于营业状态，也跟往常一样生意冷清。罗曼推开玻璃门，四个人一起走了进去，店里除了服务员，一个客人都没有。

陈忡和黎芳是第一次跨进这家店，他们发现这里的布置和格局跟一般的西餐厅没有什么不同。年轻的服务员迎了上来，还未开口，罗曼便摆了下手，说道："我的学生，带他们参观一下。"

服务生立即会意，退到了一边。

罗曼带着他们走进了西餐厅的后厨。这里收拾得很干净：金属的水槽和台面、摆放整齐的瓷盘、洁净的灶具和平底锅、装满食物的冷鲜柜。罗曼一边走，一边说道："过会儿这里就要忙碌起来了，厨师要准备十几个人的午餐。"

陈忡好奇地问："一会儿有客人要来？"

"不是。你看到门口的牌子了吗？每一样菜的价格都贵得离谱——这当然是故意的，目的就是拒人于千里之外。这家营业中的餐厅显然是个幌子，相信你们早就看出来了。”罗曼说，“实际上，它是我们的内部食堂。”陈忡露出恍然大悟的表情。

他们走到了一个类似储物间一样的房间门口。罗曼拉开门，出现了一部电梯，他回头说道：“没有想象中那么神秘，对吗？”

“这部电梯通往地下？”陈忡猜到了。

“是**地下生物实验室**。”罗曼补充道，然后按下了电梯的下行键。

电梯门打开，他们进去后发现楼层的选择只有“1”和“F1”两项。显然这部电梯的作用，就是连接地面和地下的秘密实验室。

电梯下行到负一楼，电梯门打开，映入眼帘的是一块招牌，上面印有国际通用标志“☣”，下方用英文和中文两种语言标注着：

Biological hazard

生物性危害

招牌的下方还写着其他注意事项：

封闭区

闲人勿进

注意

畸形生物

任何工作人员，未获得授权，不得擅自进入1~9号实验室

陈忡看到这块招牌，背上感到一阵凉意。特别是“畸形生物”四个字，让他想起了昨天夜里袭击他们的“蝙蝠人”。他很自然地想到，那怪物是这个地下生物实验室的产物。

罗曼从衣服口袋里掏出一张卡片，插到“招牌”旁边的门缝里。随着一声清脆的响声，只见光一闪，门便打开了。直到这时，陈忡和黎芳才意识到，这根本不是什么招牌，而是实验室的大门。

黎芳感到紧张和不安，她抓紧了陈忡的手。陈忡摸到了她手心的汗，知道她在担心什么。罗曼见他俩并没有立刻跟随自己进门，说道：“怎么，害怕了？现在后悔还来得及，我们可以马上乘坐电梯上去，选个靠窗的位置喝杯咖啡，下午你们继续去画室画画。”

陈忡知道这是不可能的，起码他不可能，至于黎芳——他望向了她，发现黎芳的表情变得坚毅了。他读懂了她的表情，正如她多次表白过的那样：你去哪儿，我就去哪儿。

“没事，教授，我们很乐意参观您的实验室。”

罗曼笑了一下：“那好，跟我来吧。”

展现在他们眼前的，是一个巨大的地下空间，估计有几千平方米，看起来像某家大型医院，因为这里的工作人员都穿着白色的工作服，戴着口罩。整个生物实验室是圆形的，中间是一个圆柱形的玻璃房，像一间小型的航空地面指挥中心。里面是围成一圈的电脑控制台，每台电脑都在发光，屏幕上显示着数据，但绝大多数屏幕上显示的是各个实验室的视频画面。由于他们离得较远，看不清画面是什么。而这些实验室——也就是门口那块招牌上提到的“1 ~ 9号实验室”，呈扇形分布在眼前。然而陈忡很快就注意到，这些像手术室一样的房间，并不止九个，还有一些有其他用途的房间。

比如左手边第一个房间，就引起了陈忡和黎芳的注意，因为他们看到白色大门上写着“**萃取室**”的字样，但由于大门紧闭，除了这三个字引起的联想，无法让人获得任何信息。陈忡也没法提出“我们能不能进去看看”这样的要求。他知道，这里是严谨的科学实验室，不是新开张的购物中心。

“这个地方没有专门的接待室，很显然这里是一个秘密生物实验室，是不欢迎游客的。”罗曼介绍道，指着右边的第一个房间说，“到我的办公室来坐坐吧。”

和实验基地所有的房门一样，这个房间也要用安全卡才能打开。

他们走进这个无窗的房间，却丝毫没有感觉到压抑憋闷，反而觉得呼吸顺畅，这显然跟整个实验基地安装的空气循环系统有关。罗曼教授的办公室，保持着一如既往的格调和品位。风格是极简主义的：舒适的布艺沙发，墙上是两幅冷色调的抽象画，北欧风格的原木茶几上摆放着一个造型别致的玻璃鱼缸，色彩斑斓的小鱼在水草中游弋，让整个空间都变得灵动起来。

“坐吧，”罗曼招呼道，然后神秘地一笑，“**等你们的一个朋友过来**，我们就一起参观。”

“我们的……朋友？”陈忡愕然。他想不出这个地方怎么可能会有他们的朋友。

话音刚落，战清带着一个女人走进了这个房间。陈忡和黎芳“啊”地叫了出来，这个人不是别人，正是之前跟他们接触的记者**莫海燕**。

“陈忡，黎芳。”莫海燕跟他们打了个招呼，然后局促地望向罗曼教授。罗曼说道：“过来坐吧。”

“谢谢。”莫海燕坐到了沙发的右侧。战清坐在她身旁。她看起来十分老实，神情中似乎带着一丝歉疚。

“你怎么会在这儿？”陈忡问道。

“我……”莫海燕露出难以启齿的表情，她瞄了一眼罗曼。

“两天前，莫小姐只身来到 Green Island 西餐厅。服务生为她提供了咖啡和甜点，没想到这位大记者感兴趣的并不是我们的咖啡，而是我们的秘密。她借口去卫生间，却溜进了后厨，并顺利地找到了通往地下实验室的电梯。”罗曼带着嘲讽的口吻说，“也不知道这位大记者当时是怎么想的，也许是好奇心战胜了一切，居然连最基本的常识都忘了——就算是商场的电梯里，也会装有监控呀。何况是通往秘密生物实验室的电梯呢？所以毫无疑问，她刚出电梯，就被我们的工作人员给抓住了。”

罗曼遗憾地耸了耸肩，莫海燕则羞红了脸，低着头，眼睛注视着左脚尖。

罗曼说得轻描淡写，陈忡和黎芳却听得有些心惊胆战。陈忡不禁问道："然后，您就把她关在了实验室里？"

罗曼盯着陈忡："何止是关在这里，我还严刑拷打她了呢。"

陈忡打了个寒噤，罗曼却笑了出来，随即发出一阵爽朗的大笑。

莫海燕赶紧解释道："陈忡，罗曼教授是逗你玩的。他当然不可能这么做。我是闯入者，他们询问我，也是合情合理的。但是教授一点都没有为难我，他只是谴责了我的行为，告诉我擅自闯入生物实验基地的危险性。令人感动的是，教授还提供了我酒店级别的住宿和餐饮。他希望我在这里好好反省一下。"

"住宿？"陈忡困惑地说，"这里还有套房吗？"

"当然有，"罗曼说，"你以为在这里工作的科学家们就不用睡觉吗？或者他们会跟普通的上班族一样，每天下班后乘坐公交车和地铁回家，第二天从西餐厅进入这里打卡上班？"

陈忡尴尬地笑了笑，觉得自己似乎问了一个很蠢的问题。

"好了，不扯这些闲话了。现在我们都坐在这儿，是不是应该把之前的那些误会全部澄清？"罗曼说。

"当然，教授。"莫海燕满怀歉意地说，"实际上，**我已经知道事情的真相是什么了**。"

"但是陈忡和黎芳还不知道。"罗曼说，"你之前掌握的信息和做出的猜测误导了他们，让他们差点以为我这里是一个人口贩卖中心。"

"教授，我真的……非常抱歉。"

罗曼无奈地叹了口气，对战清说："你去把'**他们**'叫过来吧。"

"好的，教授。"战清起身离开了。

不一会儿，他领着六个身穿白色工作服的年轻科学家进来了。他们站成一排，而罗曼教授也从沙发上站了起来，走过去拍着他们的肩膀说："**这就是近半年来，在石头城'失踪'的六个人**。没错，他们都在我这里。"

陈忡和黎芳怔怔地望着这六个年轻的学者，而莫海燕估计之前已经见过他们了，并未显得吃惊。他们六个人的平均年龄大概在 30 岁，其中有两位是女性。

罗曼介绍道："站在你们面前的，是国内最年轻和优秀的生物学博士，是这个领域最杰出的顶尖人才。他们怎么会集体'消失'在石头城这个地方呢？答案很简单——是我邀请他们来的。我的团队，需要像他们这样的杰出人才。而他们，也对我研究的课题具有浓厚的兴趣，所以才会从全国各地汇聚至此。"

六位学者微笑着点头。罗曼继续道："唯一的问题是，这份工作的隐秘性让他们没法像普通工作者一样，告知亲朋好友，他们在何处进行着怎样的研究。我们签订的保密协议也是不允许透露这里的任何信息的，所以他们只能瞒着身边的所有亲人朋友，只身来到石头城，然后'消失'在了这里。给外界造成的感觉，就像是失踪了一样。"

罗曼转身面对六位学者，微微欠身向他们表示歉意和敬意："真是抱歉，给你们带来困扰了。"

其中一位戴眼镜的男学者说道："不，罗曼教授，您千万别这么说。能进入您的团队，还能在这里进行生物研究，是我们莫大的荣幸！**我们现在正在做的事，这项伟大的研究……**"

他明显激动了起来，脸上泛着红光，但是又似乎突然意识到了什么，止住了刚才的话。"这是我们学习这么多年生物学的意义所在。**世界上没有比这更吸引人的事了。我相信，全球任何一个科研机构的项目，都无法跟我们正在从事的研究相提并论。**"

罗曼教授微笑着示意他不用再说下去了："很高兴你们如此热爱这份事业。好了，不耽搁你们的时间了，你们回去继续工作吧。"

六位学者礼貌地告退了。陈忡呆呆地望着他们，被刚才那位男学者说的话深深地吸引了。**一项伟大的研究……全世界最吸引人的事——会是什么呢**？

罗曼关上房门，对陈忡和黎芳说："你们现在知道'失踪之谜'的真相了吧？"

陈忡点头表示明白了。少顷，他皱了皱眉，望向莫海燕："那你跟我说，其中一个失踪者的母亲无法接受儿子失踪的事实，天天郁郁寡欢，气出了癌症——这是怎么回事？他们就算无法透露自己的行踪，总可以让家人知道自己还活着吧？”

莫海燕的脸红到了脖子根，她窘迫地揉搓着手，像做错事的孩子一样说道：“陈忡……对不起，那是我编的故事，不是真实的。我这么做，是想套你的话，利用你的善良……来达到我自己的一些目的。”

“比如，帮你们暗中跟踪和调查罗曼教授？”陈忡愤怒地从沙发上站了起来，“你怎么能这么做！”

莫海燕看上去快哭了，她不停地道歉：“对不起，真的对不起……”

罗曼走到陈忡身边，拍着他的肩膀，跟他一起坐下。

沉寂了一刻，罗曼对莫海燕说道：“你也不必道歉了，人都是会犯错的。其实我也做了对不起你们的事。”

陈忡望向罗曼教授，不知道他所言何事。而沉默寡言的战清此刻说道：“不，教授，那是我的错，跟您没有关系。”

罗曼摇头道：“是我吩咐你去做那件事的。”他望向一脸茫然的陈忡和黎芳，“那个男记者的死，是一个可怕的意外。”

陈忡这才知道教授说的是何凡的事。那天晚上，何凡正在和他打电话，却突然遭到了袭击。具体是怎么回事，他并不清楚。

“是我袭击了他。”战清说，“他当时似乎丧失了理智，认为这里有邪恶的东西存在，还要把他掌握的情况发布到网上。这对我们显然是不利的，所以我从他头顶上悄然而至，打算把他弄昏。没想到他十分警觉，我还没有下手，他就抬起头来看到了我，然后从衣服里掏出一把手枪，准备朝我开枪。我为了自保，不得已……咬死了他。”

陈忡和黎芳感到毛骨悚然。战清的叙述，显示他当时处于变身状态。恐怖的画面浮现在他们眼前：一只两米长的大壁虎，在夜色的掩护下隐藏在屋檐下……任何一个突然抬起头来看到这一幕的人，都会被吓得魂飞魄散吧。况且何凡之前就已经失去理智了。让人不解的是，一个记者身上，怎么会有手枪呢？

“事后我才知道，那是一把仿真手枪。”战清说，“可惜已经太迟了。”

“那是我和他一起买的，这种仿真枪在边境地区很容易弄到。”莫海燕难过地说，“本来只想用来唬人，没想到……弄巧成拙。”从她的态度上来看，她似乎已经知道战清是特异人的事实了。

“所以我们扯平了。”罗曼说道，“作为补偿，我让你跟陈忡他们一起，了解这个生物实验室正在进行的秘密研究吧。也不枉费你们苦心调查这么久。”

“这……可以吗？”

罗曼说：“这两天，其实你已经知道我们不少秘密了。既然如此，还不如让你接触到最核心的部分，免得你发挥想象力瞎猜，但是需要你签一份保密协议，没有问题吧？”

“当然，当然。”莫海燕赶紧承诺道，“我发誓，绝对不会把在这里了解到的一切透露出去。”

“对，暂时不能透露。”罗曼强调了“暂时”两个字，“也许有一天，我们还会邀请你们记者来采访和报道呢。但是现在还不是时候。”

莫海燕连连称是。

罗曼从沙发上站起来，对在场的几个人说：**“走吧，我带你们去看一些惊人的东西。”**

1 号实验体

“生物实验是一个复杂的过程，况且你们也不是学这个专业的，所以让我跳过那些晦涩难懂的理论讲解，直接展示成果吧。”罗曼如此解释道。

他们走过“萃取室”和“基因保管室”这两个房间，来到 1 号实验室的门口。罗曼把安全卡插进门缝，绿光一闪，门打开了。

1 号实验室里，现在只有一个男性工作人员拿着一个笔记本在记录着什么。见罗曼一行人进来，他问候道：“您好，教授。”

“你好，吴博士。”罗曼点头致意，“‘**丹尼尔**’今天怎么样？”

“状态很好，进食和排泄都正常，精神状态也很好。呃……除了我认识的战清先生，这几位是……”

“都是我的客人，我特意带他们来参观我们的实验成果。”

“啊，明白了。”

罗曼教授和这位吴博士说话的时候，初入这个实验室的陈忡、黎芳和莫海燕三个人，被眼前的景象震撼到了。这根本不像是一间实验室，倒像是一座水族馆。超大弧形亚克力玻璃展示窗仿佛把人带入静谧而瑰丽的海洋世界，展示缸里游弋着地球上最富典型性、代表性海域的观赏鱼类：银白色的竹叶鱼，典雅的圆斑拟鳞鲀，斑斓飘逸的帆鳍笛鲷，色彩绚丽的蝴蝶鱼，以及鹰嘴鳐——这个已在地球上存在一亿多年的古老生物，它们像轻盈的精灵悄然划过。大海龟悠闲地荡着清波，小丑鱼在海葵和珊瑚群中穿梭、觅食……

然而，让他们感到惊奇的并不是这个“水族馆”或者其中的海洋生物，而是这个巨型水缸上方的事物。

这个“玻璃缸”是由上下两部分组成的。百分之七十的部分，是下方的海水和海洋生物；而被亚克力玻璃板分隔开的，上方百分之三十的部分，是陆生动物的活动区域，而里面唯一的动物，是一只成年**黑猩猩**。

陈忡猜想，这只黑猩猩或许就是罗曼教授和那个吴博士所说的“丹尼尔”。他们俩此刻都仰着头，目光聚集在它身上。很明显，与这只黑猩猩比较起来，下方水中的海洋动物都是配角。

“这是第几天？”罗曼问吴博士。

“改造后的第139天。”吴博士一口报出准确的数字，显示他对实验的进展了如指掌。

改造？陈忡并未看出，这只黑猩猩跟一般动物园里的黑猩猩有什么区别。它此刻盘腿坐在玻璃板上，对下方游弋的鱼类和海龟并无兴趣，显然这一景致对它而言已经失去了新鲜感。片刻之后，它站了起来，直立行走，玩耍顶部设置的人造树藤和秋千，行为举止确实与普通黑猩猩无异。

同样的茫然也写在黎芳和莫海燕脸上。罗曼解说道：“倭黑猩猩是类人猿中基因与人最接近的，这是我们选择它作为实验对象的原因。你们看出它的特别之处了吗？”

“比普通猩猩更……聪明？”莫海燕试探着问道。实际上她压根儿没看出这黑猩猩特别在哪儿。

“得了吧，又不是《猩球崛起》。”罗曼提示道，“想想看，它下面的‘大鱼缸’，总不会是让它看着解闷的吧。”

他们三个人也知道这特殊的水族箱肯定是有所用意的，但就是参不透其中的联系是什么。训练黑猩猩游泳？这答案太蠢了，简直没法说出口。

陈忡挠着头，不解地望向教授。罗曼笑了一下，对吴博士说：“让我们的客人大开一下眼界吧。”

“好的，教授。”

吴博士从白色工作服中取出一个遥控器，对着水族箱按下一个按钮。只见分隔“陆地”和“海洋”的玻璃板像电梯门一样朝两边收缩，猝不及防的黑猩猩掉入了水中。吴博士再次按下同样的按钮，玻璃板又像电梯门那样关闭了。

陈忡惊得说不出话来，站在他身边的黎芳和莫海燕亦然。海水几乎是到了水族箱的顶端，这意味着黑猩猩完全没有呼吸的空间。正常情况下，它很快就会溺水而亡。

“这是？”陈忡愕然地望向罗曼教授。

“别紧张，仔细看。”

黑猩猩在海水中翻腾，它不是人类，无法从其表情中看出它是否痛苦。但陈忡觉得它是在挣扎，痛苦地挣扎，那是竭力想获得氧气的表现。陈忡皱起眉头，似乎他的呼吸也变得艰难了。他再一次望向罗曼教授，但教授的眼神传达出的意思是：等着瞧吧。

黑猩猩仍然在水中扑腾着，时间一秒一秒地过去，眼看着它的肺活量就要达到极限了。陈忡和黎芳都露出焦虑的神情。

接着，事情发生了。

陈忡看到了，身体不禁向后摇了摇。“天哪……”他震惊地捂住嘴巴，“这，这是……”

旁边的黎芳和莫海燕也张口结舌，下巴仿佛黏在了下颚上。战清望着他们，心中暗笑。第一次目睹这事时，他的反应也差不多。

水族箱里的黑猩猩，当着他们的面，双腿并拢，化为了鱼尾。这魔法一般的画面就发生在一两秒钟之内，他们甚至没有看清猩猩的腿变成鱼尾的过程。而现在呈现在他们眼前的，是地球上从未有过的奇异生物——上半身是黑猩猩，下半身是儒艮那样的鱼尾。这物种该叫什么，“猩人鱼”？

罗曼教授观察着他们三个人的表情，颇有几分得意。他就知道他们会是这样的反应。任何人看到这一奇景，都会呆立在玻璃幕墙面前，心情久久不能平静。

丹尼尔看上去已经适应水中的形态了。它并没有对自己突然转化出的鱼尾表现出惊讶，显然这不是它第一次“变形”了。此刻，它摆动鱼尾，追踪着一只海龟，和水里的动物玩闹嬉戏起来，没有表现出任何不适。

陈忡足足看了十分钟，才从震惊中慢慢回过神来。他望向罗曼：“教授，这只黑猩猩……”

“**经过基因改造**。”罗曼接着说，“**我们给它植入了另一种生物的基因**。”

“一条鱼……的基因？”

罗曼笑了起来：“当然不是。如果是这样的话，它只会同时具有猩猩和鱼这两种动物的形态和特征。而不会是像你们刚才看到的那样，在陆地上是一种形态，在水中则变成了另一种形态。”

说到这里，陈忡一下明白了。

“你们把……**特异人的基因**，植入到了黑猩猩的身体里？”他瞪大眼睛，声音颤抖地说道。

“没错，**准确地说，是‘鲛人’的基因**。”罗曼说，“记得吗？我在课堂上曾暗示过你们，世界上有‘鲛人’存在。现在你知道了，‘鲛人’就是特异人的一种。”

“这么说，你们抓到了一个‘鲛人’？”莫海燕脱口而出。

罗曼不悦地望向她：“什么叫‘抓到了’？我重申一遍，‘鲛人’也好，其他特异人也好，他们不是自然界的野生动物，而是人类中的一部分，只不过他们具有特殊的基因罢了。尊重并认识他们的价值，是我们进行此项研究的前提。”

“对不起……”莫海燕知道自己说错话了。

“出于对特异人的保护，我无法透露关于‘鲛人’或者其他特异人的信息，但我可以告诉你们的是，我们所进行的所有研究，都是得到了他们的同意和支持的。”罗曼说，“我找到这些特异人，把我们所要进行的实验的来龙去脉跟他们解释，他们都表现出了极大的兴趣，立刻想要参与进来。”

吴博士在一旁补充道：“将特异人体内的原始 DNA 萃取出来的过程，不会对他们造成任何伤害。这项技术源于罗曼教授多年的研究，是生物工程的伟大创举。”

“那么，你们是怎么把萃取出来的特异人基因植入实验对象的呢？”陈忡问道。

吴博士用眼神征询罗曼的意见，得到后者的许可后，他说道：“**静脉注射**。引入外源基因，让新的基因得以在生物体内起作用，以干预其生物特性。当然这只是通俗化的说法，实际情况比我描述的要复杂一百倍。”

“这项研究的意义是什么？”陈忡问道。

吴博士露出惊讶的表情，仿佛陈忡问了一个十分冒失和愚蠢的问题。随即他想到了什么，问道：“罗曼教授，我猜他们目前**只参观了 1 号实验室**，对吧？”

罗曼点头，然后对陈忡说：“这项实验的意义就是，制造出你眼前的这种奇异生物，增加动物园和水族馆的人流量和门票价格。”

陈忡的脸红了，他知道罗曼教授是在开玩笑，因为这句话明显带有讽刺意味。

罗曼的脸绷了几秒，扑哧一下笑了出来：“对不起，我控制不了自己。这样，我们还是继续看下去吧，这样你们才能有一个总体的认识。”

继续看下去？难不成这条“猩人鱼”还会长出八条章鱼腿来不成？陈忡的脑子里产生了疑问。

实际情况当然没有这么离奇。只见吴博士操纵着遥控器，玻璃隔板再次打开，而最上方的顶部，一只金属手臂降了下来，提着一串香蕉。

“丹尼尔只是形态发生了改变，饮食习惯没有变。它拒绝吃鱼，以及水里的任何东西。”吴博士说道，“香蕉和杧果永远是它的最爱。”

丹尼尔不是第一次下水了，而它更加适应的，显然还是在陆地上生活。看到玻璃隔板打开，它清楚水下活动结束了，于是摆动着鱼尾游到水面上。宽大的鱼尾在水中发力，让它一跃而起，双臂抓住了顶部垂下来的树藤，悬挂在空中。吴博士按下遥控器，玻璃隔板合拢了。丹尼尔仍然抓着树藤，并没有立刻跳下来。

原因是，它的腰部以下，仍然保持着鱼尾的状态。现在放手，只会让它摔在玻璃隔板上，无法站立或坐下。

接下来让人关心的问题，显然就是双腿如何变回来了。吴博士按下遥控器上的某个按钮，顶部开始吹出暖风，迅速烘干了黑猩猩的身体。在它全身的毛发都被吹干的同时，鱼尾从中间一分为二，变成了长着毛发的黑猩猩的双腿。丹尼尔跳了下来，走向金属手臂，抓过那一串香蕉，把其中一个剥皮，大口吃起来。

这时，陈忡忽然想到一个常识性的问题："刚才在水中……就算它的双腿变成了鱼尾，也不可能因此变得能够在水中呼吸呀。"

"好问题。"罗曼教授赞赏地说道，"在水里，它显然不可能再用肺来呼吸了。所以它的变化，并非只有鱼尾，还有更为重要的一点——长出了**鳃**。"

"在哪儿？"

"就在它的腋下，由于被毛发所遮挡，所以不容易看出来。如果是'鲛人'的话，就会很明显。"罗曼教授说。

陈忡表示理解地点了点头。

罗曼教授转身面向他们："好了，1号实验室的成果展示，到此为止。"

人造特异人

走出 1 号实验室，罗曼说道："走吧，到我的办公室去坐坐。"

"我们……不去看看其他实验室吗？"陈忡问道。

罗曼说："你真把这里当成动物园了？进来的时候你们应该看到门上的特别提示了吧，这里的一切都是绝密，根本不可能对外展示。让你们参观 1 号实验室，已是前所未有的破例——严格地说，这是违反规定的。怎么，你还想把这里逛个遍？"

陈忡垂下头，识趣地缄口不语了。

五个人回到罗曼教授的办公室，再次坐到沙发上。一位女性工作人员送来一壶热茶。罗曼表示感谢，女工作人员出去了，把门关紧，房间里只有他们五个人。

作为一名记者，莫海燕实在是做不到在看完刚才那番奇景后还能保持沉默，她小心地征询道："罗曼教授，我能问您一些问题吗？当然您知道，这仅限于满足我个人的好奇心。我刚才已经签署保密协议了，绝不会泄露这里的一切信息。”

“问吧，”罗曼大度地说，“老实说，我也想听听你们的看法。”

莫海燕兴奋地点了点头，问道：“这项实验，目前仅限于以动物作为实验对象吗？”

“是的。”

“都是黑猩猩？”

“不，也有其他动物。”罗曼沉吟了一下，“**不过，这可能是个错误**。有些动物的生理活性基因与人类只有 85% ~ 95% 相同，选用它们作为实验对象，在理念上太超前了一些……”

罗曼停了下来，似乎陷入某种沉思，莫海燕不敢打扰他思考。

陈忡想起了森林里袭击他和黎芳的那个“蝙蝠人”。那怪物究竟是什么？从形态上来看，它似乎具备人类的某些特征。但刚才教授说，实验对象仅限动物……他不太确定，是否应该询问这个问题。

罗曼好像猜到了陈忡的心思。他说道：“那天晚上袭击你们的怪物，就是从这个实验室逃出去的家伙。它正是我刚才提到的，**失败的实验体**之一。”

“逃出去？”陈忡表示不解。

罗曼说：“鉴于该项实验的隐秘性，我无法告知你，它是由何种实验动物集合哪种特异人的基因生成的。总之在这个实验体的身上，呈现了外来基因对生物体造成的不稳定性。

“接受基因改造的初期，它并没有表现出任何不适。除了这种动物保留的原始特性之外，我们也没有看出它具有何种危害。于是，为了获得进一步的研究数据，我们的工作人员把它带离了实验室——这个地下生物实验室有一条密道，就是通往人迹罕至的森林。

“研究人员希望收集并记录这种生物对外界的适应能力。这是我们犯下的一个错误——忽略了这种动物的原始野性。它之前在实验室，都是由人类喂食的，但是到了大自然中，体内的野性在外部环境的刺激下被唤醒了。它挣脱了工作人员的束缚，逃向了森林深处。

“之后我们试图用各种方法找到和抓住它。但这家伙会飞，而且十分狡猾，抓捕的难度可想而知。它在森林里的这段时间，本地的一些村民见到了这种‘怪物’恐怖的样子。最后的结果是戏剧性的，它袭击了误入森林的你们，而我和战清在找到你们的同时，将这个逃走的实验体‘销毁’了。”

莫海燕是不知道这段剧情的，她望向陈忡他们，脸上露出惊异的神色。

沉吟片刻，陈忡忍不住说道：“可是，那怪物看上去，具有人类的某些特征。”

“那是当然，因为植入它体内的，是人类的基因，会对它的外形特征造成影响。”罗曼说。

“但是丹尼尔……”

罗曼笑道：“丹尼尔是倭黑猩猩，它的形态和举动本来就跟人类比较接近，所以人类的基因并没有让它产生太大的改变。”

陈忡若有所悟地点头。莫海燕接着问道：“教授，我猜用动物进行实验，只是这项实验的第一阶段，对吧？**最终的目的，是将这种基因改造技术作用于人**。”

“没错。”

虽然这个回答陈忡并不感到意外，但他的心还是猛烈震动了一下。罗曼教授望着他说：“陈忡，你刚才问我，这项实验的意义何在，我猜你现在也在思考这个问题，对吧？”

陈忡被说中了心思，点头承认。罗曼说道：“生物工程和基因工程的意义，是让人类的身体突破极限。如何让一个人 30 岁之后还能长高；如何让人的平均寿命达到 100 岁以上，且保证生活质量；如何让人青春常驻，50 岁仍然拥有 20 岁的面庞……这些研究，是世界各国的学者们正在研究的课题。科学的光芒让人类的未来拥有无限可能性。而我进行的这项研究，将‘突破人类身体极限’这一主题推向了极致。

“陈忡，记得我以前和你说过的吗——**上帝创造出与众不同的特异人，是有他的用意的**。特异人的存在，不是让人增长见识、丰富阅历的。他们不该成为茶余饭后的谈资，或者是某些达人节目上的表演者。他们身上的特殊基因，就像从黄花蒿茎叶中提取出的青蒿素一样，是整个人类的福音。这些特殊基因为人类提供了某种可能性——**让我们的生命形态变得更加自由自在、无拘无束**。

“物种的繁殖，其实是一个不断产生微小变异的过程，这种变异是为了适应总在变化的自然。而当今人类，早就不满足于在‘自然条件’下缓慢改变了，我们又不是几千万年前的古猿，科技之光带给我们新的思考。而基因改造，是人类生存方式和生活方式产生质变的重要途径。

“想想看，如果跃入水中，我们的双腿就会变成鱼尾，腋下会长出鳃，那我们就不用依靠潜水服和氧气罐，也能探索美丽的海洋和湖泊。如果我们拥有双翼，那么不用借助滑翔伞，也能在空中飞翔，俯瞰美景。甚至我们能克服严寒、缺氧、高温等极端环境，到达以往无法想象的领域，进行新的探索发现——这样的生活，是不是更能体现生命的价值呢？”

听完罗曼教授这一席话，陈忡几乎呆住了。浮现在他眼前的，是一个幻想般的世界。他难以想象和接受，自己距离这样的世界居然如此接近。这不是童话世界中的奇幻旅程，而是真实世界里的梦想成真。

但正如罗曼教授所说，这项研究及其理念都是十分超前的，因而理性思维很快又将陈忡拉回现实。“可是基因改造，毕竟不是改变一下发型那么简单的。人们会愿意尝试吗？”

罗曼说：“历史上第一架客机首航之前，航空公司在全世界征集愿意乘坐此次航班的乘客，然而最后的结果是，只有四个人愿意用生命来冒险。而现在呢？人们每年乘坐飞机的次数，估计有好几亿次。每一种新事物的出现，都会遭受质疑，这并不奇怪。但我能保证的是，经过严谨的实验和观察，接受基因改造比乘坐飞机首航的风险小多了。”

“呃……何以见得呢？”黎芳小心地探询道，“**难道您已经进行过人体实验了**？”

罗曼教授猛然意识到自己在无意间说漏嘴了。但城府极深的他，并没有流露出不自然的神情，只是解释道：“不，这是我的推测。动物实验的成功，表示距离人体实验的成功也不远了。”

陈忡还是有些担心：“如果人们不愿意接受这种改变，该怎么办？”

罗曼大笑道：“这当然是自愿的。就像我们不可能要求每个人都接受整容手术一样，基因改造当然也是建立在自愿的基础上。”

“就算人们愿意，但基因改造这种事情……合法吗？”陈忡再次提出疑问。

罗曼说：“美国圣巴纳巴斯医学中心生殖医学科学研究所的科学家，利用基因改造技术对不育妇女进行过治疗。这意味着，世界上已经有了第一批转基因婴儿。实际上，早在 1990 年，美国的一名医生就对一名患 DNA 基因缺陷症的 4 岁女孩，进行了人类历史上首次基因移植。这次基因治疗获得了成功，是医学史上的里程碑。

“当然，这些都是将基因改造用于医疗范围的例子，跟我们探讨的让人类拥有特殊能力的基因改造有本质区别。但是我相信，只要让大众了解这项技术划时代的意义，它的合法性会得到承认的。”

不，这种事不可能合法。莫海燕心知肚明。**除非……罗曼教授另有打算。他的手段，就和他捉摸不透的性格一样可怕**。

不过，这不属于她需要关心的范畴。莫海燕很清楚自己所处的立场。她要做的，是配合罗曼教授演完这出戏，然后尽快离开这个鬼地方。活着才是最重要的。何凡的死，对她而言是一个可怕的警告。

何凡的身上，从来没有什么仿真枪。而之前进来的那六个年轻学者，也根本不是她调查过的那六个失踪者。全都是谎言。目的是为了让陈忡相信，他们并没有做违法的事，或者他们对何凡下手，是“迫不得已”。实际上，这些人心狠手辣，简直比恐怖分子还令人生畏。

“莫记者，你在想什么呢？”

罗曼一声询问，让陷入沉思的莫海燕倏然惊醒，她掩饰着自己的慌张，说道：“没什么……我被您描述的情景深深地吸引了。真希望这一天能够早日到来。”

“很高兴得到你的肯定。”罗曼淡然一笑，“你还有什么问题吗？”

“没有了。我想我已经了解得很清楚了。那么……教授，我能离开了吗？”

“当然。我叫战清送你出去。”

“啊……不必，我自己能……”

“没有安全卡，你无法打开大门。”罗曼解释道。

“啊，那就麻烦战清先生了。”

战清站起来，对莫海燕说：“不必客气，我们走吧。”

“莫记者，”罗曼最后说道，“你是除了这里的工作人员和陈忡他们之外，唯一知道这个实验室的秘密的人。其实保密协议什么的，都不重要。关键是，请你别辜负我对你的信任，好吗？”

“当然，请您百分之百地相信，我绝对不会把这里的事透露半个字出去！”莫海燕几乎要发誓赌咒了。这是她的真心话，她知道罗曼的手段。

“好的，那我就不送客了。”罗曼做了一个“请”的手势。

莫海燕和战清离开之后，罗曼望向陈忡和黎芳：“你们呢，还有什么疑问吗？”

“没有了。”陈忡和黎芳一起回答。

“那你们接下来怎么打算？”

“啊？”陈忡没听懂教授的意思。

“还愿意留在我身边吗？我想听的是真心话。”

陈忡沉思了一阵，说道：“教授，我之前误会您了，真的非常抱歉。如果您不怪我的话，我希望能永远待在您的身边，见证您伟大的事业。”

罗曼忽然有些动容，他站了起来，走到陈忡身边，张开双臂。陈忡站起来，与罗曼拥抱在一起。

“那么，以后请相信我，不要再对我有任何怀疑，好吗？”罗曼说。

“好的，教授，我保证。”陈忡说。

罗曼露出欣慰的神色。

“好了，那我送你们上去。回酒店休息，还是去青石画馆，你们自己决定吧。”

“好的。”

“这个地下生物实验室的事，不需要我叮嘱你们保密吧？”

“当然，我们有分寸。”陈忡笑了起来。

罗曼亲自送他们乘坐电梯，目送他们走出 Green Island 西餐厅，才重新返回地下实验室。

战清站在正中间玻璃房的门口等候。

罗曼走过去，问道：“**9 号实验体**呢？”

“刚从您的办公室出来，我就把她送回实验室了。”战清说。

“走吧，我们去看看。”

他们两人走到了 9 号实验室的门口，战清用他身上的安全卡把门刷开，跟罗曼一起进入其中。

一个被隔离的玻璃房内，莫海燕身处其中。她见到罗曼后，冲上前来，双手拍打着玻璃。她的声音从上方的通话器中传出来：“教授，罗曼教授！我已经按您说的去做了，我刚才演得不错吧，陈忡他们绝对没有看出什么破绽来！”

“嗯，不错。”罗曼对莫海燕的演技给予肯定，“你配合得很好，表演也很自然，并没有表现出一副战战兢兢、如履薄冰的样子。”

“那么，我可以离开这儿了吗？”莫海燕带着哭腔说，“您说过的，只要我配合演出，瞒过陈忡他们，您就会放我走！”

“对，我是答应过放你走，但不是现在。”罗曼说。

莫海燕愣了半晌，发出一声嘶吼，泪水像决堤的洪水般涌了出来：“你骗我！你答应了的……我什么都配合了！**我答应和那六个人一样，让你做人体实验！我的基因已经让你改造过了**，你还要我怎样呀！”

罗曼揉了揉耳朵，皱起眉头，觉得这女人发出的尖锐刺耳的声音令他心烦：“你既然知道自己是实验体，就应该积极配合，直到实验结束。到时候，我自然会让你离开的。你要是像现在这般态度，那我重新换一个实验体好了。”

“不，不……”莫海燕知道这意味着什么，她痛哭流涕地说道，“我……配合就是。”她瘫软到地上，像丧家犬一样乞求道，“只是，您能告诉我吗？**您到**

底给我植入的是哪种特异人的基因？我会……发生什么变化？”

“别急，你很快就会知道的，留点悬念不好吗？学学 3 ~ 8 号实验体吧。他们已经适应自己的新形态了，5 号实验体昨天还跟我聊了一些她的感受呢。”

罗曼靠近玻璃房：“刚才，你还对我描述的未来表现出期待和憧憬呢，别口是心非呀。作为第一批‘**人造特异人**’，你应该感到骄傲才对。别把自己当成受害者，你们是这个时代的幸运儿，明白吗？”

说完这番话，罗曼转身离开了实验室。只剩下 9 号实验体——莫海燕——失魂落魄地瘫坐在光滑而冰冷的地板上。

战清陪同罗曼一起回到了办公室。罗曼坐在沙发上，头仰靠着椅背，闭目养神，看上去有些许疲倦。战清站在一旁，双手揣在衣兜里，默不作声，似有所想。

“说吧。”罗曼闭着眼睛说道。

“什么？”战清一愣。

“我闭着眼睛，也能看到你欲言又止的样子。”罗曼说，“你想说什么，只管说就是，何必憋在心里呢？”

战清知道自己的心思又被罗曼教授看透了。他踌躇片刻，说道：“教授，我知道有些事不该我管，您做事也总有您的理由的。但是，不得不说，我觉得您对于‘苔藓人’的重视程度，实在是超出了我的理解范畴。”

罗曼慢慢睁开眼睛，望着战清：“是吗？”

战清点了点头：“我从没见过您如此重视一个人，包括其他同伴，也没有谁得到过您如此的关照和重视。”

“我以前就跟你们说过，‘苔藓人’对我们非常重要呀。”罗曼说。

“对。但他的重要性是什么，让人迷惑。难道仅仅就是他背后生长着价值连城的苔藓？当然这的确是一个重要的因素，因为我们的研究需要大量的资金。但是，这是唯一的原因吗？如果仅仅是出于资金方面的考虑，其他途径也能弄到钱。在陈忡加入之前，不就是如此吗？”

罗曼有些意外地笑了笑：“平时难得听你一次性说这么多话。”

战清说："我只是不喜欢谈论无意义的事。"他顿了一下，"当然，您要是不愿讨论这个话题……"

"不，我很高兴你能对我畅所欲言。你会这样想，意味着齐薇、莫雷他们也会有这种感觉。你们大概都觉得我对'苔藓人'太过偏心了。"

战清说："听说您为了得到'苔藓人'，不惜辞去了大学教授的工作，专程跑到懋县那个小地方去当一个语文老师。为了让他愿意到北京来，您还允许他带上那个叫黎芳的小女朋友，甚至让这个普通女孩，接触到我们最核心的机密。

"这次石头城之行，您本来大可不必带上他们。但似乎只是为了考虑陈忡的感受，您便同意了他提出的要求。结果呢，这小子为我们惹来了麻烦——虽然现在已经解决了，可是这个过程，也让您劳神费心。

"那天晚上，您得知他俩离开酒店，有可能陷入危险后，便紧张到了极点。说实话，我从未见您如此紧张过。而找到他们之后，您表现出的激动和喜悦也绝不是装出来的。当时我就觉得，他对您简直如同至亲一样重要。

"之后，为了把这件事圆过去，您更是煞费苦心地让六个研究人员以及 9 号实验体一起配合演戏。所有的表演，只为了再度获得陈忡的信任。教授——我真是不明白，他到底何德何能，值得您花费如此大的心思在他身上？"

把心里的所有疑惑一吐为快，战清忽然意识到自己说得太多了，几乎是在指摘。他赶紧低下头说道："对不起，教授……我好像说过头了。"

罗曼缓缓摇头："没关系，战清。我了解你，知道你是一个直爽的人。我身边需要一个像你这样的人，敢于对我的做法提出质疑。"

"其实我也不是质疑，只是有些不理解罢了……"

"以后你会理解的。"罗曼说，"正如你所说，我做事一定有我的道理。**'苔藓人'对我们的意义，当然不只是提供金钱这么简单**。但是出于某种特殊的原因，我暂时不能把更深一层的意义告诉任何人，请你理解。"

战清是个性格干脆的人，他立即点头表示明白："好的，教授，我知道了。请原谅我的无礼，其实我早该想到您这么做是另有深意的。"他微微欠身，"我不打扰您休息了。"

罗曼颔首，战清离开了他的办公室，带上房门。

罗曼仰起头，望着白色的天花板出神。

他知道，他没有和战清说实话。刚才的解释，只是一种搪塞。

有一件事，是“集团”所有成员都不知道的。而在“那个时刻”来临之前，他不可能把这个秘密告诉任何人。

届时，基因改造的真正目的，将震惊全世界。

三十二

真假“蒹葭”

跟“蒹葭”见完面后，韩敏回到出租屋，她忽然意识到一个重要的问题——

这个叫左伟的男人，真的是“蒹葭”吗？

之前与左伟面对面聊天，她倒是没觉得有什么不妥。但是现在回想起来，他们的谈话，始终是左伟在引导她回答各种问题，这显然有套话的嫌疑。

当然，他要了解关于自己的一些情况，也是合情合理的。但韩敏遭遇过欺骗和背叛，因此不得不对身边的人——特别是这种主动联系她的人——有所提防。这个人当着她的面展示了自己的能力，他的确是个特异人，但真的是“蒹葭”吗？

他是“木槿”的微信好友之一，说明他之前就和“木槿”保持着联系，这和“木槿”告诉她的情况是一致的。而左伟说，他跟“木槿”的手机都具有卫星定位功能，能知晓彼此的位置，也符合逻辑。既然如此，还有什么好怀疑的？韩敏不禁这样问自己。

然而，她看了一眼握在手中的手机，突然想到：**就像她此刻拿着“木槿”的手机一样，这个叫左伟的特异人，会不会也只是弄到了“蒹葭”的手机，从而冒充他的身份呢**？

如果真是这样，意味着她再一次落入了集合会的陷阱。但是，这毕竟是她的猜疑。如何检验这个想法，是摆在她面前的巨大难题。

现在是下午五点多，韩敏倚靠在自己的床上，复杂的思绪占据她的大脑，让她有些心烦意乱。而此刻，讨厌的短信提示音再次响起，几乎不用看，她也知道是谁发来的。今天已经是她第三次发这样的短信了。

果然，她瞄了一眼手机，看到的是和前两次类似的内容——

考虑好了吗，韩敏，你打算什么时候告诉我事情的真相？

这次还增添了一句——

请你不要挑战我的耐心。难道非得要我把事情告诉警察，让他们来询问你？

可恶的女人！韩敏在心中骂道。这个叫汤丽的女人，一直咄咄逼人地缠着她，逼她讲出王铮死亡的真相。韩敏至今不明白这女人的真实目的是什么。她不要钱，也没有提出其他要求，就是对王铮死亡之谜感兴趣。但王铮是怎么死的，跟她有什么关系？为什么她非要弄清楚不可？

难不成，她也不是普通人？韩敏心中一惊。天哪，我身边到底隐藏着多少秘密？

就在她心乱如麻的时候，房间外响起一阵急促的敲门声。韩敏坐直身子，问道：“谁？”

“我，安然！”

安然的声音听起来有些不对劲，韩敏意识到可能出什么事了。她立即下床，把门打开，看到站在门口一脸焦虑的安然。

“怎么了？”韩敏问道。

安然走进屋来，把门关拢，说道：“你今天下午都待在屋里？看本市的新闻了吗？”

韩敏摇头:“没有,出什么事了?”

“今天下午,卡丹广场旁边的一家商业银行里,发生了枪击案。一个中年男人被当场打死!”

韩敏虽然有些吃惊,但一时没弄明白这件事跟他们有什么关系,茫然地望着安然。

“被枪击的那个中年男人,你知道是谁吗?”安然问。

“谁?”

“就是住在这套房子里的那个中年大叔!”安然叫道。

“啊!”韩敏这次真正感到震惊了,随即问道,“你怎么知道的呢?”

“这件事已经在微信群里炸开锅了。”安然把手机拿出来,点开一个本地的微信群,指给韩敏看,“你瞧,大家都在转发事发后现场的一些照片和视频。”

韩敏接过手机一看,发现群里果然被相关的视频、照片刷屏了。其中一个转发率最高的视频,清楚地展现出了死者的面貌——正是住在这个群租房里的中年大叔!

这个视频,其实是安然拍的。在一个小时之内被转发了上万次,早就无法查证拍摄者是谁了。

韩敏惊愕地张大了嘴,看完这些视频和照片,以及群里七嘴八舌的议论后,她说道:“凶手是一个老太太?她为什么要射杀这个中年大叔?”

“我怎么知道?”安然说,“警方正在侦查中。但我听说,这个老太太逃得很快,目前还没有被抓住,所以现在全城陷入一片恐慌。”

韩敏眉头紧蹙,想到了一些对自己极为不利的事情。

她的身边,又有人死了。

虽然这件事跟她没有直接的关系。但警方应该很快就会发现,这个中年大叔居住的群租房内,几天前才死了一个叫王铮的人。同一套房子内,频繁发生命案。若说是巧合,未免太过牵强。任何人都会想到——这套房子里的某个人,会不会有问题?

上一次幸运地躲过了警察的调查和询问,这次恐怕没这么好运了。她是外地人，又没有身份证，显然是嫌疑最大的一个。要是警察联系到之前关山市火车站的命案……

安然通过韩敏的表情，能猜到她在想什么，知道自己快得逞了。此刻，他故意装出忐忑不安的样子说道："韩敏，我不知道你是怎么想的，但我没法继续在这里住下去了。这套房子里接连死了两个人……虽然那中年大叔不是死在屋子里的，但始终让人感到不安。我打算今天就搬出去。"

"今天？搬到哪儿去？你找好房子了吗？"

"没有，但就算出去住旅馆，我也不想再住在这里了。"

韩敏有些心慌意乱。如果安然走了，自己更会陷入孤立无援的境地。但眼下的情况，她没法说服安然留下了。况且接连发生这样的事，她自己也不想再住在这套"凶宅"里。

安然看出了韩敏的心思，问道："你呢？是继续住在这儿，还是和我一起搬走？"他有意顿了一下，露出为难的神色，"之前你能租这套房子，是我给你做的保证。如果我走了，恐怕租房公司那边，也不会继续租给你了……"

没错。韩敏已经想到这一点了。她问道："那我能和你一起走吗？"

正中下怀，安然抑制住兴奋的心情，点头道："当然，我早就把你当朋友了，所以才问你要不要和我一起走呀。"

"谢谢你，安然。"

"别客气，那咱们现在就收拾东西，赶紧离开吧。"

韩敏点头，两人回到各自的房间，开始收拾行李。其实也没有什么好收拾的，只有衣物和一些简单的生活用品。十几分钟后，他们就背着旅行包，一副整装待发的样子。

韩敏突然想起了段文桀，说道："我们就这样走了？不和段文桀说一声吗？"

"今天时候不早了，我们先去找房子，然后再告知段文桀吧。说不定他见我们都搬走了，也不会再住在这儿了，会搬过来跟我们一起住呢。"安然说。

韩敏想了想，也只好如此了，她点了点头。安然打开房门，赫然看到一个身材瘦高的男人站在门口，挡住了他们的去路。

韩敏和安然同时吓了一跳，而韩敏的惊讶程度比安然更甚，因为此刻出现在他们眼前的不是别人，正是上午刚和她见过面的左伟！

"你……"韩敏望着代号是"蒹葭"的左伟，愕然道，"你怎么会在这儿？"

左伟一只手插在口袋里，另一只手倚靠在门框上。他并没有回答韩敏的问题，而是望着安然，冷笑一声："这么着急去哪儿呀——'**琉璃**'？"

安然的脑子嗡的一下炸了。自己的代号，居然被对方准确地喊了出来，令他心中大骇。这个突然冒出来的男人，他根本不认识，但是仅凭刚才那一句话，他已经猜到了对方的身份——必然是联合会的成员之一，而且极有可能就是"蒹葭"！他瞬间变了脸色，心里大叫不妙，一时说不出话来。

而站在安然旁边的韩敏，更是异常惊诧，她之前从"木槿"口中听说过集合会成员的代号，知道"琉璃"正是其中一员。此刻，突然听到左伟称呼安然为"琉璃"，她心中大惊，她又一次体会到被身边信任的人欺骗的感觉，这让她感到深深的绝望。

"你是……'琉璃'？集合会的人？"

这句话从她麻木的双唇穿过，她睁大双眼瞪着安然。

不行，不能乱了阵脚。这家伙说不定是"诈"我的，他没有证据证明我就是"琉璃"。安然的脑筋迅速转动，露出一脸茫然的表情，说道："韩敏，你们在说什么？什么'琉璃'？这个男人是谁？"

"行了吧，都到这种时候了，还有必要再演下去吗？"左伟靠近安然，逼得他后退了一步，"你以为我没有证据，会随便把一个普通人说成是集合会的特异人？"

"什么证据？我不懂你在说什么……"

"跳过无聊的剧情吧。"左伟不耐烦地挥了下手，然后盯着安然的眼睛说道，"我现在就当着韩敏的面揭开你的真面目。"

"其实，我早就对你有所怀疑了。但你的能力十分隐蔽，很难被人发现。所以我暗中跟踪了你好几回，都跟丢了。一开始我不明白这是怎么回事，后来才想明白，并不是‘跟丢了’，而是你变成了另一个人的模样，大摇大摆地从我面前路过，我也没想到这人就是你。

“可是今天下午，你终于露出了破绽。两点十分，你出门的时候，大概做梦都想不到，有人守在楼下，悄悄监视和跟踪了你。我目睹你进入楼下不远处的一个公共厕所，然后——”

说到这里，左伟望着安然笑了起来：“然后并没有发生什么事，这期间进进出出很多人，我差点又以为跟丢了。但这次我打算付出耐心，于是死守在公厕对面没有离开。结果，我发现了一件很不寻常的事——”

安然盯着这个男人的眼睛，绝望感油然而生，他猜到他要说什么了。果不其然。

“你进入公厕后，两个小时都没有出来。安然小姐，你要是能解释通这件事，我就承认你不是‘琉璃’。”

左伟摆了摆手，用嘲讽的口吻说道：“别说是便秘让你蹲了两个小时啊。”

安然知道自己的秘密已经被对方彻底知晓，整个人呆立在了原地。此时再做任何狡辩，似乎都是枉然了。

左伟继续说道：“这两个小时内，市中心的商业银行发生了枪击案，犯罪嫌疑人是一个老太太。我在网上查到了一些目击者对这个老太太外貌衣着的描述，发现这个老太太正是在你进入公厕不久之后，便从里面出来的那个老妇人。事情发展到这一步，我已经基本清楚这是怎么一回事了。但决定性的证据，出现在两个小时之后。

“这个证据就是——两个小时后，你居然又以‘安然’的形态从厕所里走了出来。而在此之前，一个大嘴美女进入了厕所。她身上穿的衣服和拎着的那个帆布包，跟你完全一样。所以我明白了：老太太、大嘴美女和安然，全是同一个人。这个人显然不是普通人，而是具有‘变身’能力的特异人‘琉璃’。怎么样，我的推理进行到这里有什么问题吗？你有没有什么要反驳的？”

安然怒视着这个揭穿他身份和犯罪手法的男人，心中的怨恨转化为了杀意。事到如今，没必要再进行任何辩解了。但这不代表他输了，他还有最后的反击机会。他的右手，慢慢滑向了左手提着的皮包……

左伟快步上前，一只手按住安然的右手，另一只手做出了一个特别的动作——**食指的指尖，对准了安然的颈动脉**。

他说道：“如果你是想掏出皮包里的手枪，朝我射击，我劝你最好别做傻事。我一秒钟就能干掉你。你不会想要亲身试试我的能力的，我向你保证。”

安然被震慑住了。他不知道“兼葭”的能力是什么，但他的确不敢亲身试验。冷汗从他的额头和鬓角冒出来，他知道这次是真的完了。

然而，事情却发生了令人意想不到的转变。

就在他们三人面对面的时候，之前虚掩的房门被猛地推开了。

一个身穿深色夹克，年纪约 30 岁的男人站在门口，对韩敏说道：**“韩敏，别被这个人骗了，他不是‘兼葭’，我才是。”**

三十三 “蝎人”和“铁甲人”

三个人同时愣住了。

这个人，他们谁都不认识。

而他竟然自称，自己才是“蒹葭”。这戏剧性的一幕，一时让在场的三人都反应不及。

“你是谁？”左伟问道。

“我的本名叫**魏伦**，代号是‘蒹葭’。”此人说道。

左伟撇嘴一笑：“你是‘蒹葭’的话，那我是谁？”

“我不知道你是谁。”这个叫魏伦的男人如是说道，“但是我怀疑，你是集合会的人。”

“如果我是集合会的人，我为什么要揭穿自己的同伴，也就是‘琉璃’的真面目呢？”左伟问道。

“我猜你是为了骗取韩敏的信任，才故意跟‘琉璃’演这出戏的。也许是你们集合会的头子罗曼，意识到屡屡犯错的‘琉璃’已经不适合再待在韩敏身边了，所以才让你来接替他。你们刚才的表演，只是一个‘交接仪式’罢了。”魏伦说。

是这样的吗？安然清楚自己并没有跟谁配合演戏，但他猛然想起，**罗曼教授派了“赤铜”到茶庄市来。而他从来没见过“赤铜”的真面目**。难道事实真是如此？“赤铜”只是为了取代自己，才故意上演的这出戏？一时间，他也糊涂了。

而韩敏，更是彻底陷入混乱之中。她脑子里一团乱麻，站在这里的几个人，是敌是友，她已完全没有方向。

“好吧，我们来理一下。”左伟说，“你说我不是‘蒹葭’，可有证据？”

“证据就是，**你的能力，根本就办不到‘把门从里面上锁’这件事**。”魏伦指着他说道，**“你刚才说的一句话，和你现在的动作，已经暴露了这一点！”**

左伟倏然望向自己的右手，发现右手食指的指尖，正对着安然的颈动脉。他怔了一下，把手指缩了回去。

“迟了。你刚才无意间，已经暴露了自己的身份。”魏伦说道，“如果我没猜错的话，你应该是**指尖能像蝎尾一样蜇人的‘蝎人’**吧。我听说过这种特异人，你的体内有蝎子那样的毒囊，能分泌比蝎毒还毒一百倍的毒液，并通过手指的指尖蜇人。被你蜇到的人，几秒之内就会死亡。所以你刚刚才说出了‘**我一秒内就能杀死你**’这样的话。”

左伟的脸上露出不自然的表情，似乎他的真实情况，被魏伦说准了。

韩敏困惑地望向左伟：“你不是‘磁铁人’吗？你在我面前展示过你的能力……”

“那恐怕是骗人的小花招吧，藏一块磁铁在衣袖里就能办到。”魏伦说，“不信的话，你让他现在马上展示一下‘磁铁人’的能力，看他还能办到吗？”

左伟明显有些慌了，他对韩敏说：“等等，你听我解释，我的确不是‘蒹葭’，但这家伙也不是！”

“够了！到这种时候，你还想狡辩？”魏伦怒喝道，一只手伸到衣兜里，掏出了一样东西。

这是一个透明的方形盒子，里面装着一只彩色的蜘蛛，看上去像是墨西哥红膝鸟蛛。对于某些人而言，这可能是一种宠物，但对于惧怕蜘蛛的人来说，这是在噩梦中才会出现的、避之不及的恐怖生物。

魏伦瞄了一眼这只蜘蛛（有可能只是一个标本），脸上立刻露出恐惧和厌恶的神情，身体也开始瑟瑟发抖。这一举动令人费解，如果他很怕这东西，为什么又要随时携带在身上？

突然，左伟猛地反应过来了——**他是在启动他的能力。开启的条件就是：让自己处于恐惧状态**。

当他明白这一点的时候，已经迟了。魏伦把盒子迅速揣回衣兜，双拳紧握，暴喝一声，反手一拳砸向旁边的墙壁。轰的一声，砖墙被砸出一个大洞，这一拳威力之大，令人咋舌。

左伟知道这个叫魏伦的特异人，已经进入了变身状态。通过刚才那一拳，他基本能猜到，此人便是传说中的“**铁甲人**”——特殊情况下，全身会变得像钢铁一样坚硬，刀枪不入。左伟暗叫不妙，他的“蝎针”恐怕很难对“铁甲人”造成伤害。

果然，魏伦说道：“你的毒针不可能刺进我的铁甲。‘蝎人’，你遇到我，真是时运不佳。”

话音未落，他一记直拳朝左伟挥去。左伟根本不敢招架，只得仓皇躲闪，但出租屋的走廊十分逼仄，他很快就意识到自己无从躲避。被“铁甲人”抓住或者砸成肉泥，只是时间问题。

危急时刻，左伟竟然喊道：“韩敏，你快逃！”

“这种时候还在假扮好人？”魏伦钢铁般的拳头再次挥了过去，左伟矮身避过，头部位置的墙壁被砸出一个窟窿，碎渣四溅。他惊出了一身冷汗。

韩敏虽然暂时难分敌友，但不管怎样，她不想看到一个人就这样在她眼前被杀死，大喊道：“住手！”

魏伦没有搭理她，他把左伟逼到了角落，再次举起堪比铁锤的拳头，一心要置他于死地。危急关头，左伟只有拼了，用右手食指的“毒针”扎向了魏伦的左腿，却“哎哟”一声叫起来，痛得龇牙咧嘴。

“你不会以为我只有上半身才变成钢铁了吧？”魏伦冷笑道，一记右直拳灌注全身力气准备轰向左伟的脑袋。左伟想用手臂来挡，但结果只会是双手骨折，然后爆脑而亡。

在这危急时刻，魏伦旁边的房门突然被推开了。一个人站在门口，瞪着正要下手的他。魏伦愣了一下，行动被打断。

韩敏“啊”的一声叫了出来，看到了忽然出现在他们面前的这个人——**段文桀**。

“你……一直在房间里？”韩敏惊愕地问道。

段文桀并没有回答韩敏的问题，他的神情看上去也跟平时截然不同。更奇怪的是，他做出了一个让人不解的举动：**伸出张开的右手，对准了魏伦**。

魏伦还没反应过来，只感觉到一股巨大的力量推向了他。他像炮弹般飞射了出去，重重地撞击到门口的墙壁上，发出一声巨响，差点将整堵墙彻底撞垮。力道之大，令人惊叹。

韩敏呆若木鸡，像看天外来客一样望着段文桀。她突然有种感觉——围绕在她身边的，会不会全是特异人？

魏伦大惊失色，低呼一声：“你！”他从地上站了起来，却不敢再向前靠拢了。毫无疑问，这个像文弱书生一样的白净男生，也是一个特异人，但他一时却没能摸清，这个人的能力是什么。

安然却已经猜到了，他惊诧万分，且难以自控地叫道：**“段文桀，你才是‘蒹葭’**？”

“没错，我就是你们一直在找的‘蒹葭’。”段文桀平静地说，**“从一开始，我就在你们身边。”**

安然愣了半秒，倏然把手伸进皮包，从里面摸出装有消音器的手枪。韩敏看到了，惊呼一声：“小心！”但是这把手枪已经对准了前方的段文桀，子弹马上就要出膛。

只见段文桀这次伸出了左手，一股巨大的吸力把安然手中的手枪猛地吸了过来，“啪”的一声黏在了段文桀左手的手掌上。他变换手势，将手枪握在了手中，反过来对准安然。这一戏剧性的转变，几乎发生在一秒之间。安然甚至都没看清，手枪就已经到了对方的手中。而他，却成了被瞄准的目标。

安然脸色大变，面如土色。他颤抖着举起了双手，求饶道：“别开枪，别……”

此刻，魏伦已经反应过来了。他睁大眼睛瞪着段文桀，说道：“你才是真正的‘**磁铁人**’。”

“对，你们已经领教过了。”段文桀把手枪交给了旁边的左伟，并把刚才魏伦对左伟说的话原样奉还。“‘铁甲人’，你遇到我，真是时运不佳。”

魏伦知道今天碰到克星了。进入特异状态后，钢筋铁骨的他，就像一块巨大的钢铁。而“磁铁人”能超控磁体的两极，正好可以将他玩弄于股掌之间。刚才那一推，是同极相斥，而将安然手中的手枪夺过去，是异极相吸。如果他……

容不得魏伦细想下去，段文桀已经朝他走了过来。这一次，段文桀张开了双手，竟然利用磁性，让重达数百斤的“铁甲人”悬浮在了空中。魏伦惊慌失措，段文桀对他说道：“即便你是刀枪不入的‘铁甲人’，但我想，你的内脏器官，总没有钢铁化吧？要是我把你从十多层高的楼上扔下去，不知道你的内脏能否承受呢？‘铁甲人’，你想试试吗？”

魏伦脸色煞白，知道自己的弱点已被对方掌握。他求饶道：“不，我不想试……请你饶我一命。”

“那你就如实回答我的问题。如果我发现你在说谎，就会立刻把你从阳台上扔出去。”段文桀说。

“是……”

“你的代号是什么？”

“‘赤铜’。”

“谁派你来的？”

“……罗曼教授。”

“派你来做什么？”

“接替‘琉璃’，控制并带走‘触手人’。”

段文桀望了韩敏一眼，示意她亲耳听清魏伦说的话。韩敏慢慢走了过来，惊愕地抬头看着悬浮在空中，像处于太空失重状态的“赤铜”。

段文桀说道：“据我所知，你们集合会的头子罗曼，向来对于异己都是毫不留情，一旦不从，便大开杀戒。但是对于‘触手人’——我是说韩敏——却格外地重视。居然接连派了‘琉璃’和‘赤铜’，也就是你们两个人来试图控制她。能告诉我，罗曼为什么如此在意‘触手人’吗？”

“我不知道。”魏伦说，“关于这一点，罗曼教授没有跟我说过。”

段文桀控制着空中的魏伦，缓缓移步至阳台。魏伦慌道：“我说的是真的，我的确不知道罗曼教授为什么如此重视‘触手人’和‘苔藓人’！这种极度机密的事情，他是不会告诉我们的！”

“等等，你刚才说什么？”段文桀意外获得了一个重要的情报，**“你刚才说，罗曼已经找到了‘苔藓人’？”**

“据我所知，是这样的。”魏伦说。

“苔藓人”？韩敏第一次听到这个名称。她不明白自己和“苔藓人”有什么联系，为什么会成为集合会头子的特别关注对象。但她发现，听到“苔藓人”这三个字后，段文桀的表情发生了某种变化，他的神情明显地严肃了起来，似乎想到了什么重要的事情。

“如果我问你，‘苔藓人’现在在哪儿，或者罗曼现在在哪儿，你是不是还会说不知道？”段文桀问魏伦。

“我真的不知道。”魏伦说，“你杀了我也没用。”

段文桀望向安然，他此刻正被左伟用手枪指着：“你呢，你知道吗，安然？不，‘琉璃’。”

为什么如此重视“苔藓人”和“触手人”？其实这个问题，安然问过罗曼。他记得当时罗曼是这样回答他的——

我有一个大计划——改变整个世界的计划。这个计划要想实施，就必须得到

“触手人”和“苔藓人”。

但是此刻，安然打算假装不知情。因为他非常清楚背叛罗曼教授的结果是什么，“赤铜”自然也是这样想的。所以，他摇头道：“我和他一样，只知道罗曼教授非常重视‘苔藓人’和‘触手人’，但是不清楚原因。”

段文桀沉思了一刻，谁也猜不透他在想什么。片刻后，他双手向下一压，魏伦从空中重重地摔了下来。段文桀冷冷地望着他们，说道：“你们走吧。”

“喂，你打算放他们走？”左伟说道，“他们是集合会的人，而且刚才要不是你及时出来，我已经被这个‘铁甲人’杀死了！”

段文桀叹了口气，说道：“‘**铁甲人**’在恐惧状态下，全身肌肉和骨骼会变得像钢铁一样坚硬，并且具备金属属性。这种特异人，现在全世界不会超过三个。而‘**橡皮人**’，在被水淋湿的情况下，可以像捏橡皮泥一样，随意塑造身体和脸的形状。这种特异人，我暂时还没发现世界上有第二个。”

他收起悲恻的眼神，换成凌厉的目光，注视着他们：“记住，我饶你们一命的理由，不是出于慈悲或怜悯，更不代表我原谅你们的所作所为，只是出于我对你们体内古老基因的爱惜和不舍。杀了你们，从某种角度来说就像灭绝一个物种一样残忍。但是，不要以为这个理由，会成为你们永远的挡箭牌。如果下次再让我遇到你们，或者你们还试图控制韩敏，我会毫不犹豫地杀死你们。我发誓。你们记住了吗？”

“赤铜”和“琉璃”一起点头。他们正要离开，韩敏叫住了“琉璃”：“等一下，安然，我问你一个问题。”

“琉璃”回过头，望着韩敏，听到她仍然叫自己安然，他心头竟涌起一股复杂的感受：“你问吧，韩敏。”

韩敏走到他面前，凝视他的眼睛，一字一顿地说道：**“当初，你是不是变成了夏嬴的模样，出现在我面前，然后杀死了‘木槿’？”**

“琉璃”心中一颤，战战兢兢地答道：“是……的。”

韩敏全身痉挛般地抽搐了一下，泪水从她的眼里滚出来：“也就是说，我冤枉了夏嬴。他根本就不是什么集合会的人，甚至根本不知道这一切，对吗？”

“是的，我利用了他……”

没等“琉璃”说完，韩敏一记耳光重重地扇在了他的脸上。她心里所有的情绪都在此刻爆发了——悲伤、愤怒、痛心、自责。

“我是如此信任你，把你当成好朋友，你怎么能……”

泪水模糊了她的双眼，声音也随之哽咽。

安然铆足了劲儿扇了自己两嘴巴，嘴角都打出了血。他并非在演戏，而是真的出于惭愧和内疚：“对不起，韩敏。我也是受罗曼教授所托，才这样做的。”

韩敏把头扭过去，不想再看见他。段文桀拍着韩敏的肩膀，对“琉璃”说：“在我改变主意之前，快滚吧。”

“琉璃”最后向韩敏和段文桀鞠了一躬，和“赤铜”一起，打开门，迅速离开了。

韩敏擦干眼泪，对段文桀和左伟说：“其实我有无数个疑问想要问你们，但是我现在最想做的事，是马上前往关山市，找到夏赢。”

“我理解你的心情。”段文桀说，“我们陪你一起去。在路上，我可以解答你所有的疑问。”

韩敏急促地点头。他们正要离开出租屋，段文桀忽然想起了什么：“对了，我差点忘了，这屋子里还有一个‘观众’没散场呢。”

“观众？”韩敏狐疑地皱起眉。

段文桀走到其中一个房间的门口，伸出左手对着门锁，往旁边一拉，咔的一声，门锁应声而开。他推开门，看到一个女人蜷缩在床上，发出一声惊叫。

韩敏十分吃惊，屋里的女人正是汤丽。她诧异道：“你不是说你不住这里了吗？”

“她只是怕你找她的麻烦，才故意这样说的。实际上，她哪儿都没去，一直躲在后排看戏。”段文桀对汤丽说道，“刚才这屋子里发生的事情，就算你没亲眼看到，肯定也听得清清楚楚。我们是什么人，以及你关心的那些问题，现在还需要我或者韩敏来为你解答吗？”

“不……不……不用了！”汤丽赶紧说道，她整个身体都在发抖，看上去害怕极了，"我不会说出去的……关于你们的秘密，我一定会……"

"等等，你先回答我的问题。"段文桀打断她的话，"你到底是什么人？为什么会住在这套群租房里，又为什么会对这里发生的事情如此感兴趣？"

汤丽忙不迭地说道："我是一个女作家，笔名叫'黑色枫叶'，我说的是真的！你们可以马上在网上查找我的相关资料和照片。"

左伟打开手机的搜索引擎，查看了一下，冲段文桀点了点头。

"我想写一部关于群租房的小说，为了体验生活，就租了这间房子。没想到的是，这里居然发生了命案，而且是一起离奇的命案。我认为这是上天赐给我的绝佳素材，所以才缠着韩敏，希望她告诉我关于命案的真相……我没有恶意！我只是想搞清楚这件事罢了。"

"嗯，"段文桀点头道，"现在看来，你收获颇丰呀。我猜收集到的素材，够你写好几本书了。特别是以'特异人'为题材的，一定会很畅销吧。"

"不，不……"汤丽当然听得出来这是挖苦的话，她当即表态，"我会守口如瓶的，这里发生的一切，我绝不会告诉别人，更不会写进书里！"

"好吧，记住你的承诺。"段文桀说，"既然你已经知道了我们是特异人，就不该怀疑这一点——一旦你泄露了我们的秘密，不管你身在何处，我们都会找到你，并让你'真正地履行承诺'。"

左伟把蝎子毒钩一般的尖锐指甲伸到汤丽眼前："相信我，你不会想试一下的。"

汤丽听懂了他们的意思。她吓得脸色苍白，接连点头，发誓赌咒自己不会把知道的事说出去。之后，段文桀告诉她可以走了。她连行李都没有拿，仓皇而逃。

汤丽走后，段文桀舒了一口气，对韩敏说道："你知道，我必须威胁她。不然，这个女作家把我们的事情写成小说发表，对我们以及联合会，都非常不利。"韩敏表示理解地点了点头。

"好了，我们走吧。"段文桀说，"此地不可久留。我知道你现在一秒钟都不想再耽搁了，只想赶快前往关山市。"

三十四

隐身衣

三个人迅速离开了出租屋。韩敏和段文桀站在楼下等了片刻，一辆黑色SUV开到了他们身边，驾驶者正是左伟。段文桀把韩敏的行李放到了后备厢，然后跟韩敏一起坐到了后排。左伟发动汽车，朝关山市的方向驶去。

“关山市离茶庄市很远，最快也要开十个小时。”段文桀对韩敏说，“你有足够的时间把目前的状况搞清楚。”

“你真的是‘蒹葭’？”韩敏先要确定最重要的问题。

段文桀严肃地说：“韩敏，从现在开始，你必须相信我说的每一句话。我知道由于‘琉璃’的原因，你现在对身边的每一个人恐怕都抱有怀疑，但那是过去式了。你现在已经找到了组织，我不会再让你受到任何伤害和背叛。让我正式介绍一下：**我叫段文桀，代号‘蒹葭’；他叫左伟，代号‘栀子’**——我们都是联合会的成员。而你，从现在起，是联合会的新成员了。”

“欢迎你正式加入联合会！”开着车的左伟回过头说了一句。

韩敏望着左伟："原来你的代号是'栀子'，那你之前和我见面的时候，为什么要自称是'蒹葭'？"她又望向段文桀，"而你，为什么会是群租房里的一个租客？别跟我说这是巧合。"

段文桀解释道："当然不是。之前左伟跟你接触的时候，只是暂时冒充了我的身份，但他告诉你的情况却是真的。我和'木槿'的手机，都具有**卫星定位功能**。所以我们知道彼此所在的位置，掌握着对方的动向。

"'木槿'被害那天，我并不知道他出事了，但我却注意到一件事，他——准确地说是他的手机，定位却在茶庄市。这很反常，因为他不可能动身到茶庄市来找我，却不和我联系。所以我猜想他可能出事了，而拿着他手机的，不是他本人。

"你到达茶庄市之后，我通过定位系统，悄悄跟踪了你，发现你入住到一套群租房之中。而跟你在一起的，还有那个叫安然的女孩。我当时并不知道他是'琉璃'，也不知道你的立场，我甚至怀疑你会不会是集合会的新成员，而你和'琉璃'一起，干掉了'木槿'。

"但如果是这样的话，有一点说不过去，那就是你们为什么会选择住在廉价的群租房？集合会非常有钱，你们的行为模式是不合逻辑的。我猜想其中必有原因，而要弄清这件事，最好的办法就是，近距离接触你们。

"我暗中找到了群租房里的一个年轻人，付了他一笔可观的费用。要求就是：**他悄悄搬出去，而我住进他的房间**。当然他必须对此保密。这种群租房的特点是，人员流动性很大，所以即便是房客换了一个，也不会引起其他人的注意。当然对于新搬进来的你和安然来说，你们并不知道我那个房间之前住的是谁，所以给你们造成的感觉就是，我早就是这里的租客了。"

"实际上，你是跟我们同一天搬进去的。"韩敏明白了。

"差不多吧。我是在第二天的清晨搬进去的。"段文桀说，"然后我就故意弹奏吉他，吟唱歌曲，目的就是引起你的注意，并借机接近你。

"之后，通过与你的近距离接触，我明白你不可能是集合会的人。倒是安然这个人，引起了我的怀疑。不过，他的能力十分隐蔽，我一开始根本不知道他是不是特异人，或者他的能力是什么。对你，亦是如此。

“接着就发生了王铮死亡的事件。当我看到他的尸体，并得知他是死在你房里的时候，我猜到这可能是你的能力所致。可即便如此，我仍然不知道你的能力是什么。但我做出了一个决定——帮你瞒天过海。”

“王铮房间的门链从屋里锁上的，这是你做的。”目睹了“磁铁人”能力的韩敏，知道这对于段文桀来说，只是小菜一碟，但有一点她还是不明白，“你为什么要帮我？”

段文桀说：“我是有判断力的。当时的情形，以及这几天对你的了解，我基本能得出结论，你不会是一个坏人。王铮几乎赤身裸体地死在你的屋内，肯定是他咎由自取。所以我不希望你因此惹上麻烦。”

韩敏有几分感激地望着段文桀。片刻后，她说道：“既然你认为我不是一个坏人，为什么不直接告诉我，你就是‘蒹葭’，而要让‘栀子’冒充你的身份，跟我接触呢？”

段文桀说：“在没有把事情彻底弄清楚之前，我不可能百分之百地信任你。如果贸然承认我是‘蒹葭’，会十分冒险。所以我想了一个主意，把联合会的同伴‘栀子’——也就是左伟，叫到了茶庄市，然后把我的手机交给他，让他以‘蒹葭’的身份和你联系，并和你见面。当然，目的你已经猜到了——就是要套你的话，把之前发生的所有情况，都了解清楚。”

左伟一边开车，一边说道：“我们在咖啡馆的时候，你告诉我，‘木槿’是怎么遇害的，以及你的‘触手人’能力。我和段文桀分析之后，认为你说的一切都属实。这个时候，我们猜想你有可能是落入了集合会的陷阱，而最大的怀疑对象，就是安然。之后发生的事情，你已经知道了。我悄悄跟踪和调查了安然，确定了他就是集合会的成员‘琉璃’。”

段文桀说道：“但是集合会另一个成员‘赤铜’的突然出现，是我之前没有想到的。事情因此变得复杂起来。还好‘琉璃’和‘赤铜’都没有想到，真正的‘蒹葭’其实是我，更不会想到我的能力恰好可以制伏‘赤铜’。”

左伟颇为得意地补充了一句：“‘蒹葭’的能力是什么，集合会的头子罗曼都不知道。”

段文桀叹息了一声：“但是现在，罗曼肯定知道了。我隐藏了这么久的身份，最后还是……”

韩敏想起——出租屋内那场惊心动魄的对决，一开始段文桀并没有现身。他似乎本来打算躲在自己屋内，让左伟单独解决此事。不料左伟陷入劣势，不得已他才现身并出手的。加上他刚才说的一句**“如果贸然承认我是‘蒹葭’，会十分冒险”**，韩敏有些好奇，问道：“为什么我感觉，你比一般的联合会成员更在意自己身份的暴露？”

左伟侧过头，与段文桀对视了一下。短暂的沉默过后，韩敏感觉到，这里面一定有什么特殊的原因。

半分钟后，段文桀说道：“韩敏，你现在已经是联合会的成员了，所以我也不用对你有所隐瞒。**实话告诉你吧，我的确是联合会成员中最特殊的一个**。”

“为什么？因为你的能力？”韩敏问。

“不，不是这样的。”段文桀说，“‘木槿’是不是告诉过你——联合会的会长，已经被杀害了。而其他的成员，是不知道彼此的身份和联系方式的。”

“是的。”韩敏想起了这件事。

段文桀说：“会长之前就考虑到了这一点——万一他遭遇某种意外，那联合会的成员们将无法联系彼此。所以，**他将所有会员的名单和资料秘密地交给了一个值得信赖的成员……**”

没等他说完，韩敏已经想到了，她惊呼道：**“这个人就是你！”**

“没错。”段文桀承认道，“所以，**目前只有我一个人，保持着跟联合会所有成员的联系**。而这件事，是绝对不能让集合会的人知道的。否则，他们一定会不惜一切代价抓住我，并设法从我口中套出联合会其他成员的资料。”

韩敏明白了“蒹葭”的特殊性和重要性。“但是，‘琉璃’和‘赤铜’只知道你是‘蒹葭’，并不知道你就是那个‘最重要的人’呀？”她问道。

“他们也许想不到，但是集合会的头子罗曼，是一个老奸巨猾的人。他得知在茶庄市发生的一系列事情之后，就会猜到我的身份了。比如，我为什么会和‘栀子’在一起，又为什么一开始不露面。罗曼稍加思索，就会明白这是怎么回事。”

韩敏沉默了，她虽然不清楚他们口中的**“罗曼教授”**到底是何许人也，但之前的所有耳闻和遭遇都告诉她，这个人必然是一个极为阴险狡诈，并且手段狠辣的厉害角色。直觉告诉她，这是她未来将要面对的劲敌，是她无法逃避的宿命。

“不过，也不用太过担心。”段文桀从挎包中摸出一个系着黑色绳子的小玻璃瓶，里面装着类似精油一样的液体，瓶口盖着软木塞。即便如此，还是有一股淡淡的芳香透过瓶塞飘散出来，香气宜人。

“这是什么？”韩敏问道。

“植物香薰。”段文桀说道，“从现在开始，这个小挂坠，你必须时刻佩戴在身上，就连晚上睡觉，都不能取下。”

韩敏刚要问为什么，突然想起了“木槿”告诉过她的一句话：

我们找到了某种“方法”，可以让自己像穿上了隐身衣一样，不被集合会的头子发现。

她说道：“戴上这个，罗曼就没法轻易找到我们了，对吗？”

“是的。”段文桀说，“罗曼的能力是——能够闻出特异人身上的特殊气味。但是，只要我们佩戴植物香薰，就能遮掩我们身上的味道，罗曼也就没那么容易找到我们了。”

韩敏下意识地吸了吸鼻子，又把手凑到鼻子跟前闻了闻。段文桀笑道：“别闻了，我们是闻不出来的。只有罗曼一个人能闻到这种气味。”

韩敏把装着植物香薰的小瓶子挂在脖子上，藏在衣服内。段文桀望着她，神色严峻地说道：“韩敏，从今天起，我一定会保护好你，不让你落到集合会的手中。”

段文桀说的这句话，似乎另有深意。韩敏忽然想起了什么，问道：“刚才我听到‘琉璃’和‘赤铜’在说，罗曼十分重视‘苔藓人’和‘触手人’。你知道这是为什么吗？我和另外那个‘苔藓人’，对他有什么特殊的意义吗？”

在前面驾车的左伟也回过头来说道："对呀，这是为什么？你知道吗，'蒹葭'？"

段文桀沉吟了片刻，说道：**"以前，会长还活着的时候，跟我讲过一个传说……当时，我以为只是一个古老的传说罢了……"**

他没有继续说下去，显得有些欲言又止。左伟催促道："什么传说？"

不知出于何种原因，段文桀不愿继续这个话题："这件事，我需要进行考证。最好的办法，就是想办法调查出罗曼现在身在何处，正在做什么事情。"他思忖着说，**"看来，到了把联合会的所有成员都召集起来的时候了。"**

左伟一下子兴奋起来，喊道："太棒了，我就等着这一天呢！我们被集合会打压了这么久，憋屈死了，我早就盼望能跟他们大干一场了！"

段文桀只有20岁出头，却有着跟他年龄不相符的成熟和稳重。之前傻乎乎的"音乐浪子"，只是装出来的样子罢了。此刻，他严谨地说道："这件事还是要从长计议，以免正中对手下怀。让我好好思考一下吧。"

段文桀望向韩敏，说道："对了，韩敏，你知道我当时引起你注意的方式，为什么是**唱歌**吗？"

韩敏茫然地摇头。

段文桀摸出手机，找到内存里的一段视频，点击播放："你看看这个，网上的一个热门视频，地点是南都市。"

韩敏接过段文桀的手机，看到的画面是：一个五六岁的小女孩，在人头攒动的步行街上，表演着唱歌。她唱的歌曲是自己熟悉的那首《寂寞的恋人啊》，嗓音清脆空灵，犹如天籁之音。一曲唱罢，围观的听众爆发出热烈的掌声。小女孩不住地道谢，很快又开始演唱下一首歌曲……

这一幕，这些歌，这个女孩，她的声音……所有的一切，都让韩敏感到十分熟悉——**这个女孩以及她正在做的事，怎么跟自己这么像呢**？

段文桀观察着韩敏的神情，说道："你也发现了吧，这个女孩无论是长相、声音，还是她唱歌的方式，都和你像极了，犹如儿童版的你。**我猜她跟你肯定有某种关系**。这件事，我会派人展开进一步调查……"

突然，韩敏感觉头痛欲裂。她抱着脑袋，发出痛苦的悲鸣："啊——"

"怎么了，韩敏？"段文桀赶紧问道。

冰封的记忆像解冻的泉水涌向山涧，瞬间充溢她的大脑。她大叫道：**"我……我想起来了！"**

三十五

异变前夜

南都市，傍晚七点。

一辆高档白色轿车疾速行驶在路上。它从高速路上飞驰而过，又颠簸在城乡公路上，最后开进了崎岖不平的林中小路。直到前方没路，才停了下来。

这辆白色轿车的价格不会低于200万，车子的主人显然是一个富有且品位高雅的人。这辆车之前保养得很好，但是今天，它的底盘被地上的石块磨了起码三次，车身的漆也被小道中的树枝刮花了，看上去伤痕累累。但主人全然不予理会，因为她关注的焦点，根本就没在车子上面。**她有非常急迫的事，需要立即处理。**

驾驶者是一个30岁出头的女人，她从车上下来，拉开汽车后排的车门，把一个五六岁的小女孩从车子里拽了出来。这个小女孩的双手被绳子反绑着，嘴里塞了一块毛巾。她神色惊恐，一张脸憋得通红，想要喊叫，却发不出任何声音，看上去像是一个被绑架的儿童。

但“绑架”她的女人，无论从长相、衣着和气质来看，都不像是一个绑匪。此刻，她头发凌乱，神色紧张，左顾右盼。确定这一带是人迹罕至的荒山野岭之后，女人粗暴地拉着小女孩的手臂，把她拖到了山林中。

她选择了一棵大树，从大号挎包里掏出一捆麻绳，把小女孩绑在了树干上。

绳子一圈又一圈地缠在小女孩的胸部、腰部和腿部，女人狠心地把绳子勒紧，丝毫没有让小女孩挣脱开来的可能性。做完这一切，她喘着粗气看了小女孩几秒，然后转过身，朝来时的路走去。

“嗯……嗯，嗯！”

小女孩只能用鼻子发出呻吟般的呼救声。女人的心抽搐了一下，她回过头，看到小女孩泪如泉涌，拼命用眼神求饶。她咬着牙，竭力不让自己心软，并提醒自己别忘了之前发生的那些可怕的事情。

最后，她还是打算给小女孩一个开口说话的机会。虽然她不想听到任何辩解和求饶，但看在她们“母女”一场的分上，在她临死前，再跟她说几句话，也算是仁至义尽了。

女人走到小女孩的身边，对她说：“如果我扯开你嘴里的毛巾，你能保证不大叫吗？”

小女孩拼命点头。

女人把塞在小女孩嘴里的毛巾拔了出来。小女孩发出一阵干呕，然后，她声泪俱下地祈求道：“妈妈，我错了……我真的错了，求你，别把我扔在这种地方！”

女人竖起食指，一字一顿地说道：“永远，别叫我‘妈妈’。我不是你的妈妈，本来就不是。”

“我错了……我再也不会了，妈妈……求你了，放了我吧……”

“放了你，好让你再去祸害另一家人吗？”

小女孩哆嗦了一下，随即嘤嘤哭泣。

“别以为装出这副可怜巴巴的样子，我就会饶了你。”女人恶狠狠地说道，“你这副样子我看够了！当初你说不喜欢家里的哈士奇，结果哈士奇第二天就死了。那时我就觉得不对劲了……为什么我当时这么傻，没看穿你这个恶魔的真面目？如果我再警觉一点，我的丈夫就不会死了。他的死法，跟哈士奇一模一样！”

愤怒和悲痛让她情绪失控，她揪住小女孩的衣领，瞪大双眼，咬牙切齿地说道：“这个时候我才想起，你说过你‘**不喜欢爸爸**’，就和你不喜欢哈士奇一样，所以爸爸和哈士奇都死了！我不知道你用了什么妖法，但我知道，是你杀了他们！没错，就是你，你刚才已经承认了！”

“我……没……”

“你刚才说‘**我错了**’！”女人咆哮道，“最开始你不是说，你什么都不知道吗？哈士奇是怎么死的，你不知道；爸爸是怎么死的，你也不知道——你真以为能骗过我？我是学心理学的，我看你的眼睛，就知道你在说谎！你这个魔鬼，我不可能让你活。即便是背负罪恶，我也在所不惜。反正我已经失去生命中最重要的人了，就算是堕入地狱，又有什么关系呢？”

说完这番话，她仰天而泣，发出似哭非笑的呻吟。被捆住的小女孩瑟瑟发抖，仿佛意识到她今天难逃一死。

“我知道你不是普通人，”女人擦干眼泪说道，“我丈夫也不是你害死的第一个人。把你从孤儿院领养出来的时候，我就听院长说了，你的养父母在短时间内相继死了。可惜的是，当时的我们被领养一个孩子的喜悦冲昏了头脑，竟然没有意识到这是不正常的。直到现在我才明白，这意味着什么。你不喜欢的人，都会在夜里莫名其妙地猝死。如果我今天不这么做，下一个死的人就是我，对吧？”

“不，不会的，妈妈……我喜欢你，真的！我不会把你……”女孩痛哭流涕地说道。

“你再一次承认了。”女人突然露出如释重负的表情，“你看，我刚才说得都没错。果然是你干的。而我，也许你现在的确是不讨厌，但我不可能一辈子都让你喜欢，所以假如我把你留在身边，跟他们一样莫名其妙地死去，就是迟早的事，对吗？”

“妈妈，我发誓……”小女孩做着最后的努力，“只要你放了我，我会远远地离开，再也不会出现在你的眼前。我会……”

“不要再说下去了。”女人露出厌恶的神情，“我刚才已经说了，不会让你留在这个世界上，去祸害更多的人。你的末日到了，小恶魔。”

说完这句话，她把毛巾再一次狠狠地塞进小女孩的嘴里，不再给她任何声辩和求饶的机会。然后，她毅然地转过身，头也不回地离开了这片山林。

小女孩的恐惧感上升到了极点。即便她只有五六岁，也能意识到“妈妈”这一离去，意味着什么。她瞪着惊恐的双眼，鼻腔拼命发出声响，但是没用了，“妈妈”的身影已消失不见。

几分钟后，她仿佛听到了汽车发动的声音，心中的恐惧更甚了。她知道，这一切已无法挽回。

暮色渐暗，再过一二十分钟，整片山林将陷入一片漆黑。别说是一个小女孩，就算是一个成年男人，也会对即将面临的状况感到心胆俱裂。更何况，她还被绑在树上，无法呼救。

这恐怕是世界上最让人绝望的境地。小女孩大哭着，在心底呐喊着，眼睁睁地看着夜色像一层黑纱笼罩下来。之前还依稀可辨的树木枝丫，此刻变成了张牙舞爪的狰狞怪物。她害怕到了极点，牙齿因发抖咯咯作响。

时间变得模糊而缓慢。小女孩不清楚过了多久，也许一个小时，两个小时，或许只有半个小时。她只知道，自己又冷又饿又怕，夜晚会更冷。身体和心灵的双重折磨下，她感觉死亡的阴影在向自己靠近。

就在她快要撑不住的时候，突然感觉**有什么东西从衣领爬进了脖子**。这恐怖的触感难以形容，某种节肢动物毛茸茸的腿，在她细嫩的皮肤上游走，并沿着脖子和脊背探索着她的身体。是蜘蛛吗，还是毛毛虫，或者蜈蚣？每一样都是会让小女孩吓破胆的东西。恐怖的联想让她毛骨悚然，感觉身处地狱。

“嗯……嗯！嗯！”

小女孩越挣扎，那东西越往下钻，几乎爬到她的腰部。她发了疯地摇晃身子，却根本不可能让这东西从她衣服里爬出来。她的嘴没法说出话，心里却发出撕心裂肺的嘶喊，快要瞪裂的双眼布满血丝。她觉得自己快要被活生生地吓死了。

突然，她仿佛丧失了知觉，整个身体像触电般猛抖起来。她的眼珠往上翻，只剩下白眼的部分，嘴角歪曲变形，口中吐出白沫……这种状况持续了五六秒。

然后，恐怖的事情发生了。

小女孩被反绑在身后的双手，突然从虎口开始撕裂，手臂像被剖开的甘蔗一样，变成了两半。随后，二变成四，四变成八，八变成十六……手臂呈几何级分裂和倍增。最后，两边的胳膊变成了上千条恐怖的触手。

完成这一转变之后，她睁开眼睛，逐渐恢复了意识。她看到自己身体呈现的可怕形态，差点又要昏厥过去。但很快，她发现这些触手迅速替她解开了捆绑在身上的绳子，而背后不知道是蜘蛛还是毛毛虫的生物，也被触手迅速清理出去了。

小女孩仿佛获得了另一种形式的新生，突然不再感到害怕。这些代替她双臂的触手虽然恐怖，但作用却似乎比手臂大多了。

唯一的问题是，她好像无法恢复成正常人的样子了。

不过，这又有什么关系呢？能活下来，才是最重要的吧。

重获自由，并摆脱死亡阴影的小女孩，就这样迅速地接受了自己身体的新形态。她迈开脚步，朝山林外走去。

突然，她意识到了一个问题。

这种怪异而恐怖的形态被任何人看到，恐怕都会把人吓个半死。

她迟疑了几秒，不安的神情逐渐从脸上褪去，逐渐变得冷漠如石。

看到又有什么关系呢？她想道。**反正看到这一形态的人，应该都不可能活下来吧。**

内心深处，仿佛有一个声音这样对她说。

小女孩不再踌躇，朝公路的方向走去。

这个晚上，没有任何人知道，全世界第一个异变后的特异人，就这样产生了。这种几乎不能再称为人类的生物，将成为地球上最恐怖的生命体。

（第二部　完）

享讀者

WONDERLAND